Pour Luc

Sur la piste
des sorcières de
Gréasque

[redacted]

Bruno [illegible]

Draguignan

15 juin 2024

the melmac cat

themelmaccat@gmx.com

La Source bleue

des sorcières de Gréasque

Bruno Carpentier

Melmac > Esprit Noir
est une collection de

THE MELMAC CAT

Du même auteur

(romans policiers)

crimesdepays@gmail.com

Le Berger de Saint-Aybert, D'un autre ailleurs (2019)

La Crypte de Saint-Maximin, Cmonlivre (2022)

L'Écorcheur de Cadolive, Cmonlivre (2023)

La Benoîte-Affique, Cmonlivre (2023)

Le Boucher de Malemort, Cmonlivre (2023)

« L'on use de trop de douceur en France envers les Sorcières. Tout bon juge doit faire cette résolution de punir de mort celles qui auront été au sabbat, même si elles ne sont convaincues d'aucun maléfice. »
Pierre de Lancre, magistrat, XVIIe siècle
Tableau de l'inconstance
des mauvais anges et des démons

« Les miracles ne sont pas en contradiction
avec les lois de la nature,
mais avec ce que nous savons de ces lois. »
Augustin d'Hippone (354-430)
Saint, père et docteur de l'Église.

« Qu'elles vendent des grimoires sur Etsy*, postent des photos de leur autel orné de cristaux sur* Instagram, *ou se rassemblent pour jeter des sorts, les sorcières sont partout. »*
Mona Chollet
Sorcières, la puissance invaincue des femmes.

1.

Un véritable charnier

Vendredi 29 mai 2020
Forêt de Gréasque & de St-Savournin

A52.

Sortie 33 - *Pas-de-Trets.*

Rétro, cligno, queue, péage, *Bip* !

Re-queue, regards obliques, engueulades.

Rond-point et, juste après *Souque Nègre,* à l'entrée de *La Bouill'* : à gauche.

Julien Ferreira connaissait bien le coin pour y avoir usé plus d'une paire de *Clarks,* quand sa mère le déposait chez Jérôme pour l'été. Les bois de Peypin, l'Étoile, la gare de Valdonne, aucune de ces terres promises n'avait plus de secrets pour ses fonds de pantalon. Puits Armand, La Masque, Baume de Marron, L'Oraison… Autant de toponymes vernaculaires qui chantaient à ses oreilles comme les comptines de son enfance. « Y'a une pie dans l'poirier, j'entends la pie qui chante. Y'a une pie dans l'poirier, j'entends la pie chanter »… À se demander ce que ces bestioles de malheur fouinaient dans les vergers, les sangliers dans les restanques, les cigales dans l'olivier et les fourmis sur les pots de confiture. Jérôme pouvait toujours poser la question à l'heure du pastis, jusqu'à preuve du contraire, les lotissements dévoraient la forêt. Pas l'inverse.

À la radio, un type expliquait pourquoi les moustiques se raréfiaient sur son pare-brise. Faute aux pesticides. Sûrement. Les signaux d'alerte avaient beau virer au rouge, les records de température se succéder, les sécheresses grignoter la montagne, les eaux engloutir les vallées et les petits oiseaux se raréfier, tout le monde se moquait du mur qui approchait à vitesse grand V. La forêt avait beau l'appeler, il n'écoutait pas. Julien Ferreira profitait du temps présent. Zones commerciales *en-veux-tu-en-voilà*, une par village, une par quartier (agences bancaires et centre médical compris), une voie rapide par-ci, une troisième voie d'autoroute par-là.

Merci Madame la présidente. Merci Monsieur le député.

Julien Ferreira s'était promu consommateur silencieux de 1ère classe, disciple docile de Panurge 3.0, option « Sites de commerce en ligne », livraison de l'inutile venu du bout du monde demain sans faute, balancé dans la cage d'escalier ou par-dessus le portail si vous n'y êtes pas. Bref, Julien Ferreira s'était arrogé une place de choix au premier rang du théâtre de la béa-certitude, emmitouflé dans le manteau fallacieux d'un égocentrisme assumé.

Le cordon ombilical qui suivait sa route ne le dérangeait même plus. Il avait grandi avec le monstre en fond d'écran. Il avait fermé les yeux, il l'avait oublié. Tout ce qui ne se voit pas n'existe-t-il pas ? Dorénavant, et c'était certainement mieux ainsi, les boues rouges séchaient au mistral perdant de *Mange-Garri* — « bouffe à rats » pour les intimes — et le tuyau vert continuait de vomir ses déchets anonymes dans la baie de Cassis.

Son téléphone portable sonna. Il ralentit devant le voilier démâté de Baume de Marron et pressa un bouton sur son volant. Haut-parleur. Pierre-Henri Corda rappelait pour la troisième fois ; les gars venaient de déterrer un second crâne.

– Je suis à Valdonne. J'arrive dans deux minutes.

Plus tôt dans la matinée, alors qu'ils achevaient d'enfouir des lignes électriques le long de la RD46a entre Saint-Savournin et Gréasque, l'équipe d'*Enedis* avaient « buté sur un os ». L'expression était de Corda. Trancheuses mécaniques et autres briseurs de roches s'étaient tus sur le coup. Le chef de chantier avait prévenu la gendarmerie et rendu compte au bureau d'Aix. L'événement n'avait traumatisé personne, c'était vendredi. Les travaux s'arrêtaient de toute façon à cause du risque d'incendies.

Julien Ferreira se rangea parmi les engins de chantier, sur un parking aménagé côté Saint-Sa. Il enfila ses chaussures de sécurité, glissa son casque fluo sous le bras et avança dans les fourrés desséchés. Le pipeline éventré devant la ferme de l'Oraison l'interpela. La gueule béante du serpent avait vomi une pâte ocre et difforme. Une odeur acide se dégageait de l'ancienne voie de chemin de fer.

– M. Ferreira ? Je vous ai vu arriver.

Le jeune ingénieur prit le temps d'inspirer une profonde bouffée d'air chaud avant de répondre, puis il se retourna.

– C'est quoi tous ces tags ?

Corda haussa les épaules.

– Les écolos de Fuveau. Hier, ces cons ont pété la canalisation. Fallait voir la bande de yéyés et les bonnes femmes excitées ! Les gendarmes ont arrêté un jeune et balisé la zone. Un type de l'usine de Gardanne est venu constater ce matin, ils viennent réparer ce weekend.

Corda proposa d'embarquer dans son 4x4, plus adapté selon lui à la rudesse des pistes. Pas faux, mais inutile. Il se gara trois minutes plus tard dans le ventre d'un virage qui dominait un pont étroit, et coupa le moteur. À travers le feuillage roussi, les deux hommes distinguèrent une tache bleu marine bardée de bandes jaunes et rouges : la voiture des gendarmes.

– C'est là.

Julien Ferreira descendit la vitre pour scruter le sous-bois, essayer de comprendre. Il se contorsionna sur son siège, passa la tête par la fenêtre, regarda derrière, devant.

– C'est pas les gars de l'excavatrice qui ont déterré les os…

– Ah bon ?

Il aurait aimé réfréner sa surprise. Trop tard, Corda avait souri.

– Vous avez vu où vous vous êtes garé ? demanda le chef de chantier. J'ai fait aménager l'aire de stationnement sur la ligne de crête qui coupe la forêt en deux, d'ouest en est. De gauche à droite, quand vous regardez une carte, précisa-t-il. Vers le haut, c'est-à-dire le nord, l'eau s'écoule dans le grand Vallat en direction d'Aix et se jette dans l'Arc. Vers le bas, le sud, l'eau rejoint Marseille via le Merlançon, un affluent de l'Huveaune. Nous sommes sur une ligne de changement de pente. La ligne de partage des eaux, si vous préférez.

Julien Ferreira fit la moue. Corda l'intraitable en profita pour transformer son essai.

– Les orages de la semaine dernière ont achevé le boulot. Des trombes d'eau ont dévalé la pente plein nord et buté contre le lit du grand Vallat… Vous imaginez l'travail ! ajouta-t-il après trois secondes d'un silence lourd.

Le pragmatisme de Corda impressionnait Julien Ferreira, comme ses mains noueuses, ses épaules épaisses et ses rides profondes. Cet homme connaissait la terre, il y vivait ; ça transpirait par tous les pores de sa peau.

– Les eaux ont raviné le sol ? Ça aurait dû arriver depuis longtemps, non ? Ce n'est pas la première fois qu'il pleut !

– Il pleut autant dans le Nord qu'en Provence. Des centaines de millimètres par an. En moyenne, ajouta aussitôt Corda.

– Je ne l'aurais pas cru…

– Ben si… À part qu'ici ça tombe en deux ou trois fois. Et comme on a creusé dans le sens de la pente pour enfouir les câbles, les pluies ont lessivé le terrain. Fallait s'y attendre.

– Qui a trouvé les crânes ?

Corda plissa les yeux. Le jeune ingénieur reprenait la main. Tant mieux, car ça le mettait mal à l'aise qu'un cadre, eût-il l'âge de ses fils, ne se comportât pas en chef.

– Mohamed Sidouni, un intérimaire. Les gendarmes l'interrogent en c'moment.

– Et… il n'y a pas de corps ?

– Eh si ! Des dizaines, mais en mille morceaux…

Julien Ferreira se décida enfin à sauter du 4x4. Il était temps. La patrouille de la brigade de Gréasque posait du rubalise autour d'un petit découvert d'une centaine de mètres carrés, près du lit du grand Vallat, où les trombes d'eau éphémères avaient excavé des rigoles profondes. Perplexe, l'ingénieur attendait que la lumière vienne à son secours, qu'elle perce les frondaisons qui fermaient la voûte verte. Les troncs torturés des grands pins exogènes ondulaient dans un garde-à-vous bancal, comme une vague molle dans la touffeur moite des fins de matinée.

Les branches s'écartèrent. Subitement. Un coin de ciel bleu se dévoila. Le temps d'une seconde, un trait brûlant pénétra la forêt et désigna les pieds du jeune homme. En fouillant la terre, les militaires avaient trouvé d'autres ossements. Ils les avaient déposés sur une bâche en plastique. Des fémurs, des tibias, des omoplates, et encore un crâne.

Un véritable charnier.

Tandis que deux gendarmes chassaient les badauds, un gradé sollicita un coup de *bull*, histoire de recouvrir tout le foutoir.

Corda râla et cracha une poignée d'ordres dans son portable.

Covid, orages, macchabées, incendies.

Tout ce bordel ne finirait donc jamais.

2.

Rove party

Samedi 30 mai 2020
Collines du Rove

« Boum ! Boum ! Boum ! Boum ! Boum ! … »

01h04 du mat'. Ana Boyer n'en pouvait plus. Depuis deux heures, elle contemplait des pantins alcoolisés taper du pied devant d'énormes haut-parleurs. Une inquiétude diffuse se répandait dans ses veines, parcourait sa colonne vertébrale, sa nuque, hérissait les poils de ses bras et nouait son estomac. Au pied de la colline, une armée de zombies hagards piétinaient en cadence la terre devenue poussière, au son de ce que d'aucuns osaient encore appeler de la musique.

« Boum ! Boum ! Boum ! Boum ! Boum ! … »

Le préfet avait exigé la totale. Présence du général commandant la Région avec son état-major au complet, tout l'effectif disponible du groupement départemental et de la section de recherches de Marseille, ban et arrière-ban en colonne par un, oriflammes claquant au vent, boucliers en polycarbonate brandis et gourdins menaçants, hélico dans le ciel, délégation de l'ARS avec bons de dépistage, pompiers sur le qui-vive et, un peu en arrière, le long de la route du Rove, trois escadrons de mobiles au cas où.

« Boum ! Boum ! Boum ! Boum ! Boum ! … »

Le général Davaine avait reçu des consignes faciles à comprendre : « Du tact ! De la souplesse ! » Le préfet balisait, et pour cause. En pleine pandémie de Covid, il ne s'agissait pas de reproduire les conneries des manifs des gilets jaunes, croche-pattes assassins, mains arrachées et autres yeux crevés devant une armée de téléphones portables improvisés lanceurs d'alerte.

– À deux ans de la présidentielle, ça marquerait mal.

– Tu l'as dit, mon Bibi. Pas de couilles, pas d'embrouilles ! bougonna Ana Boyer, les fesses plantées au sommet de son poste d'observation, les yeux scotchés aux lentilles de ses jumelles…

Le petit Bouchard se gardait bien de rebondir. Le vent glacé qui descendait en rafales des Alpes ne l'y incitait pas. Le jeune sous-off releva le col de son blouson et souffla dans le creux de ses mains.

Bien avant que la nuit ne tombe, des centaines de fêtards avaient répondu à l'ordre de mobilisation générale : « Rave au Rove 23 h. Ruines chapelle St Michel ». D'après les pinceaux lumineux qui croisaient le fer sur les *pistouilles*, les accrocs à l'électro n'avaient pas fini d'alimenter le grand raout. Et au beau milieu de l'innommable foutoir, la commandante de gendarmerie Ana Boyer et son fidèle Bouchard battaient la colline, tout ça parce qu'un très haut fonctionnaire en charge des intérêts nationaux avait exigé un max de PAX sur le pont.

– Moi, je te le dis, mon Bibi, on n'est pas couchés. Prends les jumelles, je vais me secouer les cannes.

Les gars du *Sound-system* avaient choisi un vaste espace de garrigues basses de deux kilomètres sur quatre coincé entre l'autoroute et le village du Rove. Deux entrées : l'une de secours, côté usine Lafarge-Marseille 16e, et l'autre aux Piélettes, côté Gignac. Personne ne viendrait les déranger dans ce *no man's land* de maquis mêlé de caillasses : pas un motocross téméraire, pas une chèvre égarée, pas une âme en goguette, pas même le gardien d'un dépôt de poids-lourds en mal de putes.

– Vous en avez pour longtemps ?

– Le temps d'aller où tu peux pas aller à ma place. T'as peur, tout seul dans le noir ?

Bouchard haussa les épaules. Ana le sentait, là, assis par terre tout près d'elle. Elle percevait son souffle court et son odeur tiède de rat de bureau. D'un geste ample, elle attrapa son talkie.

– Allo ! Maréchal des logis-chef Bouchard ? Ici

votre commandante préférée. Me recevez-vous ? Je vais pisser. Vous voulez tenir mon rouleau de PQ ?

Du pied, elle l'incita à répondre. Le jeune gendarme s'écarta d'une demi-fesse et se retourna sur la silhouette qui se dessinait à contre-lune.

– Ne rigolez pas. Imaginez qu'il se passe un truc. Il suffit que vous vous absentiez deux secondes…

– … il ne se passera rien, mon Bibi. On est là pour tout le weekend à sucer des *Chupa-chups*. J'en ai pour deux secondes. Je reviens et je nous fais un *kawa*.

De son piton, le chef Bouchard apercevait le poste d'entrée sud de la rave, où des molosses bodybuildés filtraient les teuffeurs. Après avoir versé leur obole, les braves rejoignaient à pied un replat où s'étirait la « piste de danse » principale.

« Boum ! Boum ! Boum ! Boum ! Boum ! … »

L'ambiance montait, les épaules fumaient, la terre tremblait. Bouchard n'aimait pas ça. Entre deux colonnes de méga-enceintes, une banderole éclairée par deux girafes annonçait la couleur : « On n'arrête pas un peuple qui pense ». Des pochetrons collés à un camion-bar sans âge alimentaient leurs réflexions philosophiques en réclamant des bières bon marché et toutes sortes de succédanés au bonheur.

Ana Boyer tourna le dos à la fête, sortit son tabac à rouler et s'accroupit dans les romarins. De ce côté de la pente, le décor s'étirait vers l'ouest à perte de vue. L'incessant ballet des poids-lourds qui montaient de l'A55 couvrait à peine les « Boum ! Boum ! Boum ! » lancinants. De loin en loin, les lampadaires des lotissements de Gignac scintillaient jusqu'à l'aéroport de Marignane, où des points lumineux décollaient pour des horizons meilleurs. Elle resserrait son ceinturon lorsqu'un cri descendit de Saint-Michel. Un appel de détresse, une voix de fille.

Le sang d'Ana ne fit qu'un tour. Elle détala dans les lentisques, dévala la pente, se tordit les chevilles, manqua mille fois de s'étaler, traversa un thalweg à sec et grimpa l'autre versant. La lune la guidait vers la vieille chapelle. Les cris recommencèrent de plus belle. Lampe torche en main, la gendarme contourna la ruine et devina, allongées dans les moellons écroulés du castellas, deux ombres qui s'acharnaient sur un corps mou.

Ana s'approcha en se coulant le long d'une murette. La première silhouette, froc baissé, s'était glissée entre les cuisses d'une ado, tandis que l'autre pesait de tout son poids sur sa poitrine. Les jambes dénudées de la gamine pédalaient dans les étoiles. Les deux violeurs, trop affairés sur leur proie, n'avaient pas entendu Ana. Elle asséna un coup de pied bien placé entre les jambes du plus entreprenant ; le brave lui offrait si gentiment ses attributs. L'effet fut immédiat. Le garçon, à peine plus âgé que la fille, roula sur le côté. Son copain, un vrai guerrier, l'attrapa au col et l'entraîna en contrebas vers l'autoroute.

Ana jeta un coup de lampe aux alentours et posa son blouson sur les jambes de la fille. Elle devina des empreintes de main qui parsemaient ses fesses meurtries.

– Ça va ?

Bien sûr que non, ça n'allait pas. La gamine

balbutiait des mots incompréhensibles. Elle avait dû être droguée. Ana empoigna sa VHF, cette fois pour de bon.

– Bouchard, c'est moi ! Tu m'entends ?

– Commandant ! Qu'est-ce que vous foutez ? Ça bouge, en bas !

– Écoute-moi ! On a un viol sur les bras. À la petite chapelle derrière toi. Tu vois ma lampe ?

– On ne voit que ça !

– Appelle les secours et rapplique avec de l'eau !

Ana confia sa VHF à la gamine et bondit sur le chemin qui longeait l'A55. Les deux salopards se remettaient de leurs émotions au pied du grillage. Peut-être pensaient-ils que l'empêcheuse de violer en rond lâcherait le morceau ? C'était mal connaître Ana Boyer. La gendarme posa une main sur son holster.

– Gendarmerie nationale ! À genoux, les mains sur la tête !

D'un bond, les deux gars franchirent la clôture et s'apprêtaient à traverser quand un fourgon les rejeta dans le fossé. Ils se relevèrent sous le regard médusé d'Ana. Les rares voitures lancées à fond sur l'autoroute ne les verraient pas, ou alors trop tard. Ça allait être un carnage.

– Arrêtez-vous ! Vous allez vous faire tuer !

Les deux zouaves ne se retournèrent même pas.

– Fait chier ! grommela Ana avant de sauter à son tour sur le treillage.

Les silhouettes des deux fous s'agitaient déjà sur le terre-plein central. Un camping-car rasa Ana. Elle frémit, hésita… Elle ne pouvait pas reculer. Pas cette fois. Elle bondit et se retrouva elle aussi au milieu de l'autoroute.

Elle hurla à nouveau :

– Arrêtez, bande de cons ! Vous allez nous faire tuer !

Les gamins se lancèrent au petit bonheur la chance. Ana les suivit. Un hurlement de klaxon déchira la nuit, les pneus d'une moto gémirent sur l'asphalte. Un frisson douloureux remonta la colonne vertébrale d'Ana, le souffle tiède de la mort venait de lui caresser le dos. Une fois de l'autre côté, elle parvint à rattraper le fuyard qui aurait du mal à s'asseoir pendant quelques semaines. Son entrejambe avait sûrement gonflé, car il courait en écartant les jambes. Elle le dérouilla. Ses coups pleuvaient comme à Gravelotte quand deux mains puissantes la retournèrent et la plaquèrent au sol.

– Commandant ! Adjudant-chef Rostan, brigade de Rognac ! Vous pouvez arrêter, je crois qu'il a son compte.

* * *

Marseille somnolait encore. L'ambulance qui avait embarqué Ana Boyer au poste médical avancé achevait de remonter l'avenue de la Timone. Le chauffeur traversa *Jean-Moulin,* c'était encore calme à cette heure, et se planta devant le bâtiment de la *Région* de gendarmerie, un conglomérat de *Tetris* blancs et roses, échoué au beau milieu du quartier-village de Menpenti. Au premier étage d'un cube plus gros que les autres, une lumière pâlichonne éclairait une large baie vitrée. Le général Davaine était déjà rentré. Il avait été clair avec le colon.

– Je veux la voir à l'aube !

Comme pour les condamnés…

Un bandage à chaque main, Ana pénétra dans le bureau et salua du mieux qu'elle put. Le *vieux* fronça les sourcils, il était crevé, comme tout le monde. En d'autres circonstances, la situation aurait pu le faire rire.

– Boyer ! hurla-t-il. Vous savez pourquoi nous sommes là !

Ce n'était pas une question. Le divisionnaire n'avait pas posé de point d'interrogation à la fin de sa phrase. Ça tombait bien, Ana était juste venue entendre l'acte d'accusation. Elle avait déjà découpé le col de sa chemise pour monter sur l'échafaud. Ç'aurait été si bien si ça s'était passé comme ça. Elle aurait regardé une dernière fois le ciel, aurait basculé vers l'avant. Allongée sur le ventre, elle aurait eu un peu peur et la lumière se serait éteinte dans un feulement de lame. Et *zou* ! Affaire classée.

Ça ne se passait pas comme ça, dans la vraie vie. Il fallait supporter le couplet des reproches, les longues minutes au garde-à-vous, les fourmillements dans les pieds et la goutte de transpiration dans le bas du dos. Il fallait encaisser la dialectique de l'inquisiteur, ses phrases argumentées, pimentées d'humour et de menaces — « Et à la fin de l'envoi, je touche ! ». Il fallait encore attendre six mois que l'enquête avance, et, enfin, revenir à l'exact même point pour écouter la sentence, sincère, mesurée, dure mais juste.

Ana aurait bien tout de suite signé le formulaire, sans tout le bazar de la procédure, rendu son tablier, son postillon et son semi-automatique. Coiffée du voile pudique de la rédemption, elle serait sortie sur l'avenue les bras en croix, aurait poussé la porte du premier bar, commandé un *ristretto,* et regardé les pigeons crasseux picorer le pain sale dans le caniveau. Elle avait toujours vu trois conditions essentielles pour ne pas craquer : le café, le cran et le souffle. C'était sa police d'assurance. Le café pour le café, le cran pour le premier pas, et le souffle pour les suivants. « Si tu n'as pas de coffre, ma fille, reste à Saint-Antoine à te palucher devant Netflix... » Mais ça non plus, ce n'était pas son genre.

– Vous ne répondez pas ? poursuivit le père Davaine. Alors je vais vous rafraîchir la mémoire !

Ce n'était pas la peine. Les images tournaient en boucle dans la tête d'Ana Boyer, gravées au fer rouge sur la face interne de ses rétines. Elle se dégageait de Rostan et contrôlait son holster. R.A.S. Son SIG était toujours là. Son genou droit la tiraillait. Elle le palpait. Il avait doublé de volume. Sûrement quand elle avait raté son saut en barrage par-dessus la glissière. La colère lui brûlait le ventre et les mains. Elle jetait un œil sans pitié à sa proie étalée dans une flaque de sang. Dans son dos, elle devinait la carcasse d'un poids-lourd couché sur la bande d'arrêt d'urgence et un SUV à cheval sur le terre-plein central, agonisant dans une impuissance pathétique. Puis les premières sirènes des pompiers, au loin. La tête qui tourne. Rostan qui la retenait. Ses jambes qui vacillaient. Et plus rien. L'ambulance...

– Un des deux garçons a été fauché par un poids lourd, insista le général. Polytraumatisé, entre la vie et la mort à l'hôpital Nord ! S'il y passe, vous êtes mal. L'autre est sur le billard.

Avec vos méthodes à la con, il est eunuque à vie, sans parler de la chirurgie faciale ! J'imagine les gros titres dans *La Provence* : « Carnage sur l'A55 », « Bavure de la gendarmerie ». Et c'est sans parler du préfet qui veut votre peau. Pour l'exemple ! Fais chier, Boyer !

Et la petite ? Quelqu'un y songeait ? Rompue, brisée, échouée dans la solitude d'un lit d'hôpital, cassée pour la vie. Le traumatisme physique, d'abord. La douleur, les coups, ensuite, les traces qui ne s'effaceraient pas. Jamais. Puis la honte, l'abandon et la dictature du silence, l'ignorance, le rejet. La mémoire traumatique, les flashbacks, les rires, les insultes. Les doigts de ses agresseurs qui reviendraient chaque nuit pénétrer ses cauchemars…

– Dites, Boyer, vous m'écoutez quand je parle ?

– J'intervenais en flag, mon général…

– Ne racontez pas de conneries ! Le petit Bouchard a tout vu. Il a essayé de vous couvrir, mais il a fini par cracher le morceau. Vous auriez mieux fait de rester à votre poste ! Mais non, il a fallu que vous preniez des initiatives ! C'était quoi, votre mission, Boyer ?

– Surveiller les accès ouest de la rave…

– Ben voilà ! Sur-veil-ler ! Et pas foutre le bordel sur l'autoroute ! Quarante-deux bagnoles empilées. Bravo… Heureusement, pas de blessés graves à part le gamin !

– Mon général, la petite était en danger…

– Mais bordel, Boyer ! Vous êtes sourde ou quoi ? Il fallait abandonner la poursuite dès que les deux loustics ont escaladé la clôture ! Vous imaginez la même chose l'été, avec des floppées de touristes sur l'autoroute ? Le carnage !

C'est certain… Il ne fallait rien faire, peut-être même ne pas foncer à la chapelle, se contenter d'ordonner à Bouchard d'appeler le PC et demander du renfort ? Ana aurait peut-être même reçu les félicitations du préfet pour avoir entendu les cris. « Officier de gendarmerie exemplaire, qui par son sens de l'immobilité sait, en toutes circonstances, ouvrir les oreilles, fermer sa gueule, et prendre des décisions justes et inutiles pour assurer ses arrières ». Ça encore moins, ce n'était pas son genre, attendre le cul par terre que les événements décident pour elle.

– Et c'est sans parler du témoignage de Rostan ! « Effrayé par la violence des coups, j'ai dû la maîtriser ». Et ça ne vous fait rien ?

Ana planta son regard noir dans les yeux du *vieux*. Elle aurait pu lui balancer toute sa rancœur au visage, mais ses lèvres demeuraient soudées. À quoi bon ajouter un mot à la farce, puisque la messe était dite.

– Boyer ! reprit le général Davaine, j'ai demandé à la chancellerie de sortir votre dossier. Dois-je vous rappeler Pontoise ?

L'officier général tira des pages volantes de l'épaisse chemise. Il chaussa des lunettes à verres épais et parcourut les paragraphes en marmonnant.

– Si je ne m'abuse, poursuivit-il à voix haute, vous étiez aux atteintes sectaires ?

Ana hocha la tête en signe d'approbation.

– Je lis ici : « Enquête pour malversations sur malfrats - Classement sans suite faute de preuves ». Votre rapatriement l'année dernière à la section de recherches de Marseille n'était déjà dû qu'à la bonne volonté de l'IRCGN. Non ?

C'était en tous cas l'avis du DRH. « Commandant Ana Boyer, 39 ans, née à Gardanne (13). Divorcée en 2009. Deux filles, Manon et Emma. Garde confiée au père. Affectée au Pôle judiciaire de la Gendarmerie nationale en 2010. Logement de service. A demandé un rapprochement familial. J'émets un avis favorable ».

– Je ne vous comprends pas, Boyer. Pourquoi faut-il toujours que vous sortiez des clous ? Apprenez à contrôler vos émotions. Je ne sais pas, moi… Faites du yoga !

Un long silence emplit la pièce. Près de la porte, le colonel commandant la section de recherches demeurait tanqué comme un santon. Dehors, le jour se levait définitivement ; les boulevards s'éveillaient enfin.

– Bien… On va donner un os à ronger au préfet. Ça le calmera peut-être, même si ça ne me contrarierait pas qu'il vous démolisse ! Primo, vous quittez la *SR*, je ne veux plus vous voir à Marseille ! Secundo, vous vous faites suivre par un psy. Et tertio, enquête administrative. Pas le choix. Je vais demander qu'une équipe de l'*Inspection générale* descende de Paris… J'ignore si vous y croyez, Boyer, mais moi, à votre place, je courrais brûler une neuvaine à la Bonne Mère... En attendant, pas question de vous la couler douce aux frais de la princesse. Direction la campagne. Votre chef de corps vous expliquera. Le terrain et la routine judiciaire, ça vous changera les idées ! Et un dernier conseil, faites-vous aussi discrète qu'une tombe. Parce que si j'apprends que vous avez écrasé ne serait-ce qu'un demi-quart de patte de moustique, je vous cloue au pilori !

3.

Ô Bélénos

Samedi 30 mai 2020
BTA de Gréasque

– Lieutenant Zidane ?

– En personne. J'ai pris le commandement de la brigade de recherches d'Aubagne le mois dernier.

– Le capitaine n'est pas avec vous ?

– Il arrive. Il voulait attendre le procureur.

– Ah bon… s'étonna le major. C'est la première fois que vous venez à Gréasque ?

Sans attendre de réponse, Serge Rocco lança son képi sur un fauteuil et alluma l'ordinateur. Il s'étira de tout son long, s'avança jusqu'à la fenêtre, remonta les persiennes. La lumière du jour lui brûlait les yeux. Il grimaça. Son dos le faisait souffrir ; la boue qui collait à ses chaussures lui rappelait ses nuits trop courtes.

– Café ? demanda-t-il en bâillant.

– Je n'étais encore jamais monté plus haut que Roquevaire et j'aimerais voir la scène de crime tout de suite.

Rocco navigua au radar jusqu'à sa cafetière, dissimulée derrière une armoire métallique. Il n'en voulait pas à l'officier. Ces jeunes frais émoulus de l'EOGN avaient les dents qui rayent le parquet et les pieds toujours dans les starting-blocks. Il appuya sur un bouton, la machine gémit et agonisa dans un gargouillis de vapeur.

– Bien sûr, mon lieutenant, on y va tout de suite. Mais si vous me le permettez, j'aimerais vous montrer les photos que j'ai prises avant qu'on n'interdise l'accès à la scène de crime. Faites le tour, y'en a pour une minute…

Rocco pianota sur son téléphone, *bluetooth* et compagnie, et l'écran de l'ordi finit par se soumettre. Les images apparurent dans leur jus : la forêt retournée par les engins d'*Enedis*, un tas d'ossements jetés sur une bâche et, allongé comme une icône dans l'argile, le corps dénudé d'une femme.

Zidane releva les yeux.

– Vous n'avez touché à rien ?

– Bien sûr que non. Le légiste et l'équipe de l'identification criminelle arrivaient quand je suis revenu vous chercher.

Rocco touilla son café. Zidane jouait avec la souris pour grossir les images.

– Vous auriez pu laisser deux gendarmes sur place.

Le patron de la BTA s'étira les jambes. Il jeta un œil perpendiculaire à la pendule accrochée au mur. Bientôt 7 heures. Rester calme, laisser la caféine agir.

– Pourquoi, mon lieutenant ? Pour passer la nuit à garder des os pourris enterrés sous un mètre de terre ? Hier soir, rien ne justifiait d'immobiliser deux hommes. J'ai tout fait recouvrir par un engin et j'ai montré les ossements à l'archéologue de l'INRAP, celui qui bosse sur des trucs romains à l'Oraison.

Le fixe sonna. Rocco hocha plusieurs fois la tête et raccrocha.

– Le capitaine quitte Aubagne à l'instant. Il nous rejoint d'ici vingt minutes avec le procureur. Venez, on les devance.

En deux ronds-points et cinq virages serrés, les voitures atteignirent un replat coincé entre le grand Vallat et la petite route qui menait au cimetière. À travers le feuillage, Zidane aperçut des têtes de cosmonautes qui s'agitaient : l'identification criminelle et le légiste en combinaisons blanches. Gardés à l'écart par un gendarme, les archéologues du chantier voisin piétinaient, les mains dans les poches.

– Hier, j'ai demandé aux gars d'*Enedis* de tout recouvrir, répéta Rocco en précédant Zidane, et j'ai fait marquer la zone. À midi, plus rien n'y paraissait. Sur le chemin du retour, j'ai passé un coup de fil à la compagnie. Franchement, il n'y avait pas de quoi s'affoler. Même le prof d'SVT de mes gamins aurait vu que les ossements ne dataient pas de la veille. J'ai pris la déposition de Mohamed Sidouni, l'intérimaire qui a trouvé les premiers crânes. Le PV est à la brigade, vous verrez. J'ai ordonné à la patrouille de repasser plusieurs fois avant la nuit, ils n'ont rien vu d'anormal. Avec les trous que les pelleteuses ont creusés un peu partout, sans le rubalise, bien malin qui aurait remarqué l'endroit. Ce matin, l'adjudant Orquel m'a réveillé un peu avant 6 heures. Le centre opérationnel de Marseille venait de recevoir un coup de fil : un corps au rond-point des Gournauds. Dix minutes après, j'arrivais sur place. Je l'ai trouvé comme vous l'avez vu sur les photos.

La scène de crime portait bien son nom. La chair lactescente, présentée sur le dos à la face des anges, reposait au centre d'un pentacle formé de branchages, de fémurs, côtes et tibias ramassés sur place. Un glacis de boue entourait une étoile à cinq branches avec, posé en son centre tel un gisant expiatoire, le corps nu, seins blancs pointant vers le ciel, jambes et bras écartés façon *femme de Vitruve*.

Zidane relâcha le pan de la bâche noire qui masquait le tableau et rejoignit Rocco sur un petit promontoire, en bordure de route.

– Vous l'avez identifiée ?

– Hélyette Motti, infirmière libérale à la retraite. Elle possède un pavillon sur la route de la Diote en direction de Mimet, un village voisin. Veuve et sans histoire. Vieille famille de Gréasque. Elle s'occupait depuis deux ou trois ans de la bibliothèque et faisait partie de la *Foulée gréasquenne*, le club de footing du coin. Je suis marathonien, je la connaissais, mais sans plus. Entre deux bouquins, elle galopait.

– On n'a pas retrouvé ses vêtements ?

Rocco se tordit les lèvres.

– Rien pour l'instant. On va ratisser la forêt, mais je manque de personnel. Il y a un parcours de santé, plus loin. Peut-être là-bas.

– Et le témoin ?

Zidane envoyait ses questions à la cadence de tir d'une mitraillette. Heureusement, Rocco avait des munitions dans son chargeur. Il ne les économisa pas.

– Ange Berconi, 72 ans, agent de la ville, service « Accueil-État civil », gardien du cimetière. Ancien mineur de fond, rebouteux à ses heures. Il a dit à Orquel qu'il allait au cimetière pour des travaux avant les grosses chaleurs. J'ai pris sa déposition sur place et je l'ai laissé aller. Madame la maire m'avait appelé : il devait préparer des caveaux.

– Et vous avez donc donné votre accord ?

– Oui, mon lieutenant. Gendarmerie territoriale, protection des biens et des personnes 24h/24. Proche des élus, proche de la population.

– Je veux le voir au plus vite !

– Berconi ? Demain 9 heures à la BTA. On le connaît bien, n'ayez crainte. Il habite à la cité minière, l'adjudant Orquel ira le chercher. Il y a aussi l'archéologue de l'INRAP qui aurait des choses intéressantes à nous dire.

– Je le verrai après. Si vous pouviez faire dégager les curieux, qu'on s'épargne des clichés malheureux.

Des crissements de pneus sur les graviers interrompirent les deux hommes. Le capitaine et le procureur arrivaient, chacun dans leur voiture. Zidane demanda à Rocco d'avertir le légiste, si le doc avait un premier compte-rendu, c'était pour maintenant. Et il redescendit dans le nuage de poussières accueillir les autorités.

– Bonjour monsieur le procureur, bonjour mon capitaine.

– Substitut, répondit sèchement Thomas Durand. C'est là en bas ?

Un gendarme tendit des équipements aux nouveaux arrivants, surchaussures, gants, masques, et la petite colonne s'élança sur un itinéraire soigneusement balisé. Rocco et Zidane résumèrent les faits. Le juge tendait une oreille distraite en tombant la veste. Il voulait se faire sa propre idée ; la première impression étant souvent la bonne, autant que ce soit la sienne.

– Docteur Bekhti, nous vous écoutons, lança enfin Thomas Durand, après avoir scruté la scène de crime sous toutes ses coutures.

Le légiste s'essuya les mains avec un linge, malgré ses gants, et organisa la visite guidée. Il ressemblait au chef-cuistot d'un 5-étoiles qui présenterait son nouveau piano à des hôtes de marque. Il s'épongea le front et se décida enfin.

– Il s'agit du corps d'une femme identifiée par les gendarmes, je n'insiste pas. J'ai constaté de multiples lésions cervicales compatibles avec un coup porté par un objet contondant et cinq plaies ponctiformes dans différentes régions. Entre la deuxième et la troisième côte à gauche du sternum, dans chaque œil, dans la bouche, cette dernière traversant la région pharyngée de part en part, provoquant l'hémorragie par section de l'artère carotide interne. Enfin, une dernière plaie au niveau du pubis. Je pense à une lame plate, sûrement ébréchée, 5 cm de large, au moins 30 de long. L'organisme s'est presque totalement vidé de son sang, d'où la lividité des chairs.

– Le coup à gauche du sternum, c'est ce qui l'a tuée ? demanda le substitut en s'accroupissant près de la victime.

– Je pense plutôt à l'hémorragie. Du sang a été projeté jusqu'à deux mètres alentour.

Le légiste se frotta le menton, comme pour se donner le temps de réfléchir. Il avait remarqué, lui aussi, la mise en scène macabre, mais son expérience du terrain lui avait appris à n'accorder sa confiance qu'aux morts. Eux seuls disent toujours la vérité.

– Je préfère attendre l'autopsie avant de m'avancer. Comme vous pouvez le constater, le corps est nu, à part les chaussettes et les baskets, ce qui permet de supposer que la victime faisait un footing. Pour l'heure de la mort, d'après la couleur des lividités, je dirais moins de huit heures. Il faudra vérifier l'état des semelles qui n'a rien révélé d'intéressant à première vue. Nous allons les envoyer au labo. Inutile de rechercher des empreintes, le chantier a été piétiné par les archéologues. Autre détail curieux, une branche de chêne a été enfoncée dans le vagin de la victime.

– Un pervers sexuel ?

– Possible. L'histoire du pentacle, aussi, est intéressante. Elle paraît improvisée, comme les cinq plaies. À vous de voir, ricana le légiste en zieutant Zidane de pied en cap.

Puis il poursuivit, sur injonction du substitut.

– Pas de traces de lutte sur le corps, ce qui signifierait que la victime connaissait son agresseur. Peut-être a-t-elle obéi à sa volonté ?

– Vous pensez qu'on voulait la violer ? intervint à nouveau le capitaine.

– L'examen à l'ultraviolet n'a rien révélé en ce sens. Pas de sang, pas de salive, pas de sperme. À moins que la branche n'évoque un symbole phallique. Le corps part à l'institut médico-légal, je vous en dirai davantage lundi après-midi.

– J'y serai ! crut bon d'ajouter Zidane.

– Vous êtes le bienvenu. En plus des ossements, vos gars ont trouvé des pièces de métal et ce qui ressemble à des morceaux de cuir. Ces messieurs de l'identification criminelle expédient les scellés à l'IRCGN, on en saura plus la semaine prochaine.

Le substitut hocha la tête sans desserrer les mâchoires, dévisagea Zidane et remonta les manches de sa chemise blanche. Puis, la main sur le masque qui lui cachait la bouche et le nez, il plongea son regard d'azur dans la glaise. Personne n'osait interrompre ses profondes réflexions. Après une minute, il se retourna enfin.

– Bon travail, messieurs ! J'ai aperçu une journaliste en arrivant.

– C'est la correspondante de *La Provence*, coupa Rocco, ce qui parut déplaire au juge.

– Renvoyez-la à la brigade pour un résumé de la situation, en attendant que le docteur Bekhti nous trouve plus d'éléments pour une vraie conférence de presse. Vous m'accompagnez, capitaine ? J'aimerais vous toucher deux mots.

Après que les hommes de la section de

recherches, aidés par le légiste, eurent embarqué le corps d'Hélyette Motti dans le fourgon des pompiers, Zidane rejoignit le capitaine Leval à sa voiture. Le substitut avait raison, l'autopsie apporterait des réponses concrètes, alors autant donner du temps au temps et laisser couler le week-end.

– C'est votre première fois sur le terrain, non ?

Leval connaissait la réponse, mais il n'avait pas trouvé de meilleure idée pour aborder le sujet.

– Oui, mon capitaine.

– Bon… Le substitut va voir pour la commission rogatoire. En attendant, vous prenez le manche. Un officier désigné directeur d'enquête, ce n'est pas dans nos habitudes, mais Rocco est débordé et… vous vous ferez la main.

Un sourire de satisfaction redessina les lèvres du jeune officier. Leval dégoulinait de transpiration. Il trouva un mouchoir dans une poche, se frotta le front et remit son képi sur la tête. Ça rehaussait son autorité.

– Ne vous réjouissez pas trop vite, poursuivit-il. Marseille nous envoie un officier supérieur, vous gérerez l'affaire en binôme. Désolé, ça vient d'en haut. Le substitut a tout calé avec la *Région* et la juge d'instruction. Il exige qu'on mette toutes les chances de notre côté, ne le prenez pas mal. Je l'accompagne à la BTA avec Rocco pour le point presse. Le PSIG va arriver pour surveiller la zone, au moins le temps que l'affaire se fige. Interrogez les témoins. Faites geler les lieux. Passez les alentours au peigne fin. Car tout est là, conclut Leval en perdant son regard dans la forêt profonde. Tout est là…

Zidane s'était lui aussi mis à transpirer, sa chemise était noyée.

– Bon, eh bien… bafouilla-t-il, je vais commencer par les archéologues.

– Bonne idée ! Tenez-moi au courant heure par heure. Synthèse ce soir à Aubagne.

* * *

Mohamed Zidane s'était battu pour nourrir ses gosses et leur donner une éducation digne de celle qu'il avait reçue de ses parents. Il avait prévenu son benjamin plus d'une fois. « Tu auras contre toi les préjugés de ta jeunesse et de ton nom. La jeunesse, elle, passera. Et si tu es courageux et patient, honnête et sérieux, alors tu réussiras quoi que tu entreprennes. Tu gagneras le respect de tes semblables ». Noreydine avait gardé, chevillée aux tripes, la foi insufflée par son défunt père. Il remplit ses poumons et relança la machine.

– Monsieur ?

– Professeur Pesserand, Charles Pesserand, direction interrégionale de l'INRAP Midi-Méditerranée. Mes collaborateurs m'ont informé d'une importante découverte. J'espère que nous pourrons l'exploiter.

– En tous cas, pas aujourd'hui ! s'agaça Zidane en regardant par-dessus l'épaule du professeur.

Le docteur Bekhti et les gars de l'identification criminelle pliaient bagage.

– Je comprends, c'est normal. Pauvre femme…

Charles Pesserand se frottait les mains comme un banquier qui aurait flairé une bonne affaire. Fallacieuses apparences car, si l'homme espérait bien que le trésor ne lui échappe pas, ce n'était ni par intérêt personnel, ni pour une quelconque exploitation de la pauvreté de ses semblables.

– Je ne vous l'envoie pas dire ! reprit Zidane. Vous avez trouvé quelque chose qui pourrait intéresser l'enquête ?

– Une de nos équipes travaille à des fouilles préventives à la ferme de l'Oraison. Hier, les ouvriers du chantier d'*Enedis* sont venus les prévenir qu'ils avaient trouvé des crânes. C'était avant que…

Pesserand n'acheva pas sa phrase. Le lieutenant de gendarmerie lui rendit ce service.

– …Qu'on retrouve un cadavre sur le chantier. Poursuivez.

– Ils m'ont téléphoné et je leur ai demandé d'aller vérifier. Parmi les ossements, ils ont photographié des petits objets en métal. Je pense qu'il s'agit de boucles de ceinture, de broches et de débris divers. Il y a aussi des pointes de flèches et un morceau de lame de glaive en bronze. Le directeur des fouilles connaît bien la région. D'après lui, on en aurait trouvé à deux pas d'ici, dans une sépulture antique au lieu-dit Baume de Marron. Il faudra bien sûr vérifier…

– Nous le ferons. Si besoin.

– Je m'en doute… Cela signifierait que la fosse date d'une période comprise entre le IVe siècle avant Jésus-Christ et le Ier siècle de notre ère. Une double analyse ADN/Carbone 14 le confirmerait. C'est sûrement un charnier celte.

– Entre Aix et Marseille ? Des Celtes ?

– Ça m'a un peu étonné aussi, mais je ne suis pas spécialiste de l'époque. Mon collaborateur m'a expliqué qu'à l'occasion de la construction des cités minières, à la fin du XIXᵉ siècle, un cippe avait été découvert à Gréasque. Ça pourrait coller, question chronologie. Il est conservé au musée d'archéologie méditerranéenne de *La Vieille Charité*, à Marseille.

– Un cippe ? releva Zidane, intrigué.

Le professeur se rendit compte de son erreur.

– Une petite colonne sans chapiteau. Un mètre, un mètre cinquante de haut, carrée ou ronde, souvent travaillée, parfois coupée en tronçon dans le sens vertical, avec toujours une inscription. Elle se trouvait dans un champ, non loin de la chapelle *Notre-Dame des Mines*, près du puits *Hély d'Oissel*.

Pour se faire comprendre, Charles Pesserand découpait l'air à grand renfort de gestes, façon karateka en pleine démonstration de kata. Des gouttes de transpiration suintaient de ses joues. Des auréoles jumelles étaient apparues sous ses aisselles. Zidane observait cet homme énergique et convaincu en fronçant les sourcils. Le personnage commençait à l'intéresser.

– Les cippes avaient en général l'usage de borne ou de stèle funéraire, mais pas dans notre hypothèse ! enchérit l'archéologue. Le nôtre était dédicacé au dieu Bélénos. « Ô Bélénos, protège-moi ainsi que les miens ». Je peux avancer qu'il s'agissait d'une sorte d'autel votif, un peu à la façon de nos oratoires. L'allusion au dieu gaulois permet d'envisager une hypothèse, que la découverte des objets en métal pourrait confirmer, nous sommes *a priori* en territoire celte.

– D'accord… remarqua Zidane en secouant le col de sa chemise pour se donner de l'air.

– Il y avait aussi du mobilier romain : une

bague, des monnaies, des morceaux de fer rouillé provenant sûrement de casques, des pointes de lances et de flèches…

– Du bronze, du fer ! C'est curieux, remarqua Zidane, de plus en plus intéressé par la leçon d'histoire.

– Certes, et il serait peut-être judicieux d'aller voir le cippe. J'ai les coordonnées de la conservatrice de *La Vieille Charité*. Elle pourrait vous en apprendre davantage.

Zidane ne bronchait pas. Le charnier pouvait n'être qu'une coïncidence et l'agencement des ossements qu'une improvisation. Mais il fallait désormais vérifier os par os, s'assurer qu'ils dataient tous bien de Mathusalem, qu'il n'y en ait pas de plus récents glissés parmi eux… Avec l'imagination du décorateur de la scène de crime, tout paraissait possible.

Charles Pesserand devina de la défiance dans le regard de l'officier de gendarmerie.

– Je suis confus de vous faire perdre votre temps avec mes manies de vieux prof, reprit-il, mais cette pauvre femme, nue au milieu d'un pentacle… C'est du mystère, de la magie, du mythe… Il y a peut-être un rapport avec sa mort…

– Ça, c'est à moi de le découvrir. Un de mes collègues va prendre vos coordonnées et celles de votre conservatrice. Je n'hésiterai pas à revenir vers vous le cas échéant.

4.

Vieille peau

Gréasque
Dimanche 31 mai 2020

Si Ana Boyer comptait profiter d'une grasse matinée crapuleuse, c'était raté. Son portable avait sonné à 7 heures pile. Le patron de la SR l'envoyait croupir dans un petit village près de Fuveau, dans le bassin versant de l'Arc. Elle shunta la conversation une microseconde. Fuveau ? Un village à côté ? C'était une mauvaise idée, une très mauvaise idée. Mais comment l'expliquer à un officier supérieur juché sur son piédestal, comme un coq de basse-cour au sommet d'un clocher ?

– Un corps, hier matin, dans le ressort territorial de la compagnie d'Aubagne. Vous prenez l'affaire en main. Le capitaine Leval vous attend, il vous expliquera les détails.

Et voilà ! D'un coup de baguette magique, le substitut avait désigné la SR pour diriger l'enquête, et, par un hypocrite hasard, le bébé avait atterri dans les bras d'Ana. L'heure de l'exil avait sonné ! Elle avait pris une douche vite-fait, attrapé son sac au vol et sauté dans sa *Clio*.

Leval l'avait reçue vers 9 heures. Le colonel devait l'avoir mis au courant des événements du Rove, mais le capitaine avait eu l'intelligence de se cantonner aux politesses d'usage. Il lui avait présenté un lieutenant d'une trentaine d'années, 1,80 m, bronzé, cheveux frisés, beau gosse, récemment affecté dans le Sud et censé l'épauler.

Ana avait perdu en Bouchard son fidèle padawan. Elle venait d'en retrouver un autre ; la nature avait horreur du vide. Après un petit quart d'heure de palabres, Leval congédia ses hôtes, un témoin les attendait à la BTA de Gréasque.

– « Zidane » ? s'étonna Ana en grimpant dans la voiture du lieutenant.

Le jeune officier avait l'habitude. Ça avait commencé au collège pendant les cours d'EPS ; puis au lycée où ses camarades l'avaient surnommé « coup de boule » après une bagarre dans les toilettes des filles ; et à l'EOGN où les potaches l'avaient baptisé « Zizou » au retour d'un stage de contrôle de foule dans la banlieue de

Madrid. Son père lui avait légué un nom lourd à porter. Sa mère avait frôlé la correctionnelle en le baptisant Noreydine. À deux syllabes près, il serait allé s'enterrer quelque part en Laponie du Nord, voire plus haut encore.

– Exact, commandant, mais je suis plutôt rugby.

Ana écarquilla les yeux et pencha ostensiblement la tête pour rattraper sa demi-gaffe.

– Et non, ajouta d'emblée le lieutenant, je ne suis pas de sa famille.

– Donc, question autographe…

– C'est râpé !

Pour rejoindre Gréasque, Zidane avait préféré l'autoroute. Ana observait son conducteur du coin de l'œil. Depuis quelques secondes, il ne desserrait plus les mâchoires. Elle se doutait bien pourquoi, elle était passée par-là avant lui. Il lui avait abandonné l'initiative, elle en profita :

– Ecoutez, mon vieux, j'ai été désignée par le parquet pour diriger l'enquête, c'est comme ça. Je n'en peux rien, moi, des magouilles de la *Région*, et il va falloir faire avec. Leval veut que vous me cornaquiez ? Il a dû recevoir des ordres et c'est tant mieux, nous ne serons pas trop de deux ! Maintenant, si vous êtes vexé, dites-le ! J'adore bosser en solo.

Zidane doubla un poids-lourd.

– Je n'ai pas dit ça, commandant. Simplement…

– Simplement, trancha Ana, on ne va pas se palucher avec des « C'est pas toi l'chef, c'est moi ». On rame dans la même galère. Au propre et au figuré, ajouta-t-elle en tapotant sur le tableau de bord. Vous êtes un débutant ambitieux et moi une condamnée dans le couloir de la mort ! Alors on se serre les coudes et vous m'expliquez le topo, ou je récupère ma caisse et je fais le job toute seule !

Zidane passa devant la bretelle d'Auriol sans mettre son cligno, sa réponse paraissait claire. La voiture se coula dans la longue descente qui longe la vallée de l'Huveaune et se prolonge jusqu'à Aix-en-Provence. Ana avait tourné les épaules pour exercer une légère pression sur son conducteur. Il savait qu'elle le fixait. Lui, devinait ses cheveux bruns en queue de cheval, son regard lourd et ses lèvres pincées. Il s'en fichait. Comment aurait-il pu tout gâcher sur un coup de tête, tous ces efforts, tout ce temps passé, et décevoir Léa enceinte jusqu'au cou ?

Le jeu dura encore trente secondes quand Zidane se décida enfin à franchir le Rubicon.

– Hélyette Motti, 65 ans. Célibataire, domiciliée à Gréasque, retrouvée morte hier matin vers 6 heures. D'après le légiste, elle aurait pu être tuée d'un coup à la nuque ou à l'arme blanche, une sorte de lame à deux côtés tranchants. Il ne sera sûr qu'après l'autopsie.

– Arme blanche ? Intéressant.

En dépassant les roches grises de Roquevaire, la voiture avait basculé dans un autre écosystème. Plus doux, plus vert, moins tendu, comme la conversation entre les deux gendarmes. Quelque chose d'indicible venait de changer dans l'habitacle. La vue portait loin par-dessus l'épaisse forêt. Elle courait jusqu'à la montagne qui barre l'horizon loin vers le nord. La température avait baissé de quelques degrés. Adieu Marseille, adieu Aubagne. Ana avait allongé les jambes, elle connaissait bien ce phénomène.

– « Intéressant » ? Pourquoi ? demanda Zidane.

Elle attendait qu'il pose la question.

– A l'arme blanche, l'assassin regarde sa victime dans les yeux. De dos, il sent sa peau, sa respiration. La mort au contact, ça en dit long sur sa psychologie. Vous saisissez ?

– Le légiste a ajouté « ébréchée ».

– Il a dû voir ça aux plaies. Lame usée par les coups de tranchant ou le travail du temps. Ou les deux, on verra.

– Le corps était nu et portait cinq plaies profondes. Dans le cœur, dans chaque œil, dans la bouche et au pubis.

– Avec la même arme ?

– *A priori…*

– Il devait être seul. Un sadique ou un mystique !

Zidane jeta un coup d'œil dans son rétro.

– Ou les deux, commandant, reprit-il.

– Bien ! Vous apprenez vite !

Ana se rendit compte qu'elle venait de sourire pour la première fois depuis ces dernières trente-six heures. Était-ce à cause de la fragilité tout assumée de ce jeune homme séduisant ? Pour oublier le sort qui s'acharnait sur elle ? Ou pour profiter des quelques minutes qu'il lui restait avant d'affronter son passé ? Elle l'ignorait.

– Il y a autre chose, ajouta l'officier. La victime avait une branche enfoncée dans le vagin. Le légiste a parlé de symbolique de viol, à cause de la pénétration… ou d'une histoire de culte des arbres, à cause de l'essence. Du chêne. Le corps était disposé au centre d'un pentacle, à l'endroit où les ossements d'un charnier avaient été découverts la veille.

– Eh oui… C'est ce que je disais : un sadique ou un mystique. Ou les deux ! Et ses fringues ? enchaîna Ana sans laisser souffler Zidane. Quelqu'un y a pensé, si elle était à poil ?

– Elle ne portait plus que ses baskets. Des *Coq-Sportif*. On a cherché ses vêtements jusqu'à la tombée de la nuit. Rien.

– Ah, tant mieux ! S'ils existent encore, ils doivent être chez notre gugusse. Sûrement un fétichiste qui nous aidera à le confondre. Sinon, des témoins ?

– Pas grand-chose. La forêt fait l'objet d'un sacré chambardement. Travaux d'enfouissement de lignes électriques, fouilles archéologiques et un projet immobilier, *Provence Real Estate*. Le major Rocco m'a donné les coordonnées du promoteur.

– Faut l'appeler.

– Je m'en occuperai. La déposition du gars qui a découvert les crânes est à la BTA.

– Vous ne l'avez pas lue ?

– En diagonale. Il a trouvé tout un tas d'ossements recouverts de boue, au hasard de sa pelleteuse ! Je vous l'ai dit, le capitaine m'a fait fouiller les alentours de la scène de crime et nous avons fini tard. On demandera au major Rocco en arrivant.

– Ben oui ! Faudra ! On a du pain sur la planche ! Faudra aussi voir les archéologues et les gars d'*Enedis*.

– Et Ange Berconi, le type qui a trouvé le corps. Un agent municipal qui se rendait au cimetière. C'est lui qui nous attend à la BTA, conclut le jeune officier en passant le péage.

Après la sortie *Pas-de-Trets,* Zidane traversa La Bouilladisse, un village tout en long, direction Fuveau. Une fois passée la patte d'oie de La Galère, la route serpentait en longues courbes sous les frondaisons. C'était une bonne mise en ambiance. Le lieutenant bifurqua à gauche au rond-point de l'Europe et, après trois minutes, se gara sur le petit parking de la brigade.

– Vous boitez ? remarqua Zidane.

– Je me suis pété le genou en me prenant pour une chèvre du Rove. Ça passera. Alors, on le cuisine, votre pépère ?

* * *

Ange Berconi avait les mains noueuses comme des branches d'olivier. Casquette en main, il se morfondait dans le petit hall d'entrée de la gendarmerie. Ses rares cheveux avaient collé à son front. Il avait posé les coudes sur ses genoux et laissé courir ses pensées dans les longues diagonales que dessinait le carrelage gris. Ses ongles étaient sales et ses doigts tachés d'une teinture marron poisseux. Ses épaules avaient du mal à porter un dos qui se voûtait.

Le claquement sec de la gâche électrique le fit sursauter. La porte blindée s'ouvrit sur les deux officiers qui ne le regardèrent pas. D'un coup de menton, le planton le désigna aux nouveaux arrivants.

– Bonjour monsieur. Suivez-nous, ordonna Zidane. Nous allons nous installer dans un bureau.

La pièce anonyme sentait le renfermé, Rocco

n'avait rien de mieux sous la main. Une fine poussière avait recouvert un mobilier réduit au strict nécessaire, les persiennes ne devaient pas être ouvertes tous les mois. Sur le mur, un poster de motard à cheval sur une vieille béhème achevait de se décoller. Ana tira une chaise et vint s'asseoir de l'autre côté de la table, pendant que Zidane se battait avec l'ordinateur.

– Bonjour, M. Berconi, je suis le lieutenant Zidane. Et voici le commandant Boyer que… qui…

– Vot' patronne. J'connais les grades. J'ai fait mon service militaire.

Zidane ne réagit pas. Il attendait que l'écran s'allume. Il pianota le code donné par l'adjudant Orquel et secoua la souris de droite à gauche.

– Très bien… Nous allons vous poser quelques questions et je vais taper votre déposition. Ce ne sera pas long.

– J'suis à la retraite, mon gars. J'ai tout mon temps.

– Génial ! coupa Ana en haussant le ton. Nom, prénom, âge, adresse et profession. Et, pour vous, c'est pas « mon gars », c'est « lieutenant ». Ou « mon » lieutenant, puisque vous avez fait votre service.

Le vieil homme plongea son regard bleu acier dans les yeux d'Ana, mais le mal était fait. Il tritura sa casquette et finit par la laisser tomber. Son arthrose l'avait trahi. Il garda encore le silence quelques secondes, comme les gardés à vue quand ils vont avouer le pire, mais il se reprit.

– Ange Berconi, veuf. J'ai 72 ans et j'suis à la retraite. J'habite cité minière Sud, 37 rue des

Sansonnets. C'est la dernière baraque près du *skate-park*.

Nouveau silence, à peine troublé par le tac à tac à tac caractéristique du clavier de Zidane.

– Vous êtes donc né en 1948, précisa Ana sans lâcher sa cible du regard. Après la guerre…

– C'est ça. Les grèves des mineurs, les allocations logement et l'Indochine. Le bon temps…

Re-silence. Re-Ana qui s'énervait. Re-Zidane qui tapait sur ses touches, enregistrait son fichier et commençait à s'inquiéter. Le feu couvait, ça cachait quelque chose, mais le lieutenant avait du mal à deviner quoi.

– Et quel était votre métier ? demanda-t-il avant que l'interrogatoire ne dégénère.

– Mineur de fond. Mon lieutenant.

– A Gréasque ?

– A Gréasque, la mine a fermé en 60. J'avais douze ans. Mon père m'a fait entrer au puits Gérard, à Mimet. J'ai travaillé au fond jusqu'à l'accident de 69 et après à l'atelier de réparation. En 89, quand ils ont arrêté l'extraction, ils m'ont gardé un moment au puits Z de Gardanne et ils m'ont foutu à la porte. J'ai été embauché en 92 au cimetière par Raymond Gastaud, l'ancien maire. Lui aussi, c'était un mineur. Solidarité. Normal, non ? entre mineurs… c'est comme entre bonnes femmes !

– Sûrement, grommela Ana. Sûrement…

Re-danger ! Zidane surveillait la commandante comme le lait sur le gaz ! Il se passait un truc. Si elle débordait, c'était mort ! Il ouvrit une fenêtre pour faire diversion et en profita pour ramasser la casquette du vieil homme.

– Que faisiez-vous de bon matin en forêt ? lança-t-il. D'après nos collègues, vous avez découvert la victime vers 6 heures. C'est tôt, ça. Non ?

– 5 heures et demie, mon lieutenant. Y'était 32 à ma montre, mais j'avance de deux minutes. Je m'lève tous les matins à 5 heures. Une verveine, et c'est parti ! J'ai sauté sur mon vélo et je suis arrivé aux Gournauds — Berconi scrutait les aiguilles de sa montre comme si elles allaient parler — Oui, pile à la demie ! J'allais au cimetière. Trois enterrements, Eugénie Devesa, Marcel Colin et le p'tit-fils d'Antonio Ghigonetto, un copain aussi. Faut préparer les trous, ouvrir les caveaux. Y'a du boulot, vous pouvez vérifier.

– Ce sera fait, rassura Ana, n'ayez crainte.

– Quel est votre emploi ? coupa Zidane.

– Gardien, fossoyeur, maçon, homme à tout faire.

Zidane s'arrêta de taper, Ana remarqua un pli vertical sur son front. La commandante commençait déjà à trouver des qualités à son nouvel adjoint, non pas qu'il eût du sang de Prouteau qui coulât dans les veines, ça, c'était trop tôt pour le croire, mais une chose paraissait certaine : c'était du bois pour en faire. Zidane était jeune et c'est tout ce qu'il avait à se faire pardonner. Pour le reste, il ramasserait et, s'il tenait le coup, il ferait ses preuves et franchirait l'obstacle.

– Vous travaillez encore à votre âge ? s'étonna-t-il. Je veux dire… dans l'administration territoriale ? Vous n'êtes pas à la retraite ?

– Si, mon lieutenant. Ils m'ont mis au r'but, comme tout le monde. On vous exploite et, une fois foutu, on vous balance à la déchèterie comme un vieux frigo. Mais j'rechigne jamais à la tâche. J'entretiens les tombeaux et les chapelles des concessions, je surveille les alentours. Je répare un robinet, je mets un coup de peinture. J'ouvre au matin et je ferme le soir, j'ai un double des clefs du cimetière. Quand quelque chose tourne pas rond, j'préviens la municipale. Et puis... j'rends des services. C'est que c'est sérieux, un caveau. C'est pour l'éternité ! J'fais tout à la main, voûté en briques, parefeuilles en terre cuite et tomettes. Garanti Ange Berconi. Si vous avez besoin...

– On y songera. Vous connaissiez la victime ? demanda Ana.

– Cette vieille peau d'Hélyette Motti ? Ben oui... commandant. Qui ne la connaît pas à Gréasque ? Hein ? Elle a soigné tout l'village avec le docteur. Elle a piqué ma pauvre sœur jusqu'à la fin... Quand elle a pris la retraite, ils l'ont embauchée au château.

– Vous voulez dire « à la bibliothèque ».

– Vous connaissez ?

Ana ne releva pas.

– Pourquoi la traiter de vieille peau ? Elle vous a fait des misères ? enchérit-elle.

– Pas à moi ! Mais elle donnait des leçons et ça m'plaisait pas. Elle trempait dans les magouilles des écolos et se prenait pour une star, avec sa course à pied. Vous savez ce que c'est, les femmes, on veut rester belle plus longtemps que l'permet la nature...

Ana tambourina des doigts sur la table, façon

charge de la cavalerie légère.

– Dans quel état avez-vous trouvé la victime ?

Berconi s'était remis à triturer sa casquette et manqua à nouveau de la faire tomber. Zidane avait, façon de parler, reculé de trois pas. Il observait la commandante conduire l'interrogatoire. Le vieil homme cherchait les yeux du jeune officier qui les lui refusait. Le lieutenant feignait de relire sa prose.

– Alors ? insista Ana, vous accouchez ? Sinon, on va finir par rater l'apéro et ce serait dommage !

– Il avait beaucoup plu ces derniers jours, reprit Berconi. Des orages terribles. L'eau avait rempli l'grand Vallat et charrié des gravats sur l'chemin d'la grande pinède. J'ai descendu d'mon vélo et c'est là que j'l'ai vue… J'ai essayé d'm'approcher, au cas que j'pourrais aider… Elle était à poil comme un ver et y avait de la boue partout.

– Vous l'avez touchée ?

– Ben non ! C'est une femme ! J'touche pas les femmes, moi, commandant. Vous savez bien, hein ? Mais j'ai vu qu'elle respirait plus. J'ai fait l'112 au portable. Ils m'ont dit d'attendre les gendarmes.

– Avez-vous remarqué quelque chose de particulier ? Même un détail qui aurait pu vous paraître banal ?

– Elle avait les yeux crevés et une branche là où je pense.

– Mais à part ça ? Une voiture, un bruit particulier, une odeur…

– Non, commandant, ça sent rien après la pluie, vous devriez l'savoir… L'eau a fait tomber tout l'pollen et les odeurs sont plaquées au sol. J'ai rien vu d'autre. Les gendarmes étaient longs à arriver et j'avais des caveaux à ouvrir.

– Ok ! Mon lieutenant, vous terminez avec monsieur, je vous attends chez le major.

Ana s'était levée sans crier gare, il y avait des dimanches matin comme ça. C'était la fin du printemps, le ciel était bleu, le soleil brillait et les touristes ne préparaient pas encore leurs valises. Les tongs vous chatouillaient la plante des pieds, il fallait en profiter. La mer roulait des vaguelettes sur le sable, les gosses couraient en criant, un seau à la main, et la crème à bronzer jouait à cache-cache au fond du sac de plage. Les heures ne comptaient plus, les boules vanille dégoulinaient sur les doigts. Le sel sur les lèvres avait un goût de liberté. Il y avait des dimanches matin comme ça, où Ana se retrouvait devant une machine à café revêche, à fuir les vieux bonshommes acariâtres et à rêver de week-end à Cassis avec ses filles.

– Commandant ? Vous me cherchez ?

Ana avait sursauté.

– Oui, major… Zidane m'a parlé du PV d'audition du gars qui a découvert les crânes.

– Sidouni. C'est moi qui l'ai interrogé. Venez, je vous imprime une copie.

– Ça ne vaut peut-être pas la peine de gaspiller du papier. Qu'est-ce que ça a donné ?

– Rien de bien transcendant, à part un détail. Voici une quinzaine de jours, un berger est arrivé en forêt de Saint-Savournin. Vendredi dernier, Sidouni l'a vu traîner avec ses bêtes le long de l'ancienne ligne de chemin de fer, de l'autre côté de la départementale. C'est à deux pas de la scène de crime. Il a peut-être remarqué quelque chose ?

Ana grimaça. Cette stupide machine avait oublié le sucre. Elle vida son jus de chaussette d'un trait et envoya le gobelet dans la poubelle pleine.

– Faut le convoquer. Vous pourriez vous en charger ?

– Bien sûr, commandant. J'envoie Orquel.

5.

Provence Real Estate

Gréasque
Lundi 1er juin 2020

À la ferme de l'Oraison, la forêt ressemblait à un champ de bataille. Les archéologues avaient quitté leurs trous enchevêtrés de rubans rouge et blanc, que le vent avait déchirés et fouettait comme les oriflammes d'une armée en déroute. Sur l'aire à fouler, un container vomissait des hoquets de feuilles blanches. Juste derrière, *Enedis* avait abandonné des engins d'abattage entre des troncs couchés, des tas de terre sèche et les grandes grilles qui ceignaient la zone telles les courtines d'une place fortifiée. Mais vaincue.

Comme indiqué par Corda, une équipe de l'usine de Gardanne était venue inspecter le tuyau vert. Même punition : pansement provisoire, façon bande Velpeau, rubalise partout, grilles et panneaux « Accès interdit – Danger ». Le silence avait fui Verdun, les pierres fatiguées de la ferme médiévale s'étaient assoupies. Avec l'accord de Leval, les hommes du PSIG avaient étendu leur périmètre de surveillance bien au-delà de la scène de crime. Le jour, les patrouilles quadrillaient la zone en *Duster*, tandis que la nuit, elles s'installaient en poste fixe aux quatre points cardinaux.

Zidane était arrivé le premier au poste de Saint-Savournin. Dimanche difficile. Léa, déprimée, seule, qui n'en pouvait plus de sa grossesse. Nuits d'insomnie, heures à n'en plus finir, paupières lourdes. Et cette image obsédante, ce corps blafard, mort, froid, allongé nu aux outrages du vent et à la merci des hommes sauvages. Prendre du recul. Se barder d'une épaisse carapace. Ne pas laisser entrer les sentiments. Plus facile à dire qu'à faire. Zidane avait marché jusqu'au vaste champ qui borde les ruines de l'Oraison, le point de rendez-vous convenu la veille avec la commandante. Une ombre remua dans les fourrés, une pierre roula sur la *carraire*, un geai surpris tira tout droit par-dessus les genêts en hurlant. Par réflexe, Zidane posa la main sur son holster et rentra la tête dans les épaules.

– Ça va, Clyde Barrow ! Dégaine pas, c'est Bonnie Parker !

Ana, *jean slim* et queue de cheval relevée sur la nuque, semblait fière de sa réplique. Elle aussi était arrivée tôt, mais par le poste nord des Gournauds. Elle aussi avait peu dormi. Ça se devinait aux cernes sous ses petits yeux et à son pull chiffonné. Idem. Cauchemar, insomnie, mais pas pour les mêmes raisons. Le fracas de la tôle froissée, les voitures qui s'empilent, les cris et les coups de klaxon, et cette petite crapule qui jouait au con entre la vie et la mort sur un lit d'hôpital. C'était ainsi. Porter un flingue au côté créait des obligations, des nuits blanches et des nœuds aux tripes.

– Le voilà !

Effectivement. Un 4 x 4 pataud se dandinait sur la pente raide qui descend de Saint-Sa à l'Oraison. Le monstre glissa sur des pierres, geignit en sautant une ornière et se rétablit par à-coups en broutant les herbes folles. La poussière qu'il soulevait s'épanchait en épaisses volutes sous les pins et se dissolvait dans les premières lueurs de l'aube. Impossible de distinguer le conducteur à travers les vitres noires. Il se rangea en bordure du champ de maïs. Le moteur expira. La clim résista quelques secondes, puis le silence des oiseaux revint.

La portière s'ouvrit. Le conducteur glissa de son siège et réajusta sa veste froissée. Cravate mal nouée, pompes à pointe, costard sur mesure. 1,75 m, peut-être pas. 80 kg, sûrement plus. 40 ans bien sonnés. Bronzé artificiel et lunettes de soleil tanquées dans le gel.

Zidane tendit la main.

– Bonjour, M. Jourdan, merci d'être venu tout

de suite. Lieutenant Zidane, section de recherches d'Aubagne. C'est moi qui vous ai appelé hier.

– Je n'ai pas beaucoup de temps.

– Ça tombe bien, nous non plus. Commandant Boyer, gendarmerie nationale aussi. Le lieutenant Zidane vous a expliqué pourquoi on vous a convoqué ?

Ana démarrait sur les chapeaux de roue. Jusque-là, du grand classique. Zidane laissa filer.

– Une enquête de police, si j'ai bien compris ? poursuivit Jourdan. Mais je ne vois pas comment je pourrais vous aider. Je suis attendu à Marseille dans le cadre de l'affaire de la rue d'Aubagne. Vous avez dû en entendre parler ? Sale histoire…

« Sale histoire ? Tu parles ! ». Neuf victimes innocentes et ce vide indigne en guise de reliquaire morbide au beau milieu de *Noailles*. Un instant, Ana pensa sauter au cou de Jourdan pour l'étrangler. « Sale histoire… Pauvre con ! ». Heureusement, elle se reprit. Elle s'améliorait. Respirer… Souffler… Le général l'avait prévenue : « Dernière chance ».

– Cher monsieur. Un crime a eu lieu non loin d'ici, samedi dernier, et nous procédons, dans le cadre d'une instruction judiciaire, aux interrogatoires de routine des protagonistes malgré-eux. Vous êtes, me semble-t-il, responsable d'un projet immobilier en forêt de Gréasque ?

De minuscules gouttes de transpiration perlèrent sur les tempes de Jourdan qui retira les lunettes de ses cheveux, et chercha un mouchoir pour s'éponger.

– En forêt de Gréasque et de Saint-Savournin, précisa-t-il. Nous en avons brièvement parlé au téléphone avec le lieutenant. *Provence Real Estate 2024*. J'ai fait préparer un dossier…

Ana exploita son avantage.

– Expliquez-nous en deux mots, je n'aime pas lire.

Bruno Jourdan ouvrit le hayon de son monstre et attrapa une sacoche en cuir noir. Il repassa à l'avant et déplia un plan sur le capot. *A priori,* il avait trouvé du temps. Marseille attendrait.

– Je possède un groupe de cinq agences, *Jourdan Immobilier,* dont le siège social se trouve à Aix, commença-t-il en extirpant deux cartes de visite de la poche intérieure de sa veste. Tenez, voici mes coordonnées personnelles. L'agence de Gardanne gère le dossier. Si besoin, n'hésitez pas à y aller, je préviendrai la directrice.

Ana ne desserrait pas les mâchoires, mais elle inclina la tête sur le côté, en signe de résignation. Jourdan releva sa manche gauche, s'attarda sur le cadran de sa *Rolex* et poursuivit.

– En 2015, la propriétaire de la ferme de l'Oraison est décédée. Ses biens ont été mis en vente et, contrairement à ce qui se produit souvent en pareil cas, la collectivité territoriale n'a pas préempté. Ce qui peut se comprendre vu les sommes exigées par les héritiers. J'aurais aimé m'aligner, mais j'ai dû moi aussi renoncer. En revanche, j'ai pu intégrer la vente dans mon catalogue *Premium.* En janvier 2018, la société britannique *Provence Real Estate 2024* m'a contacté. Elle voulait acquérir des terrains en Provence pour réaliser un complexe immobilier. Cette fois, l'emprise de l'Oraison devenait trop petite. J'ai prospecté et j'ai appris que la Société des mines de

Provence se séparait des terrains du Thubet, situés sur la commune de Gréasque, à moins d'un kilomètre à vol d'oiseau dans cette direction.

Jourdan tendit le bras vers l'est. Ana regarda vaguement par-dessus la cime des arbres, pour montrer qu'elle suivait, tandis que Zidane demeurait comme à son habitude le nez plongé dans ses notes.

– Il s'agit d'une cité minière abandonnée, près d'un ancien puits, reprit Jourdan. Dans le temps, on extrayait du charbon dans toute la région. Le sol est truffé de galeries, semblait-il regretter en s'épongeant à nouveau le front.

Il fit encore une pause.

– Et ? s'impatientait Ana.

– Et la société *Provence Real Estate* m'a demandé de la représenter pour acquérir les parcelles. J'ai négocié auprès des propriétaires, des autorités locales et départementales, et un accord a été trouvé avec mon mandant.

Ana s'était affalée sur le capot du gros 4x4 pour détailler le plan. Elle ne comprenait pas tous les acronymes, mais là n'était pas son objectif.

– Ok ! reprit-elle après quelques secondes. Et il ressemblera à quoi, le lotissement de votre « mandant », une fois achevé ?

Jourdan s'offusqua. Il recula d'un pas pour s'installer en défensive. Il encadra Ana et Zidane dans son champ visuel, et envoya une salve d'artillerie.

– *Provence Real Estate* sera bien plus qu'un simple lotissement ! Toute l'emprise de l'Oraison accueillera une zone administrative et commerciale, ici (du bout de l'index, il tapotait sur le plan comme une poule picore du grain), centre médico-social et services de proximité, là et là. Ainsi que douze villas de prestige, là. Au Thubet, nous construirons trente-six maisons, là, là, et quatre immeubles avec terrasses et jardins suspendus, là. Pour commencer, s'entend ! Nous n'avons pas choisi d'implanter la zone résidentielle au hasard. Il y avait là-bas un village minier jusque dans les années 1930. La zone est constructible, malgré ce qu'en disent les écologistes. Un bureau d'études indépendant l'a confirmé.

– Vous avez l'air de bien connaître la région.

– Nous rédigeons toujours une notice historique pour accompagner nos dossiers. Et puis, ma famille est de Gardanne. Dans le bassin minier, nous comptons tous parmi nos ancêtres au moins un ancien qui a creusé la terre entre Peypin et Simiane.

Zidane, cahier d'écolier en main, avait lui aussi rejoint l'avant du 4x4. Le soleil était passé au-dessus des arbres et la température gagnait. Le capot moteur profitait encore d'un peu d'ombre, autant s'économiser.

– M. Jourdan, pouvez-vous nous dire deux mots du programme des opérations ? demanda le lieutenant. Quand aviez-vous l'intention de commencer ?

Rictus de satisfaction sur le visage d'Ana. Le lieutenant apprenait vite. Quand « aviez »-vous l'intention de commencer, et non « avez ». La nuance était de taille. Le promoteur immobilier s'était lui aussi rendu compte de la subtilité. Il jeta sa veste sur le siège passager.

– Oui, eh bien ! J'espère que votre affaire ne mettra pas les bâtons dans les roues de la mienne ! Le projet est organisé en quatre grandes étapes. Phase 1 : acquisition, études. Phase 2 : destruction des existants et préparation des voies techniques. Phase 3 : viabilisation des terrains. Phase 4 : début des constructions. Livraison des premières villas en 2024. Les travaux de balisage du terrain ont été lancés voici deux mois. Ça ne se voit pas d'emblée, mais à bien y regarder, on distingue des piquets de repérage un peu partout. La destruction de l'ancienne ferme de l'Oraison et l'aménagement du Thubet sont programmés pour cet automne, quand les archéologues auront fini… Heureusement, le chantier de modernisation électrique a commencé, comme vous pouvez le constater. Avec le nombre d'abonnés qui va exploser, il fallait un réseau de distribution rénové.

Bruno Jourdan scrutait à nouveau le cadran de sa montre. Avec la circulation, il paraissait improbable qu'il rejoigne la mairie de Marseille avant 11 heures. Même en partant tout de suite.

– Le budget doit être énorme, enchérit Ana.

– Des millions d'euros.

– Un beau pourcentage pour vous, alors.

– Une belle somme, oui. Ce sont les affaires, madame. Mon métier, c'est de vendre des biens immobiliers pour gagner de l'argent. Je l'assume.

Ana s'avança de quelques pas dans le champ pour se dégager une vue plus large sur l'emprise. C'est vrai qu'il y avait là de quoi bâtir un empire !

– Vous avez rencontré des oppositions, poursuivit-elle en revenant à l'ombre. Les écolos n'y sont pas allés de main morte !

– Ils nous avaient déjà causé des ennuis au Thubet.

– J'avais compris.

Le promoteur se mordilla le pouce gauche.

– Il n'y a que les ringards pour lutter contre le progrès. Chacun d'entre nous a le droit de vivre dans une maison individuelle, de permettre à ses enfants de s'épanouir à la campagne et de profiter de la vie. Ces écolos bobos n'ont rien compris à la marche du temps. C'est la guerre des anciens contre les modernes. Dieu reconnaîtra les siens et la nature éliminera les plus faibles.

Ana s'apprêtait à exploiter les fanfaronneries de Jourdan quand les portables des deux hommes notifièrent. Ils plongèrent la main dans leur poche, regardèrent leur écran et tournèrent le visage en direction d'Ana.

– Ben quoi ? Je ne suis pas votre mère !

Jourdan se décida le premier.

– C'est Marseille. Je dois partir.

Zidane prit plus de temps.

– Laissez-le filer, commandant. Rocco nous attend à la brigade avec le berger.

* * *

Jourdan avait ruiné ses jantes en remontant la piste de Saint-Sa. N'est pas Sébastien Loeb qui veut. Ana et Zidane avaient rejoint leur voiture à pied, chacun de leur côté. Zidane, garé le plus loin, avait songé un instant à profiter du monstre climatisé du promoteur, mais une voix intérieure l'en avait dissuadé. Ana avait pris le chemin de terre vers le rond-point des Gournauds.

Juste avant un petit pont qui enjambait l'ancienne voie de chemin de fer — et le fameux tuyau vert — elle s'était attardée sur une caravane sans roues où deux bâtards lascifs gardaient les moutons d'un œil distrait, la résidence 5-étoiles du berger, fermée à clef. Les chiens n'avaient pas fait d'histoire, les brebis s'étaient poussées. La suite présidentielle se réduisait au strict nécessaire. En guise de mobilier, une table de camping et deux fauteuils en plastique. Un coup d'œil par les fenêtres crasseuses dévoila un sombre bordel de célibataire, un lit défait, des boîtes de conserve éventrées, des bouteilles vides et l'évier qui dégueulait de vaisselle. Sous le plancher près de l'essieu, des vêtements de rechange pourrissaient dans un sac à ordures. Les mecs…

Les deux officiers étaient arrivés en même temps à la brigade, Orquel les attendait au sommet des escaliers. De tous les gendarmes de la BTA, l'adjudant était le seul à avoir tapé dans l'œil d'Ana. Non pas à cause de sa bouille ronde, de son sourire légendaire ou du rebond qui poussait en avant la ceinture de son pantalon, mais parce qu'il avait le sens de la discipline chevillé au corps et une connaissance du terrain hors norme. Ancien des Troupes de Marine, Jean Orquel avait rejoint la gendarmerie après quinze ans de bons et loyaux services. Originaire du pays des corons, il n'avait pas eu de mal à s'adapter aux *carbonieros* de Provence. Quand un peuple risque sa peau tous les jours pour une bouchée de pain, ça crée des liens, qu'on soit du Sud ou du Nord. Le militaire avait eu moins de chance côté cœur.

Deux fois marié, deux fois divorcé, jamais d'enfant. Pour seule idylle, il passait son temps libre à bichonner une vieille pétoire dans son garage, en attendant que Rocco l'appelle à la rescousse. C'était peut-être cette vie d'orphelin volontaire qui avait plu à Ana, cette solitude consentie qui lui ressemblait, mais c'était là leur seul atome crochu. Ana avait deux filles et, si elle ne les voyait pas quand elle voulait, c'était seulement parce qu'un juge avait décidé qu'elle les verrait quand elle pourrait.

– Mes respects, commandant ! Le p'tit gars vous attend au chaud.

Mi-mai, Simon Patrolle avait débarqué à l'Oraison avec un troupeau d'une centaine de têtes. Les archéologues, d'habitude des gens placides et avenants, avaient mal pris l'arrivée de l'intrus dans le périf de leur chantier, et avaient suggéré qu'il aille voir plus loin s'ils y étaient. Le propriétaire du troupeau avait jeté la caravane près d'un pont et débarqué les bêtes. Il était pressé de rentrer dans le Var.

– C'est un journalier, ajouta Orquel en accompagnant Ana dans le couloir. Il doit rentrer à Rians à la fin de l'été. Son patron s'appelle Baptiste Long. Je vous ai noté son adresse sur un *post-it*.

Simon Patrolle, peut-être la trentaine, était sec comme un clou. Ana aurait pu compter ses côtes à travers son *tee-shirt* troué. Sa crinière tombait en boucles luisantes sur ses épaules. Pantalon sans ourlet, casquette crasse et pataugas usées. Le garçon, stressé, triturait le gobelet en plastique que lui avait donné Orquel.

– Bonjour, vous avez encore soif ?

Patrolle allait répondre que non, Ana ne lui en laissa pas le temps. Elle attrapa la bouteille d'eau sur la table et la lui tendit.

– Vous pouvez boire au goulot, c'est pour vous.

Zidane avait refermé la porte derrière lui et s'était adossé au mur. Bras croisés, il ne prononçait pas un mot.

– Bien… commença Ana. C'est quoi, ça ?

Elle retourna le sac de linge sur la table. Elle le gardait sous le bras depuis qu'elle était rentrée de l'Oraison. Zidane écarquilla les yeux, stupéfait de découvrir un haut de survêtement de sport fuchsia, logo *Coq-Sportif* au-dessus du sein gauche !

– Mes fringues, m'dame.

– Ah d'accord ! Tu portes des survêts de gonzesse ? C'est mignon, des frusques roses pour garder les moutons. Tu te prends pour Jeanne d'Arc ?

Sans quitter Simon Patrolle des yeux, Ana avait levé l'index droit vers le plafond, à l'attention de Zidane, comme le font les maîtresses d'école fâchées avec les petits génies trop géniaux. Le lieutenant avait tilté en voyant la marque, la même que celle des chaussures. Il réfréna ses ardeurs, le jeune berger se liquéfia.

– Ça ? C'est pas à moi, m'dame. J'l'ai trouvé hier où que le tuyau vert rentre dans la terre, à l'entrée du village.

– Ok. Zidane, dehors avec moi !

À peine dans le couloir, le lieutenant se pencha sur Ana qui avait emporté la veste de sport. Le major Rocco, intrigué, avait accouru.

– C'est le haut de survêt d'Hélyette Motti, commandant !

– Je le reconnais, coupa Rocco à voix basse. Elle le portait au dernier Marseille-Cassis. Où l'avez-vous trouvé ?

– Il prétend l'avoir ramassé à deux pas de la scène de crime ! Et je le crois, car je ne le vois pas en tueur de bonnes femmes. Pas le profil. Pas le cran. Personne ne lui dit plus rien au sujet de cette veste. On le relâche, mais pas tout de suite. Rocco, vous me le mettez au ballon pour la nuit. Appelez le juge et prétextez une garde à vue s'il le faut, je vous couvre. Pas question qu'il retourne dans la nature. Zidane, vous téléphonez à son patron et à la brigade de Rians. L'ancien se ramène avec ses bétaillères, embarque son gars, ses clebs et ses bestioles. Au plus tard demain soir.

– A vos ordres, commandant…

Rocco héla le planton et fit accompagner Simon Patrolle en cellule. Zidane avait suivi Ana jusqu'aux toilettes. Elle se passait de l'eau fraîche sur le visage.

– Et maintenant ?

Ana se redressa, tira une bonne longueur de papier et s'essuya le visage. Elle observait Zidane dans le reflet du miroir. C'est vrai qu'il avait de beaux yeux, noirs comme des charbons, où se reflétaient des pointes de lumière irisée. « On se calme, ma belle ».

– Visite à madame la maire, *perqui* chez Hélyette Motti. Ça vous va, mon lieutenant ?

– A vos ordres, commandant ! répéta Zidane en souriant. Et quand ?

– Demain matin. Là, j'ai un truc perso à faire. En

attendant, faudrait interroger l'entourage de la victime, voir ses habitudes, découvrir ses petits travers. C'est dans vos cordes ?

– Ben oui…

– Alors à demain. 9 heures pétantes devant la mairie.

6.

Putain d'ossements

Gréasque
Mardi 2 juin

D'après ses voisins de la Diote, Hélyette Motti menait une vie tranquille de jeune retraitée, un peu bourgeoise, coincée entre un potager bio, des répétitions le vendredi soir à la chorale d'Aix, et quelques après-midis de bénévolat à la bibliothèque du village. Son pavillon, dissimulé à l'écart de la route dans un bosquet de pins sylvestres, n'avait rien de super clinquant, mais tout le confort. Une chouette allée bordée de lavandins où voletaient les abeilles du voisin. Un appentis couvert de rosiers grimpants. Un vaste garage où elle rangeait sa *Peugeot* dernier cri. Une terrasse côté nord où elle recevait des femmes pour des soirées à la bougie.

Depuis un an ou deux, elle s'était mis en tête de courir les bois. Les voisins riaient en la regardant partir, tôt le matin, dans sa petite tenue *flashie* de marathonienne sur le tard. L'histoire n'avait pas déplu à Zidane, lui-même adepte du footing matinal (avant que Léa n'entre dans son septième mois). Il s'était donc enquis du siège social de la *Foulée gréasquenne* et avait fini par débusquer un vice-président anorexique. Hélyette Motti avait, d'après le dévoreur de céleri, peu d'avenir dans la course de fond. C'était le moins qu'il pouvait dire. Elle venait à l'entraînement pour papoter avec les copines et prétexter des balades en forêt, sa véritable passion. Car elle aimait davantage les arbres que les kilomètres.

Comme promis, Zidane retrouva sa commandante préférée sur la place des Martyrs et lui fit à peu de choses près ce compte-rendu.

– Et c'est tout ? demanda Ana, campée sur le pas de la boulangerie.

Un petit vent léger rafraîchissait les plis de son polo. Sous les tuiles des vieilles maisons, des oisillons piaffaient en attendant la prochaine becquée. La quiétude de l'été investissait les grands platanes de la placette, au rythme tranquille des vieux et de l'insouciance des gamins sur leur tricycle.

Elle tendit son paquet gras à Zidane.

– Vous en voulez ?

– Non merci. Oui, c'est tout. Je dois me débrouiller seul. Le capitaine a réquisitionné mon équipe sur une autre affaire de meurtre.

– Alors faudra faire sans. Z'avez r'gardé dans l'garage, au moins ?

Ana parlait la bouche pleine. Du bout des doigts, elle tentait de retenir le chocolat qui coulait par la commissure de ses lèvres.

– *308 Peugeot* électrique. Batteries à plat.

– Ok. Elle était donc descendue en forêt à pied... Faudra quand même vérifier à la *perqui*.

– Pour sûr, commandant. Nous sommes attendus chez le légiste cet après-midi, vous vous souvenez ?

– Il a du nouveau ?

Zidane glissa le doigt sur son portable et montra l'écran à Ana.

– Je l'ignore. SMS, j'ai répondu un pouce.

– Alors, un petit noir au *Cercle*, vite fait bien fait, et on attaque madame la maire. Je sens qu'on va rire.

La quarantaine toute fraîche, fille et petite-fille de mineur, Aurélie Pons en imposait à son monde. Tailleur sévère, hauts talons, verbe décidé, elle semblait savoir ce qu'elle voulait. Élue sans étiquette aux dernières municipales, elle avait carbonisé ses concurrents dès le premier tour, façon dictatrice des Amazones : 69 % des bulletins exprimés. Les listes *Union de la Gauche* (14%) et *Rassemblement national,* (9%), plus deux ou trois candidats enterrés avant la messe, n'avaient eu que des reliefs d'ortolan à se mettre sous la dent, et des larmes de crocodile pour se consoler. 69 % ! Le genre de score qui donne des ailes à un manchot et les coudées franches à une ambitieuse. Du haut de son mètre soixante-seize, les talons y étaient pour quelque chose, madame la maire jeta une dernière poignée d'ordres à ses deux secrétaires, avant de remarquer Ana dans l'embrasure de la porte.

– Tiens, tiens… la gendarmerie ! Mais entrez donc, je vous en prie !

Aurélie Pons envoya un sourire appuyé à Ana et invita ses hôtes à rejoindre le côté opposé de la pièce, éclairé par de larges fenêtres entrouvertes, dans un salon usé que les élus se refilaient d'élection en élection. Zidane s'enfonça dans un fauteuil, ses genoux manquèrent de lui perforer le menton. Ana, plus prudente, et certainement plus observatrice, s'était assise sur le rebord du canapé, tout aussi déglingué que le reste du mobilier. Elle allongea la jambe droite, son genou se rappelait toujours à son bon souvenir.

– Alors ? attaqua madame la maire. Quand pensez-vous que nous pourrons enterrer cette pauvre Hélyette ? J'ai appris que vous aviez arrêté un berger ?

– Les nouvelles vont vite ! feignit de s'étonner Ana.

– Vous êtes dans un village, ma chère... commandante. Tout le monde se connaît, c'est normal, non ? Tout le monde s'inquiète, devrais-je dire. Les circonstances dans lesquelles Hélyette a été retrouvée ont de quoi affoler mes administrés. Nous comptons tous sur vous.

– Et c'est pour ça que nous sommes là, commença Zidane après avoir sorti son cahier. Vendredi matin, le jour de la découverte de la victime, vous avez appelé le major Rocco ?

Aurélie Pons répondit sans quitter Ana des yeux.

– C'est exact. Nous avions trois enterrements et j'avais besoin de M. Berconi. C'est lui qui a découvert Hélyette, n'est-ce pas ? Il avait l'air bouleversé, le pauvre. Le major Rocco tenait à le retenir pour le questionner, ce qui est normal.

Mais le vieil homme voulait absolument arriver à l'heure au cimetière. C'est un ex-mineur, vous savez. La parole donnée, le respect de l'heure, ça compte encore chez les anciens. Il m'a appelée pour que j'intercède. J'ai demandé au major de reporter l'interrogatoire, si c'était possible, et il a accepté. Vous pouvez le lui demander, il vous le confirmera.

Zidane hocha la tête et continua de lire ses questions préparées à l'avance.

– Quelle est la fonction exacte de M. Berconi ?

– Mon prédécesseur l'a recruté au tout début de son premier mandat. Il aide aux funérailles car je n'ai pas de régie funéraire. Il assiste les agents municipaux et propose parfois ses services aux familles des défunts pour des petits travaux de maçonnerie. C'est un village, ici. Les vieux se font enterrer dans la terre qu'ils ont creusée toute leur vie.

– Et c'est légal ?

Aurélie Pons n'avait toujours pas lâché Ana du regard, ce qui mettait le jeune officier mal à l'aise.

– C'est un ancien de la mine, lieutenant... je ferme les yeux et… et puis, ça ne durera pas.

Aurélie Pons se détourna enfin d'Ana pour jeter un œil ostentatoire à l'horloge posée derrière son bureau, sur une monumentale cheminée en albâtre. Elle se ravisa et rajusta ses lunettes.

– Est-ce juste qu'Hélyette Motti s'occupait de la bibliothèque ? poursuivit Zidane.

Cette fois, Aurélie Pons fixa le jeune officier.

– Oui et non, lieutenant. Elle ne « s'occupait » pas de la bibliothèque, elle était membre de notre association *Culture & Vous en Sol Mineur*. Elle offrait quelques heures de bénévolat par semaine, participait à l'organisation de notre salon littéraire et donnait des séances de lecture aux cours moyens, le mercredi après-midi. C'est tout. Mais je suis surprise, chère commandante, que vous l'ignoriez, ajouta-t-elle en reposant un regard appuyé sur la gendarme.

Aurélie Pons avait rejoint son bureau. Elle décrocha un vieux téléphone fixe et passa commande. Quelque chose la préoccupait. Une femme si sûre d'elle… Pourquoi avait-elle besoin de cette diversion ?

– Autre chose, continua Zidane, le nez toujours plongé dans son cahier de collégien. Que s'est-il passé en forêt, jeudi dernier ?

Aurélie Pons était revenue s'asseoir sur le bord de son fauteuil. Elle croisa les jambes, posa les mains sur les accoudoirs, expira longuement puis se pinça les lèvres. Son regard revint sur Zidane.

– La canalisation d'Alteo ? Rien à voir, encore que. Les dégâts sont le fruit des élucubrations d'un groupe d'écologistes installés derrière le quartier de *Brogilum,* à Fuveau.

Une jeune femme entra sans frapper, un plateau de cafés à la main. Petites cuillères en argent, tasses en porcelaine fine, sous-tasses et pince à sucre. Rien que ça… La secrétaire esquissa presque une révérence avant de refermer la porte à double battant du grand bureau.

– Et donc, reprit Ana en soupirant, le pipeline crevé, les tags, les peinturlures genre *Tour de France* sur la départementale, c'est eux ?

– C'était dans *La Provence,* chère commandante. Jeudi dernier, ils ont volé un véhicule de chantier et arraché la canalisation, peint le logo du groupe *Résistance Verte* et des slogans sur la route : « Non à la Provence défigurée », « Nation écologiste ». Ces inconscients ont allumé un feu avec de vieux pneus ! Jusqu'ici, on avait affaire à de gentils fumeurs de joint, mais là, ces abrutis ont pété les plombs.

– Le major Rocco, enchaîna Ana, m'a dit que leur leader, un certain Rudy Janssens, avait été arrêté…

– Et aussitôt remis en liberté ! Je crois qu'il vient de Belgique. Liège... Enfin, ironisa Aurélie Pons en fixant à nouveau Ana, j'imagine que vous n'êtes pas ici pour étudier les mouvements migratoires des écologistes réactionnaires.

Ana se redressa d'un coup, son genou la tiraillait.

– Certes, et d'ailleurs, on y va. Merci pour le café, mais on l'avait déjà pris au Cercle. Au sujet de la canalisation, ça veut dire quoi, « Rien à voir, encore que ». Encore que quoi ?

Le visage de la maire se défit. Elle hésita un instant avant de répondre.

– Hélyette s'était associée à la manifestation avec les filles de Gréasque et des villages alentour. On la devine sur une photo du journal. Mais elles avaient vite plié bagage quand ça a dégénéré.

* * *

Ana Boyer avait elle aussi ses petits secrets. La veille, son « truc perso à faire » l'avait entraînée dans un lundi après-midi mouvementé. À peine la pseudo-audition du berger achevée, elle était rentrée à Saint-Antoine pour se changer et avait filé à la section de recherches. Son colonel préféré la convoquait pour lui signifier « officiellement » l'enquête de commandement, lui lire le rapport « qu'il avait dû rédiger à l'attention du général » et lui communiquer « la demande de sanction qui en découlait ». Normal... Assistance à personne en danger ou pas, elle avait commis « une faute grave ». Assistance à personne en danger ou pas, « elle avait provoqué le carambolage ». Assistance à personne en danger ou pas, elle n'avait pas « à rosser M. Sanchez ».

Par chance... le garçon se préparait une longue convalescence, mais ses jours ne paraissaient plus en danger. Goran Maruwski s'en sortait avec les deux yeux bloqués et une interruption temporaire de travail de trente jours. La déposition de la petite Karima Jaoui allait peser lourd dans la balance. Mais seulement une fois que les psys la déclareraient apte à témoigner.

Debout dans son uniforme bleu nuit, Ana écoutait sans broncher la douce litanie de son procureur d'un jour. Le brouhaha de la rue, des rires d'enfants montés d'une cour d'école voisine, mêlés à des pétarades de scooters qui détalaient sur le boulevard, chantaient à ses oreilles à travers les persiennes. Un courant d'air sincère traversait l'atmosphère du bureau. L'insouciance de la ville soufflait un reste d'espoir aux chevaliers des temps modernes.

Malgré tout, une boule tenace persistait à nouer l'estomac d'Ana. Le grand patron de la *Région* avait confirmé l'enquête de l'*Inspection générale...* « C'était inévitable, le risque de médiatisation était trop grand ». Des experts descendraient bientôt de Paris pour établir les faits « de façon objective et impartiale ». Elle risquait une mutation définitive dans un joli port de pêche, une palanquée de jours d'arrêt bien frais, un blâme du ministre, et, bien évidemment, plus aucune perspective de carrière... Mais était-ce bien ce qui la tracassait le plus ?

Ana avait bien vite rejoint l'appartement pour enfiler des frusques civiles, retrouver Zidane devant la mairie de Gréasque et filer à l'institut médico-légal de la Timone.

– Bon… Le lieutenant a assisté à la levée du corps, je ne reviens pas sur les premiers éléments, tout est dans mon rapport. L'examen externe de la face antérieure du corps n'a rien révélé de plus que les cinq plaies.

Kévin Bekhti, assis sur une sellette à vis, tournait le dos aux gendarmes. À chaque fois qu'il entamait une phrase, il pivotait et le tabouret gémissait toute la douleur du monde. Le corps d'Hélyette Motti, sorti du frigo, reposait sur une table d'autopsie, au beau milieu de la salle d'examen. Une bâche le recouvrait, à l'exclusion de la tête et des pieds. Le légiste fit une pause. C'était un homme plutôt jeune, cependant rond et déjà enveloppé autour des reins. Cheveux noirs coupés court, barbe de trois jours et œil pétillant, la froideur toute professionnelle de son ton ne déplaisait pas à Ana.

– L'examen de la face postérieure du crâne a révélé un ensemble de tatouages curieux, à l'encre beige, comme s'il fallait les dissimuler. J'ai fait tirer des clichés.

Zidane cessa de griffonner son cahier d'écolier et avança d'un pas. En bon élève, il leva le doigt et entrouvrit les lèvres, mais Bekhti suspendit son vol.

– Le procédé est peu commun et plutôt maladroitement exécuté. Tous ces tatouages sont à la mode, mais, cachés sous la chevelure et de cette couleur, je le répète, c'est curieux. Il s'agit d'un ensemble de traits incohérents, d'un centimètre et demi de long, enchevêtrés les uns dans les autres.

Ana intervint pour couper court, comme à son habitude.

– Très bien, docteur, nous allons attendre que vous en sachiez davantage. Qu'est-ce qui l'a tuée ?

Bekhti réfléchit une seconde, déçu par l'impatience de la gendarme.

– Enfoncement de l'espace intervertébral C1-C2 par objet contondant. Rupture instantanée de la moelle épinière. Impact profond, 5 cm de diamètre, reliquat de tissus végétaux. Je plaide pour un gourdin de bois vert.

– Les agents d'*Enedis* ont tronçonné des arbres. Ils en ont fait des tas un peu partout le long de la route, précisa Zidane.

– Eh bien voilà ! Le labo analysera les tissus. En revanche, pour la branche, pas de doute, *Quercus pubescens*, enfoncée sur une profondeur de vingt centimètres dans le vagin et l'utérus. Peut-être un acte symbolique, vu l'aménagement de la scène de crime. Quant aux cinq plaies que je crois rituelles, elles ont été réalisées *post mortem*. Mais autre chose : la reconstitution cinétique m'a interpellé. Regardez, l'objet contondant s'est enfoncé entre C1 et C2, et les éraflures sur le cuir chevelu remontent vers la gauche.

Ana s'était approchée.

– Elle ne lui tournait pas le dos…

– Comment est-ce possible ? s'étonna Zidane. Si elle a été frappée à la nuque…

– La commandante a raison, mon lieutenant, rebondit Bekhti en relevant ses lunettes sur son front. Elle faisait face à son assassin, mais s'était baissée vers l'avant. Il a dû détourner son attention, jeter quelque chose au sol pour qu'elle le ramasse ? et il a frappé. Ça colle, question cinétique.

Le médecin légiste reposa le corps et arrangea le drap. Puis il retourna s'asseoir sur son horrible strapontin.

– Et l'heure de la mort ? insista Ana.

Bekhti piqua du nez dans son rapport, tourna les pages, hésita pour la première fois et pivota dans un affreux couinement. On aurait dit qu'il le faisait exprès. Les deux gendarmes s'étaient encore approchés en serrant les dents. Assis comme un gamin piégé par son prof en train de pomper, il avait tout à coup l'air plus fragile.

– Hum… C'est difficile à dire…

– Essayez toujours, insista Zidane. Avec le substitut, vous aviez l'air plus sûr de vous.

– J'hésite encore… Entre une et deux heures avant l'aube. La coagulation, les insectes… Oui, c'est ça. Disons… autour de cinq heures du matin.

– Ce qui semble cohérent, conclut Zidane. C'est bientôt l'été, il fait chaud très tôt, dès 8 heures, Hélyette Motti voulait courir à la fraîche.

Avant de rentrer en vallée de l'Huveaune, les deux enquêteurs avaient décidé d'une pause sur le trottoir, devant la barrière coulissante de l'IML. Assise sur le rebord de la murette, Ana se roulait une cigarette en regardant les automobilistes pressés jouer à tape-cul.

– Vous fumez ? commandant…

Ana renifla.

– Je sais, c'est pas bien. Ça m'arrive quand j'ai besoin de réfléchir. Z'en voulez une ?

Zidane haussa les épaules.

– Pour que je me fasse découper par Léa ? Elle détecterait l'odeur à dix kilomètres. Vous êtes garée loin ?

– Derrière…

Ana prit le temps de lécher son papier à rouler. Elle poursuivit après quelques secondes :

– J'ai le feu vert du substitut, pour la *perqui* chez la mère Motti. On se retrouve à la BTA pour l'organiser ?

– A vos ordres, commandant. Y'a aussi l'archéologue. Vous vous souvenez, l'histoire du cippe, à *La Vieille Charité* ? Bélénos, les Celtes et toute la clique.

– M'ouais… Putain d'ossements.

– Je ne vous l'envoie pas dire.

LA PROVENCE

Mercredi 3 juin 2020 – Prix : 1,40 € – N° 2020154

UNE FEMME RETROUVÉE
MORTE EN FORÊT DE GRÉASQUE

Le corps de la victime a été mutilé

Samedi 30 mai vers 6 heures, le corps dénudé d'une femme d'environ 60 ans a été retrouvé par un agent de ville en forêt de Gréasque près du rond-point des Gournauds. La veille au matin des ouvriers d'un chantier d'enfouissement de lignes électriques y avaient découvert un charnier « *a priori* vieux de 2000 ans », d'après un expert de l'Institut National de Recherches Archéologiques Préventives dépêché sur place.

Selon les premières constatations « la victime serait décédée des suites de ses blessures après avoir reçu un coup à la tête » révélait Thomas Durand, substitut du procureur de la République, lors de la conférence de presse organisée dans les locaux de la brigade territoriale autonome de Gréasque. L'enquête de police, « confiée pour la circonstance aux experts de la section de recherches de Marseille et de la compagnie de gendarmerie d'Aubagne, sera longue et ardue (...), la situation sanitaire liée à la pandémie de Covid-19 ne pouvant que compliquer le travail d'investigation ».

Selon nos informations, aucun suspect n'a été interpellé, ni parmi les équipes de techniciens d'*Enedis* qui travaillent depuis deux mois le long de la D46a, ni parmi les manifestants qui ont dans la matinée du jeudi 28 mai dégradé le canal d'évacuation des boues rouges de Gardanne [notre édition du 29 mai], ni parmi les archéologues de l'INRAP qui réalisent des fouilles préventives à la ferme de l'Oraison où le complexe immobilier du trust *Provence Real Estate 2024*, regroupant diverses entreprises françaises et étrangères, doit voir le jour [notre édition du 8 mai]. « L'information judiciaire ouverte dès samedi matin n'exclut aucune hypothèse » a conclu Thomas Durand.

Charnier vieux de 2000 ans, chantier *Enedis* en cours, fouilles archéologiques, projet immobilier d'envergure et manifestation violente : le mystère s'acharne sur le bassin minier [Pour mémoire, le meurtre de Marie-Dolorès Rambla (affaire Ranucci) s'est déroulé à quelques centaines de mètres]. En attendant de dénouer les fils enchevêtrés d'une affaire qui s'annonce « des plus compliquées » les autorités locales et la brigade de gendarmerie de Gréasque informent les usagers que la D46a demeurera interdite à la circulation entre le carrefour dit « du puits Léonie » et le rond-point des Gournauds pendant toute la durée de l'enquête.

L'accès au domaine forestier est lui aussi strictement réglementé sur les communes de Gréasque et de Saint-Savournin.

Pour tous renseignements, la préfecture invite les usagers à consulter la page d'accueil de son site Internet : https://www.bouches-du-rhone.gouv.fr.

Hélène MUNOZA, h.munoza02@laprovence.com.

7.

Certaines le méritent moins

Marseille
Samedi 6 juin

– Tu crois que toutes les femmes sont des magiciennes ?

La veille au soir chez leur belle-mère, Emma et Manon avaient dévoré les cinq premiers épisodes de *The Witcher*. Depuis plusieurs jours, la plus jeune des filles se passionnait pour le beau Geralt de Riv, la princesse Ciri et, surtout, pour la terrible Yennefer en quête de pouvoir et de beauté.

N'était-elle pas géniale, cette fille qui résistait au pouvoir des hommes maléfiques et défiait l'envoyée de la confrérie d'Aretuza ? prête à tout pour retrouver sa fertilité et avoir l'enfant qu'elle désirait ? Emma kiffait la lueur jaune des bougies qui dansait à contrejour sur la toile de tente, le goût du *gloss* sang vif sur les lèvres humides de son héroïne et la peau tatouée du *sorcelleur* allongé dans son lit, quand il s'abandonnait entre ses jambes.

Emma, 15 ans, avait repiqué sa 3ème. Expulsée trois jours du lycée pour insubordination et résistance à l'autorité. C'est Olivier qui avait été convoqué. « Votre fille doit faire des efforts pour accepter les autres. C'est une ado, elle s'habille comme elle veut, mais elle ne peut plus perturber le groupe. Souhaitez-vous bénéficier d'une aide psychologique ? ». Carrément ! Il avait aussitôt passé un coup de fil à son ex, histoire de lui rappeler la part de responsabilité qui lui incombait. Répondeur, comme d'habitude ; il en était vert. Sophie lui avait en vain proposé son aide ; il avait préféré laisser un message.

– Toi, t'es surtout une conne !

Manon, 18 ans, ne supportait plus sa cadette. Ses facéties ne faisaient qu'alimenter le réquisitoire de la compagne de son père, qui ne loupait jamais une occasion de tailler sa mère. « Et Ana, ceci… », « Et Ana, cela… ».

Manon avait rejoint la cuisine.

– Maman, j'en peux plus de Sophie. Elle influence trop Emma.

– J'entends tout ! chanta une voix du salon.

– Je m'en fous ! J'ai rien à cacher à personne !

– Ah oui ? Même ton Rudy ?

Ana lâcha ses patates, remonta les épaules dans son cou et tourna la paume des mains vers le plafond, pour marquer son étonnement en silence. Manon comprit. Du talon, elle poussa la porte.

– Tu as un copain ? murmura Ana.

– Rien à voir. Tu ne vas pas écouter les ragots de cette mytho !

– Je m'inquiète. Surtout… dans ton cas.

– Maman… Faut arrêter avec ça ! Je gère. Je le vois le weekend, rien de grave. Je ne vais quand même pas coucher avec le premier venu.

– Je n'ai pas dit ça. Tu as encore mal ?

– Oui, bien sûr. En haut, en bas… Je suis toujours crevée. Je me lève crevée, je vais aux cours crevée, je me couche crevée. C'est chiant.

Dans le courant de la matinée, tandis qu'Emma était censée réviser son brevet à l'appart, Ana avait emmené Manon consulter une amie toubib à l'hôpital Laveran. Ses douleurs l'handicapaient de plus en plus. Officiellement, elles étaient descendues à *Grand Littoral* pour acheter un soutif. Emma avait été gardée à l'écart de la confidence car Manon redoutait que sa belle-mère fût au courant. La gynéco avait proposé de commencer en douceur au paracétamol, le temps d'affiner le diagnostic. Par la suite, il serait toujours temps d'enchaîner sur une méthode de contraception hormonale, si les douleurs résistaient, voire augmentaient à chaque cycle. Le plus urgent consistait donc à ne pas s'affoler, tout en gardant à l'esprit que non, l'endométriose n'était pas un truc d'hystérique, et encore moins une maladie à la mode. Elle fracassait aussi les ados et devait être prise au sérieux.

– Ta sœur ne se plaint de rien ?

– Demande-lui toi-même. Moi, elle ne me répondra pas.

La Yennefer de la série *medieval-fantasy* avait rejoint la conversation. Manon n'aurait peut-être jamais de gosse, si tant est qu'elle en eut voulu un jour. La destinée des femmes se résumait-elle à cette curieuse formule contradictoire ? être épouse, puis mère, icône d'un idéal archaïque de femme au foyer, ou indépendante ? « Sûrement pas », songeait Ana. Et même si elle n'avait pas zappé le courage des pionnières qui s'étaient défaites de l'État-mari, du dictateur de famille et du mariage à tout prix, elle avait depuis belle lurette dépassé le concept du clivage femme-homme. Et puis, que cela signifiait-il, « être indépendante » ? Se laisser pousser les poils sous les aisselles et choisir d'autres chaînes ? Être nécessairement célibataire pour devenir soi, et avoir une chance de se réaliser ? Pour Ana, la formule *winneuse-winneuse* reposait sur les notions de choix et d'équilibre : droits à parts égales, obligations à parts égales. Elle ne voulait rien d'autre pour ses filles. Qu'elles pussent choisir leur destin, et le remettre en cause quand elles le voudraient, comme elles le voudraient, avec qui elles le voudraient. La libre disposition de leur corps ne devait pas les rendre esclaves d'un destin fatal de poules pondeuses, et encore moins de martyres, mais les libérer, dans un équilibre consenti avec l'amour de leur choix. Ses filles auraient des enfants, ou pas, mais seulement si elles le voulaient, quand elles le voudraient, comme elles le voudraient. Point barre.

D'un revers de main, Ana balayait les beaux discours intégristes. Elle estimait davantage la nature des sentiments que la dictature des mots. C'était sa croix. N'avait-elle pas elle-même suivi ce chemin après avoir rencontré Olivier sur les bancs de la fac de droit ? Elle lui avait tout pris et lui avait tout donné en échange, son amour, son corps, sa vie, jusqu'à cet après-midi de juin, quand elle l'avait retrouvé à bécoter Sophie sur la terrasse d'un bar du cours Mirabeau. Une petite frappe avait avoué trop tôt à Paris, et elle avait sauté dans son TGV avec 24 heures d'avance. Patatras en arrivant à Aix ! Le bel équilibre s'était rompu. Par sa lâcheté, Olivier l'avait libérée de son serment.

Ana se sentait épuisée, mais pas vaincue. Elle n'abandonnerait pas. Elle écouterait simplement son âme pour trouver des réponses. Elle qui était passée par tous les stades de la spiritualité, fille, femme, mère, employée, épouse, amie, conseillère, bref, *Superwoman* à toute heure, n'en pouvait plus. Il était temps qu'elle pense à elle, qu'elle emprunte cette voie intérieure qui la ramènerait chez elle.

Mais elle connaissait le prix de cette liberté.

Abandonner sa zone de confort, quitter Pontoise et atterrir dans ce F3 minable à Saint-Antoine, de l'autre côté de la ville, bien trop petit par rapport au standing supposé d'une commandante de gendarmerie. Tout à refaire, les tapisseries gondolées, la salle d'eau hors d'âge et les fils électriques qui couraient le long des plinthes. Elle n'avait rien trouvé de mieux, c'est-à-dire de libre tout de suite, mais, surtout, près de l'autoroute Nord, à trente minutes de Célony et donc de ses filles. Car la juge avait été claire. La garde des enfants était confiée à maître Olivier Redon, avocat au barreau d'Aix, « puisque l'épouse ne pouvait assurer ni la stabilité, ni le cadre décent au développement des enfants ». Ses choix, son métier, son affectation à l'IRCGN, tout plaidait en sa défaveur. Mais elle n'avait pas rendu les armes pour autant.

Depuis trois ans, Ana grignotait les kilomètres avec les dents et gommait un à un les attendus de la JAF. Son métier ? Il en fallait bien un pour nourrir ses filles. Elle l'avait, et solide. Trop loin, la banlieue parisienne ? Sa mutation à la section de recherches de Marseille avait envoyé l'argument aux fraises. Trop dangereux ? Trop chronophage ? Sûrement. Alors, le soir, en s'épilant les cannes dans sa belle baignoire rose en PVC, elle songeait à demander son affectation aux services administratifs ou aux ressources humaines, loin des enquêtes de la *Judiciaire* et des heures impossibles. Elle était prête à tout pour ses gamines, voire à davantage. Ne lui restait plus, selon l'expression du général Davaine, qu'à apprendre à contrôler ses nerfs.

– Pourquoi on n'irait pas s'installer toutes les trois chez Magali ? On peut, non ?

– Tata Magali ? s'étonna Ana.

– Ben oui, à Fuveau.

– Je ne sais pas…

– Le cabanon de Papy est bien à toi ? L'héritage…

– Oui… mais ça fait des lustres que je n'y ai pas posé les pieds. Et puis, la famille et moi… tu sais… avec Tata Magali, ça n'a pas toujours été simple…

– Et alors ! Tu veux que je l'appelle ?

– Tu la vois ?

– Parfois.

– Ah… Ça m'embête. J'ai un peu coupé les ponts et je suis sur une enquête à Gréasque… Je n'ai pas dit aux collègues que… que j'avais de la famille dans le coin.

Emma rouvrit la porte de la cuisine sans quitter son portable des yeux.

– J'vous préviens, moi, je ne vais pas m'installer chez les ploucs. Je reste à Célony avec Sophie.

– Toi, ta gueule ! Tu feras ce qu'on te dit. Alors, maman ? Tu ne vas pas croupir dans cet appart ? C'est relou, ici.

– Ça va, les filles, je vais voir…

Ana rinça les patates dans l'évier, sortit une bouteille du frigo et vint se rasseoir à la table. Les filles l'observaient en silence.

– Toutes les femmes sont sûrement des magiciennes, poursuivit-elle, ses pensées noyées dans son verre d'eau, mais certaines le méritent moins.

8.

Mascos

Marseille
Mardi 9 juin

– Jour, commandant. Désolé de ne pas vous faire monter, Léa est malade comme une bête.

Après s'être extirpée du bouchon qui obstruait l'avenue du 19 Mars, Ana avait trouvé une place dans la cour de la caserne. Il n'était pourtant pas 8 heures. Un SMS à Zidane, et le futur papa avait débarqué sur le parking, yeux mi-clos et polo froissé. La nuit avait encore dû être courte.

– Vous voulez que j'y aille seule ? Vous avez une tête de déterré.

– Non, commandant, ça va. Sa mère arrive dans la matinée. Léa veut déclencher et je crois bien que c'est le bon plan. J'en peux plus, moi non plus, de cette grossesse. On prend ma voiture de service, décida Zidane en jetant son sac dans le coffre de la *Mégane*.

Ana souffla. Ce n'était peut-être pas la meilleure idée.

– Ok. Je prends le volant.

– Non, non. Je vais conduire, ça me réveillera.

– C'est vous qui voyez…

Depuis huit jours, l'eau avait coulé sous les ponts de l'Huveaune. Le capitaine Leval avait rappelé le PSIG à Aubagne. La scène de crime avait été cernée de grilles de chantier, les hommes de la BTA de Gréasque passaient y jeter un œil à heures régulières. Le berger, sous contrôle judiciaire, était rentré à Rians avec ses blancs moutons.

– Il ne s'envolera pas !

Le major Rocco avait rédigé une liste scrupuleuse du contenu de la caravane. Il n'avait rien trouvé de très répréhensible, à part peut-être un petit paquet « d'herbes de Provence ». Pas de quoi fouetter un chat.

Zidane avait rattrapé l'A501 après le rond-point Colonel-Vaillant et s'était engagé en direction de Marseille-*La Vieille Charité* pour découvrir le fameux cippe et, surtout, espérer en apprendre davantage sur le contexte alambiqué de l'affaire. Une fois calé dans le train-train du trafic, il tendit le bras au-dessus des genoux d'Ana et tira son cahier de la boîte à gants.

– Venez, commandant, ça ne va pas rouler longtemps. On va en profiter pour faire le point. Le professeur Pesserand m'a emailé l'inventaire des découvertes dans la fosse. Avant que Rocco ne la fasse reboucher, précisa Zidane sans quitter la double-voie des yeux.

– Vous n'avez pas envoyé les scellés à Pontoise ?

– Si, si ! L'INRAP a travaillé sur des photos prises la veille du crime. Vous devriez regarder, j'ai collé le rapport à l'intérieur.

Ana trouva la page sans difficulté. « Quarante-deux crânes, vingt-trois fémurs, trente-quatre tibias, trente-et-une omoplates, cent trente-huit côtes, une multitude de petits os, de nombreuses dents… ; des objets en bronze, treize boucles de ceinture, neuf broches, deux casques incomplets, un bouclier, trois fourreaux d'épée en très mauvais état… »

– Eh ben, *jackpot* ! C'est vos Celtes !

– Continuez, continuez…

Pesserand avait détaillé tout un inventaire à la Prévert. « Des objets en fer d'époque Empire romain : trois bagues, huit pièces de monnaies, des pointes de pilums, des échantillons de cottes de mailles, lamelles de fer articulées, rabats de couvre-nuque, lames de glaive, clous et autres rivets de toutes sortes, plus une douzaine de *hagstones*, des pierres de sorcières, et quelques pièces indéterminées ».

– C'est le catalogue de *La Redoute*, votre machin !

– C'est une fosse commune.

– Possible, mais vous allez être déçu. Y'a prescription ! Ils se sont entretués et les vainqueurs ont enterré tout le monde pour l'éternité. Enfin… jusqu'aux orages de la semaine dernière. L'analyse ADN nous dira si personne d'autre ne se serait inopinément glissé parmi les ossements. Vous voyez ce que je veux dire ?

– Evidemment. Tournez la page, commandant.

Ana lut un moment pour elle-même. Au fur et à mesure, elle sautait des lignes pour n'extraire que le meilleur : « Une tablette de plomb dédiée à Sullis Minerva, déesse celte recyclée par les Romains », « Un genre d'ex-voto demandant la guérison d'une affection oculaire », « L'eau de source transformée en eau guérisseuse par l'intercession de la déesse »…

– Je n'arrive plus à lire, c'est quoi la suite ?

– Panne d'encre… se désola Zidane. Il s'agit de deux autres lamelles de plomb demandant de repousser des maléfices. Je vous transfèrerai le mail, Pesserand m'a promis une traduction d'ici un jour ou deux.

La *Mégane* se traînait dans les sempiternels bouchons commentés en direct sur *France Bleu Provence* par les banlieusards piégés. La clim hoquetait ; une fois ça roulait, une fois ça tanquait. Zidane devait rester concentré pour ne pas tamponner son prédécesseur et surveiller ses rétros où surgissaient des trompe-la-mort à scooter. L'A501 déflorait ce que l'impudique cité avait de plus sombre, des arrière-cours crades, dépotoirs de consuméristes narcissiques, des dessous de ponts abandonnés, couverts de tags moches aux alphabets impénétrables, une ligne de chemin de fer anonyme où filait un TGV pressé.

Enfin, une fois franchi La Valentine, la

circulation redevint fluide et l'affligeant spectacle s'estompa à la faveur de la vitesse retrouvée.

– On ne doit rien négliger reprit Ana. Je suis d'accord avec vous, et vous avez fait du bon boulot. Mais…

Ana remarqua la moue que tirait Zidane, le regard perdu dans son pare-brise.

– Je suis sérieuse ! C'est bien... Mais, pour l'instant, je préfèrerais qu'on se concentre sur Hélyette Motti. Vos Celtes dorment depuis deux mille ans au fond d'un trou. On va vérifier s'il n'y a qu'eux dedans, et les archéologues découvriront vite tout ce qu'ils ont à nous apprendre. En revanche, l'assassin veut nous entraîner dans une course contre la montre. On va devoir donner quelque chose à grignoter au substitut, sinon, c'est nous qui passerons à la gamelle.

Point positif pour Ana et son conducteur, la perquisition de vendredi dernier chez Hélyette Motti aurait, pour le plus grand bonheur du parquet, permis de garnir l'étal d'un brocanteur. Les gendarmes avaient mis au jour tout un bric-à-brac d'objets hétéroclites, suspects, intrigants et inutiles : une collection de balais, du faisceau de branches maladroitement assemblées au pousse-poussières multicolore, des baguettes de bois et de plastique, des encensoirs, des chaudrons noircis, des couteaux gravés, dont un à manche blanc, deux boules de cristal, des bougies de toutes tailles, et de drôles de bouquins, dont un sur la *Wicca*, sorte de manuel regroupant le béaba des sortilèges et autres invocations, des rituels sacrés et diverses règles de magie.

En revanche, la fouille de l'*e-Peugeot* n'avait rien donné de transcendant. La clef électronique était restée dans le vide-poche, le coffre encore rempli des courses de la veille. Hélyette Motti était rentrée tard après un passage à la *Biocoop* de Saint-Sa et avait de toute évidence prévu de remplir le frigo après son footing matinal. Elle n'avait donc rendez-vous avec personne. Rencontre fatale au rond-point des Gournauds, mais fortuite. Sa garde-robe était garnie de vêtements neufs, de marque, comme sa collection de tenues de sport, toutes estampillées *Le Coq-Sportif*. La mère Motti s'éclatait dans ses délires, entre élucubrations fantasques et achats compulsifs de linge de marque. Un examen scrupuleux de ses carnets d'adresses, mails, réseaux sociaux et portable, permettrait d'en apprendre davantage sur ses petites habitudes.

Tandis que la *Mégane* s'engouffrait dans le tunnel *Prado Carénage,* Ana rouvrit le cahier que le lieutenant aimait noircir. Elle parcourut le brouillon de l'enquête de voisinage : « Hélyette Motti, une fille Roubaud, pétait un peu plus haut que son cul »… « Veuve de Bernard Motti, médecin d'Aix, mort d'un cancer en 1999 »… « Grand train depuis sa retraite, recevait souvent, et tard le soir »… « Organisait des jeux de rôles dans son jardin, toujours la nuit », mais « Jamais de tapage »... « Femme plutôt froide, polie, discrète », « Bossait à la bibliothèque ». « Floréal Gras, grand-père maternel, maire de Gréasque, dans les années 1950 ». « Une fille, Claire, qu'on n'a pas vue depuis des lustres ».

– Alors ? Et vous, vous pensez quoi de tout ce bordel ?

Zidane expira profondément. Il glissa un œil dans ses rétros, mit son cligno à droite, direction le *Mucem,* et répondit une fois la lumière du jour revenue.

– Qu'entre mes Celtes et *Samanta,* le substitut n'est pas près de dormir tranquille.

* * *

Trois pas séparaient le parking du *MuCEM* de la *Vieille Charité* : la *Major*, l'*Évêché,* et le *Panier*. Des noms mythiques. Quand Noreydine Zidane avait su qu'il s'envolait pour la capitale phocéenne, il avait aussitôt révisé ses classiques. Les affranchis, les frères Guérini, l'empereur de la nuit, le fils du légionnaire, les quartiers Nord, les règlements de compte à la *kalach* dans les bars. La saga du milieu marseillais n'avait presque plus de secrets pour lui, en théorie du moins, mais ce n'était pas ce qui l'aiderait le plus.

Cette enquête devait être réussie. C'était sa première, son capitaine l'attendait au virage et le substitut au coin du bois. Personne ne lui ferait de cadeau. Ça tombait bien, il n'en espérait pas tant. Le petit gars de Bondy savait qu'en choisissant Marseille, il se jetait dans la tapenade. Il ne regrettait rien, même si chaque matin que faisait Dieu, l'état de Léa empilait une couche supplémentaire à l'épaisseur de ses tracas.

Et puis, cette Ana Boyer était arrivée avec son grand chapeau, sans se presser, pour lui couper l'herbe sous le pied et lui piquer son cheval blanc. Sous ses airs de femme invaincue, sa cheffe traînait des gamelles qui risquaient bien de les entraîner tous deux dans les abysses. Il se sentait plus seul que jamais dans un océan d'incertitudes, avec l'unique espoir d'obtenir son salut d'un boulet toujours plus lourd.

– C'est pas là ?

Zidane atterrit. Une grille barrait l'accès à une sorte de petit temple romain surmonté d'un gros suppositoire, l'hospice de la Charité.

– Si. Suivez-moi. Géraldine Durieux nous attend. C'est la conservatrice, je crois, ajouta-t-il en grimpant sur le trottoir.

La fille du secrétariat se souvint qu'un gendarme avait appelé pour un entretien avec « Madame ». La belle abandonna son vernis à ongles sur le formica, passa un bref coup de fil en se figeant dans un garde-à-vous ostentatoire. Elle opina plusieurs fois du chef, au cas où son interlocutrice interpréterait mal sa rafale de « Oui, Madame ».

– Si vous voulez bien me suivre jusqu'au 1er étage.

Ana et Zidane emboîtèrent le pas de leur guide. Au bout d'une longue galerie, la jeune femme stoppa et pivota brutalement sur elle-même.

– Merci d'attendre ici. Madame Durieux vous rejoindra dans un instant.

« Salle du lapidaire ». Autrement dit : « Débarras où croupit tout un tas de vieux cailloux ramassés dans le coin ». Ana déambulait entre les vitres qui protégeaient des inscriptions latines gravées sur des calcaires, tronçons de colonne difformes, autels et autres cippes. La pièce était climatisée. Zidane remonta le col de son polo au moment où la porte s'ouvrit sur « Madame ».

Géraldine Durieux rayonnait d'une quarantaine outrageante, taille fine et poitrine généreuse. Tailleur-pantalon élégant, veste serrée près du corps, découpes princesse et poches passepoilées devant, à l'italienne sur le côté, broche lumineuse au revers, tombé du pantalon impeccable sur les jambes, chaussures ouvertes haut-talons. La classe, tout le contraire d'Ana, adepte inconditionnelle du *jean tee-shirt* pas repassés.

– Camille m'a dit que vous souhaitiez voir le cippe dédié à Bélénos ?

Ana s'était approchée, le contraste impressionna Zidane. Elle sortit sa carte de police et entreprit les présentations.

– Commandant Boyer. Et ça, ajouta-t-elle en passant un pouce ironique par-dessus son épaule, c'est le lieutenant Zidane. Nous enquêtons sur une affaire de meurtre. Des archéologues de l'INRAP ont exhumé des pièces qu'ils disent appartenir à l'époque celte. Notre scène de crime est pour le moins curieuse, pentacle, peut-être un charnier. On nous a dit que vous pourriez nous aider à comprendre.

Ana donna un coup de coude dans les côtes de son adjoint.

– Qui ça, déjà ?

– Hein ? Pesserand. Professeur Pesserand.

Géraldine Durieux haussa les épaules — « Connais pas » — et s'avança dans la troisième allée.

– Le voilà. Ce n'est pas grand-chose. Tous les villages des Bouches-du-Rhône offrent des monnaies de toutes époques et de la poterie gallo-romaine à profusion, tessons, campanienne, bref.

Mais vers 1880, ce cippe a été retrouvé à Gréasque. On y devine le nom du dieu gaulois. Ce qui, si le cippe est endogène, confirmerait une fois de plus que des Celtes venus du centre de la France se sont mêlés aux Ligures, et qu'un culte au dieu guérisseur s'est développé localement. Les divinités panceltiques comme Ésus, Cernunnos et Bélénos étaient liées au monde sylvestre. De nombreux sanctuaires dédiés à ce dernier ont été découverts dans ce que nous appelons des forêts-frontières, refuges de toutes les superstitions, et il est imaginable que les vallées de l'Arc, de l'Argens et de l'Huveaune abritaient un tel écosystème, entre le massif de la Sainte-Baume et la montagne Sainte-Victoire. Les couverts qui s'étendent à l'est du massif de l'Étoile constituent un bien piteux relief de cette forêt sacrée.

Zidane, remis de ses émotions, feuilleta son sempiternel cahier et revint à la charge. Il montra aux deux femmes un dessin grossièrement griffonné.

– Nous avons retrouvé un corps au milieu d'un pentacle. Regardez. Les Celtes avaient-ils recours à ce genre de choses ?

Géraldine Durieux observa le gribouillis avec dédain, une étoile à cinq branches. Elle dévisagea le jeune homme et laissa tomber un regard inquisiteur sur les *Converse* d'Ana.

– Votre dessin représente-t-il exactement ce que vous avez vu ?

Zidane hésita.

– Je n'ai pas représenté le corps…

– C'est un pentagramme, pas un pentacle. Il manque le cercle autour de l'étoile. Ce qui peut démontrer l'amateurisme de votre assassin en matière d'ésotérisme, ou, si c'est un initié, son antipathie vis-à-vis de la victime. Le cercle délimite l'espace inviolable consacré à la déesse et au dieu, censé protéger de la façon la plus absolue les personnes qui y entrent. C'était une femme ?

Nouvelle hésitation. SOS, commandant Boyer !

– Et qu'est-ce que ça changerait ? intervint Ana.

Géraldine Durieux invita ses visiteurs à rejoindre l'accueil, où la belle Camille avait repris ses activités de manucure. La conservatrice du lapidaire maltraita un présentoir poussiéreux. Elle en tira un dépliant fatigué.

« Mascos de Provence, femmes et magie »

« Exposition du 4 au 24 juillet 2015 »

Le document ne datait pas de la veille, mais le visuel de l'exposition ne prêtait pas à confusion. Un artiste exalté avait représenté une femme nue, jambes et bras écartés, couchée sur un pentacle.

– Il n'y en avait qu'une, n'est-ce pas ? hésita Géraldine Durieux.

– Pourquoi cette question ?

– Le curateur de cette exposition envisageait trois catégories de masco, le terme provençal pour nommer les femmes dotées des savoirs proscrits. « Mascos ! Rebelles indépendantes, jeunes et obstinées ; femmes mûres et sans enfant, suspectes ; femmes fanées, annonciatrices de la mort ». Elles ont toutes fait l'objet des massacres les plus injustes parce qu'elles représentaient à la fois le mystère de la maternité et le temple de la Nature. Une double malédiction.

Ana et Zidane s'interpellèrent du coin de l'œil.

Les deux gendarmes s'étaient compris, mais ce n'était ni le lieu ni le temps d'en faire publicité.

– Je pourrais garder ce document ? demanda Ana en guise de diversion.

– Bien entendu. Je n'en sais de toute façon pas davantage que ce qui y est résumé.

– Et pour les Celtes, rebondit Zidane, vous pourriez nous aider ?

Géraldine Durieux plissa les paupières et réfléchit un instant.

– Voyez le professeur Lavray, ethnologue, ancien maître de conférences à l'université d'Aix-Marseille I. Il a contribué à l'exposition sur les mascos. C'est le spécialiste incontesté de la religion celte, de leurs dieux et de leur influence sur les cultes romain et chrétien. Je ne pense pas qu'il enseigne toujours, mais nous avons ses coordonnées quelque part. Laissez votre numéro à Camille. Elle vous adressera un SMS avec les renseignements utiles.

Le soleil tapait dur sur le parvis du *Mucem*. Les arbres plantés pour l'inauguration de 2013 peinaient encore à fournir l'ombre promise. À l'écart, des amoureux se bécotaient sur un banc. Plus loin, un maigrichon en survêt proposait du shit aux premiers touristes de la saison.

Ana s'adossa contre un mûrier-platane et se roula une cigarette.

– Dites donc ! Elle vous a fait de l'effet, « Madame » !

– Mais non…

– Mais si ! Ne vous inquiétez pas, je ne dirai rien à Léa.

Zidane haussa les épaules. Goguenarde, Ana

léchait son papier et faisait glisser son briquet entre ses doigts. Elle tira goulûment sur son mégot et souffla la fumée sur les gabians.

– A quoi avez-vous pensé, quand elle a évoqué les trois « *masques* » ?

Zidane monta à nouveau les épaules.

– Comme vous, j'imagine. Qu'il pourrait y avoir d'autres victimes.

– Exact. On va aller voir ce prof. Vos Celtes commencent à me fatiguer, mais je veux savoir si le charnier a un rapport avec le crime. Et ce qu'Hélyette Motti trafiquait avec son attirail. Et qui elle a pu inquiéter avec ses histoires de magie.

Un boulet toujours plus lourd…

Noreydine Zidane était entré de plain-pied dans la cour des grands. La promesse faite à son père de réussir, son classement de fou à la sortie de l'EOGN, son mariage d'amour avec Léa et, maintenant, ce petit bout qui allait voir le jour. Toute sa vie le poussait résolument vers l'avant et lui nouait l'estomac.

– Ah oui ! Un dernier truc ! rebondit Ana. Sauf imprévu, demain, je déménage. En cas d'urgence, vous avez mon 06.

9.

La magicienne

Gréasque
Mercredi 10 juin

– Snoopy ? T'es où, mon gamin ?

Martine s'arrêtait toujours cinq ou six minutes à l'endroit où le petit pont enjambait le grand Vallat. Sa hanche droite l'obligeait à ces pauses régulières. Elle retournait des cailloux, cueillait une branche d'encensier, rappelait Snoopy et rentrait à la villa. C'était ainsi chaque matin. Tôt avant les chaleurs, Martine exorcisait ses rhumatismes sous les frondaisons des chênes sessiles.

Attiré par quelque odeur de bestiole, le chien était descendu flairer les herbes humides du Tombereau. Les pluies de la semaine dernière l'avaient rempli. L'eau avait débordé sur l'aire de jeux transformée en pataugeoire.

– Au pied, mon gamin ! T'es où ? Viens !

Snoopy n'en faisait qu'à sa tête. Mal lui en prit. La petite barre rocheuse où il avait grimpé était trop haute pour sauter. L'appel venait d'en face ; pour avancer, il devait reculer. Affreux dilemme. Il hésita un moment et surmonta son instinct. Demi-tour. Langue pendante, poils et *spigaous*, il trotta sur un layon creusé par les sangliers. À un croisement de pistes, il emprunta un glacis où la roche s'effeuillait en mille paillettes sous les morsures répétées du soleil.

De-ci, de-là, Snoopy contournait une pierre fendue, un nid de fourmis, un pin fatigué que le vent avait couché. Il s'arrêta encore, tendit l'oreille, plongea le museau dans un arbousier et leva la patte. Il atteignit enfin la *carraire* qui se coulait dans le ravin en un long virage abrupt. Sauvé ! Il aperçut alors sa maîtresse, mains sur les reins (elle aussi l'avait vu). Cependant, un curieux spectacle le retint et exalta tous ses sens. Une bonne odeur de sang caillé et de chairs mutilées ranimait le loup qui dormait en lui depuis des siècles. Il s'approcha, lécha avec avidité la plaie suave qui s'offrait à ses babines, quand un cri déchira la forêt. Martine venait de le rejoindre.

– Nom, prénom.

– Caradec Michel.

– Vous avez vu quelqu'un ? entendu quelque chose ?

– Rien de plus que ma femme. Elle m'a téléphoné et je suis venu aussitôt. Je suis monté voir et vous êtes arrivés.

– Quelle heure ?

– 8 heures - 8h10 ?

– Domicile.

– 353, chemin des Charbonnières.

– Profession.

– Enseignant retraité… Martine aussi. On vient de Rennes. On a acheté en 2018. Ce matin, elle est partie seule, je réparais mon VTT.

– Vous n'avez croisé personne ?

– Non… D'habitude, il y a des joggeurs et, le mercredi, des gosses. Mais plus depuis la sale affaire.

– Vous n'avez touché à rien ?

– Non, non. J'ai regardé de loin et je suis redescendu en vous entendant arriver.

– Rejoignez Madame au véhicule des pompiers, l'adjudant Orquel va prendre vos coordonnées. On vous convoquera.

Rocco avait disposé ses hommes autour du Tombereau pour fermer les accès au Grand Ravin. Les gars du PSIG étaient de retour et, cette fois, pour un bout de temps. Ça grouillait de partout. Le capitaine Leval s'interrogeait, le substitut Durand gesticulait. Orquel poussait les pompiers, agglutinés autour de Martine Caradec. Un peu plus loin, Aurélie Pons retenait à contrecœur les premiers badauds qui l'empêchaient d'avancer.

En haut du petit promontoire, Bekhti s'était mis au boulot. Ana et Zidane l'avaient rejoint. Dès l'appel de Caradec, le planton avait eu le bon réflexe de les prévenir. Zidane avait déjà quitté Aubagne et Ana prenait son café au PMU de Fuveau.

– Nous pourrions, Monsieur le substitut, avoir affaire à un tueur en série.

Personne ne contredit Ana. L'aréopage, tête baissée, regardait le légiste s'affairer sur le corps.

– Je vous passe les détails, poursuivit-elle, la position de la victime, dénudée, le pentagramme et la branche de chêne. Deux premières petites différences cependant. D'une, pas d'ossements, et de deux, la victime s'est défendue. Le docteur vous expliquera.

– En concluriez-vous que la première scène de crime était improvisée ? demanda le substitut.

– Possible. Avec le lieutenant Zidane, nous devons consulter un expert de la période celte qui nous éclairera sur cette histoire d'ossements. Mais nous pensons que l'aménagement de l'ossuaire était une initiative d'opportunité, certes suffisamment importante aux yeux du meurtrier pour qu'il prenne le risque de monter son affaire près d'un rond-point. Ça sent le bricolage... Ou l'orgueil, ajouta-t-elle après quelques secondes.

Un lourd silence emplit la clairière. Ana fixait Thomas Durand dans les yeux pour lui arracher le commentaire qui allait bien, mais qui ne venait pas. Leval se porta volontaire, mais sans génie.

– La victime, vous savez qui c'est ?

– Oui, mon capitaine.

Zidane s'était avancé en ouvrant son cahier.

– Bertille Chazelle, préparatrice à la pharmacie de Gréasque. Elle loue un appartement juste en face, avenue Émile Zola, dans les nouveaux immeubles. Célibataire, 38 ans, joggeuse, membre de la *Foulée gréasquenne*…

Re-silence dans les bois.

– Creusez cette histoire de jogging, ordonna le substitut. Voyez les hôpitaux psychiatriques, les plaintes pour agression sexuelle, coups et blessures, les maisons d'arrêt, les médecins de campagne. Ce type nous balade avec ses histoires de pentacle et de mutilations !

Bekhti fit trois pas dans la direction de ses spectateurs, s'arrêta pour retirer son masque et s'étira de tout son long comme un chat après sa sieste. Il gagnait du temps, ou faisait exprès d'en perdre.

– Le mode opératoire est le même que l'autre jour, commença-t-il, corps dénudé, à part ici le soutien-gorge, allongé sur le dos, jambes et bras écartés, pentagramme formé de pierres ramassées autour. Cinq plaies : aux yeux, à la bouche, au pubis, et dans l'espace intercostal entre la deuxième et la troisième côte, près du sternum, *a priori* réalisées avec un objet perforant, peut-être la même arme blanche que l'autre jour, car les plaies présentent des similitudes : longueur, largeur, délabrement. Et la branche de chêne mais, cette fois, enfoncée uniquement dans le vagin.

– C'est donc le même homme…

– Ou un complice averti, car le crime est signé. Les gars viennent de déplacer la victime et ils ont découvert deux fémurs disposés en croix de Saint-André sous son dos. Nous allons vérifier mais, pour moi, ces os viennent de la première scène de crime. Je les emmène à l'IML pour comparer.

Thomas Durand lança un regard mêlé d'admiration et de jalousie sur Ana. Ses yeux de gobi, dissimulés sous d'épaisses lunettes de soleil, n'en laissaient rien paraître.

– Donc, tueur en série…

– En toutes hypothèses, Monsieur le substitut, un collectionneur. En revanche, pas de lésion cervicale. Le coup au cœur a causé la mort. Pas de vêtements à proximité. Deux ongles retournés, index et majeur de la main droite, des hématomes sur le visage, sur les bras, et des griffures dans le cou. Tous ces indices trahissent une lutte acharnée, conclut Bekhti.

– Elle aurait pu s'échapper, remarqua Durand, si c'était une sportive.

– Une fracture au pied droit l'en a empêché. Elle a dû rencontrer son assassin en bas et tenter de s'enfuir. Ça a dû être l'enfer, je pense à la douleur. La fracture est très déplacée, elle a de toute évidence couru dessus, et…

– « Assassin ? » trancha le juge. Vous confirmez donc implicitement la préméditation.

Bekhti plissa les yeux. Il n'était pas homme à jouer avec les mots.

– Disons que je ne distingue pas d'improvisation dans l'agencement de la scène de crime. La preuve, les pierres pour former le pentagramme. Notre homme a voulu reproduire un cadre qu'il connaît, nous ne sommes qu'à 500 m. en aval de la première scène de crime. Il a même signé son œuvre avec les deux fémurs. Donc oui, pour moi, c'est un assassinat, et non un meurtre. En revanche, la branche de chêne à demi-enfoncée laisse croire qu'il a été dérangé. Peut-être par le chien.

Thomas Durand rejoua le coup du mutisme consciencieux. Il tourna sur lui-même, imagina le parcours de Bertille Chazelle, chassée par son prédateur. Elle grimpait le petit pan de falaise, il la poursuivait. Elle accélérait, se fracturait le pied et son bourreau l'immobilisait. Elle le saisissait de la main droite. Il se dégageait et frappait au visage. Elle s'écroulait, puis c'était le coup de grâce…

– Rien d'autre ?

– J'embarque le corps à l'IML, l'autopsie nous en dira plus. J'informerai la commandante et le lieutenant au plus tôt, ils connaissent la route.

Le substitut et les gendarmes étaient redescendus au Tombereau. Aurélie Pons se dépitait à une centaine de mètres, retenue par un jeune gendarme impressionné. Quatre pompiers escortés par un OPJ montaient à la scène de crime avec une civière pour emporter le corps. Zidane se proposa pour retourner interroger le vice-président du club de la *Foulée gréasquenne,* ne serait-ce que pour récupérer la liste des femmes du club. Le capitaine Leval l'y encouragea. Tueur en série, nouvelle victime, le nom de la prochaine cible s'y trouvait peut-être.

– Il faut perquisitionner l'appartement de Bertille Chazelle, poursuivit Ana. Major, je prends Orquel et deux de vos gars.

Durand approuvait d'un signe de la tête quand, à quelques dizaines de mètres, un homme de la section de recherches sortit la tête d'une casemate. Il agitait un linge de la main. Le gendarme interpellé par le cadenas cassé, avait jeté un coup de lampe torche dans la *descenderie* et avait découvert une petite culotte. Celle de la victime ? Peut-être.

Aurélie Pons était enfin parvenue à forcer le passage, bien aidée par Ange Berconi, descendu de son cimetière. Le gendarme du point de filtrage sauva la face en tirant le vieil homme par la manche, tandis que le capitaine Leval entraînait la maire du village à l'écart.

– Suivez-moi, M. Berconi, ordonna Zidane. Je peux savoir ce que vous faites ici ? La zone est interdite au public.

– J'ai vu les gyrophares. Y'a encore une morte ?

– N'approchez pas davantage, vous pourriez corrompre des traces. Avez-vous vu ou entendu quelque chose ?

– C'est l'aînée des Chazelle ? Celle de la pharmacie ? Encore une qui se croyait plus belle que les autres, avec ses airs de sainte Nitouche. « Moi, j'me marie pas ». Pas d'homme, pas de gosse, ça fait grossir. Un petit coup de temps en temps pour l'hygiène. J'l'ai vue à la manif de l'Oraison. « Les arbres et les pierres ont une âme ! ». Des conneries, oui ! Toutes les femmes sont des sorcières, mon lieutenant, c'est écrit derrière leurs yeux. Celle-là était une magicienne, comme votre commandante. Une belle hypocrite qui vous fera avaler des serpents !

* * *

– Mon colonel…

Ana salua l'officier sans grande conviction.

– Mon patron vient de m'appeler, embraya-t-elle. J'aurais aimé être prévenue plus tôt, je suis sur une affaire criminelle et j'ai une perquisition en cours.

Chose promise, chose due. La commission d'enquête n'avait pas traîné. L'Inspection générale, « les Emmerdes » pour les intimes, se fichait pas mal du programme de ses proies. Dans sa grande mansuétude, le tribunal de l'Inquisition s'était transporté en province, en l'occurrence dans le bureau mis à la disposition d'Ana par Rocco.

– Nous sommes au courant. Votre chef nous a informés que vous étiez sur une affaire complexe. Nous devons vous interroger, c'est la procédure. Et cela prendra le temps qu'il faut.

Le lieutenant-colonel Dimitri et le commandant Moraine avaient la gueule de l'emploi. Grands, secs, pincés, pompes bien cirées, veste et cravate malgré la chaleur. Le lieut-co zozotait et le quatre-barrettes, blanc comme un fantôme, n'avait jamais dû croiser un rayon de soleil. Les deux offs-sups avaient pris place côte à côte derrière le bureau d'Ana, et l'avaient invitée à s'asseoir sur la chaise qu'occupaient Berconi et Patrolle quelques jours plus tôt. Les rôles étaient ainsi définis. La forme trahit le fond.

L'un des deux Dupontd sentait l'après-rasage bon marché, mais Ana ne parvenait pas à deviner lequel. Le lieutenant-colonel Dimitri prit une profonde inspiration.

– Vous faites l'objet d'une enquête de commandement pour coups et blessures, mise en danger de la vie d'autrui et non-respect des règles de déontologie. Le commandant Moraine et moi-même devons exprimer des recommandations, et assurer le suivi de l'instruction jusqu'à la décision du directeur général. Souhaitez-vous que je résume les faits reprochés ?

Ana secoua la tête. Dimitri alla au plus court.

– M. Grégory Sanchez et M. Goran Maruwski envisagent de porter plainte. Ils ont obtenu une ITT supérieure à huit jours, vous encourez donc une peine d'emprisonnement de trois ans et 45 000 euros d'amende. Mlle Karima Jaoui a été internée dans un centre médico-psychiatrique. Elle est dans l'incapacité de s'exprimer. C'est votre chance, car son témoignage pèsera lourd dans la balance.

Ana demeurait figée. Elle avait mal aux fesses et elle n'était pas la seule. Par intermittence, Moraine changeait d'appui sur la sienne et un discret effluve de menthe âcre passait par-dessus le bureau. C'était lui, l'après-rasage fétide. Valise vite-fait, taxi en retard, sprint dans l'aéroport, *déo* oublié et lingettes à l'hôtel. Le grand classique des coureurs de grands espaces.

– Ensuite, il y a l'accident sur l'A55, enchaîna Dimitri. Mise en danger d'autrui : un an d'emprisonnement et 15 000 euros d'amende. Heureusement pour tout le monde, à part le poids-lourd qui a percuté M. Maruwski, que de la tôle froissée et quelques contusions. Le chauffeur ukrainien roulait en infraction depuis l'Espagne, non-respect des temps de repos et vitesse supérieure de 40 km/h à la limitation de vitesse. Il y a des chances qu'il soit mis en cause. Vous avez un ange gardien, Boyer.

Si Ana avait eu un ange gardien, elle l'aurait expédié au chevet de cette pauvre gamine, brisée à jamais, abîmée dans un jusqu'auboutisme sans retour. Ne plus jamais ouvrir les yeux, se soustraire à la vue de son corps, s'enterrer au plus profond de sa mémoire, et, au bout du chemin, le suicide en guise de délivrance. C'était toujours mieux que les regards compatissants.

– Ce n'est pas la première fois que vous en venez aux mains, précisa Moraine. Il y a un antécédent. Coups et blessures portés sur un certain…

L'officier trifouilla les feuilles de son dossier. Il cherchait un nom, mais ne trouvait pas. Ana le soulagea.

– Grégory Taullan. Alcoolique notoire qui tabassait sa femme au vu et au su des voisins qui fermaient leur gueule et des services sociaux qui préféraient se taire. Intervention en flag, l'épouse en sang, inanimée sur le trottoir. Légitime défense pour autrui. Affaire classée par le juge. J'ai payé pour cette faute qui n'en est pas une. Je ne regrette pas.

– Jours d'arrêt, mutation disciplinaire à Marseille, intervint le lieutenant-colonel Dimitri. Il y a pire, comme sanctions… J'ai le sentiment que vous ne comprenez pas ce qu'il se passe, Boyer. Ça ressemble à de la récidive. Ne comptez plus sur la complaisance de vos supérieurs. Vous devrez peut-être quitter la gendarmerie.

Ana fixait Dimitri. Moraine, écarté du duel, tapotait nerveusement ses feuilles sur le bureau. L'heure du vol retour pour Paris approchait.

– Nous avons terminé. Souhaitez-vous ajouter quelque chose ? Nous n'en sommes qu'au stade de l'instruction.

– Non.

– Alors, c'est très bien, conclut le chef de la commission d'enquête, nous vous convoquerons. Signez ici, et ici. La procédure imposait que nous vous rencontrions, ne fût-ce que quelques minutes. Dommage que vous ne souhaitiez pas collaborer davantage, car la suite promet d'être moins douce.

Douce, la soirée l'avait été. Après une journée comme celle-là, il était difficile de faire pire. Ana avait retrouvé Zidane et Orquel dans le bureau de Rocco. Le major avait ouvert un *côtes-de-provence* pas piqué des vers et servi tout le monde sans demander l'avis de personne. Les quatre gendarmes avaient trinqué en silence, sans allusion à l'interrogatoire. Ana avait vidé son verre cul-sec. Elle en avait bien besoin, la somme de ses secrets commençait à lui peser lourd sur le cœur. Zidane avait récupéré la liste des adhérentes de la *Foulée gréasquenne* et pris rendez-vous avec le gourou du campement de Brogilum. Il avait aussi remplacé Ana sur le pouce à la perquisition chez la fille de la pharmacie.

S'il en croyait la photo publiée dans le journal et sa moisson chez Bertille Chazelle, les deux femmes avaient trimbalé des pancartes anti-boues rouges et crié les slogans de *Résistance Verte* à l'Oraison. Dans la poche extérieure d'un sac à dos, il avait trouvé ce curieux tract.

RESISTANCE VERTE

NATION ECOLOGISTE
STOP AUX REJETS DE MATIERES TOXIQUES
EN MEDITERRANEE !

Non au pipeline de la honte !

Non aux projets immobiliers fous !

Non à la Provence défigurée !

PROTEGEONS LA FORET !
MANIF À LA FERME DE L'ORAISON
JEUDI 28 MAI 2021
RDV quartier des Gournauds
Gréasque – D46a

Voilà. C'était un petit pas pour Zidane, mais sûrement un bond de géant pour l'enquête. Le premier. Les deux victimes cotisaient à la *Foulée* et manifestaient dans les bois. Restait maintenant à savoir pourquoi et comment, et quel était le lien avec les crimes, s'il y en avait un.

Rocco resservit une tournée, tout en se désolant que la fouille de la *descenderie* n'ait rien donné. La culotte n'appartenait peut-être pas à Bertille Chazelle. Une bestiole l'aura transportée là. Le chien des Caradec ? Il faudrait vérifier…

Zidane se réveilla en sursaut.

– Commandant, il faut que j'y aille. Léa m'attend. Je passe vous prendre demain soir à Fuveau ?

– Et en quel honneur, mon cher Zidane ? Demain, je vide mes cartons.

– Vous avez oublié ? Nous sommes attendus chez le professeur Lavray, l'ethnologue. 18h30 chez vous ?

Ana sortit son tabac à rouler.

– Va pour 18h30. J'vous enverrai ma nouvelle adresse par SMS.

10.

Ma main à couper

Châteauneuf-le-Rouge
Jeudi 11 juin

Le soir n'était pas encore tombé, mais ce n'était déjà plus le jour. Les vieilles pierres exhalaient les effluves de l'été. Pourtant, la douce caresse du soleil qui parait encore Sainte-Victoire quelques minutes plus tôt avait tiré sa révérence. Les champs s'étaient vidés, les tracteurs s'étaient tus.

Éreintés par le labeur des vignes, les hommes avaient rejoint les femmes sous la tonnelle. La nuit remplirait bientôt les lits douillets des promesses du printemps prochain.

Sans trop savoir pourquoi, Ana et Zidane avaient suivi le conseil de Géraldine Durieux, rencontrer Paul-Henry Lavray. Peut-être à cause du toc de Zidane, tout noter sur son cahier d'écolier ? et de cette habitude de tout prendre au pied du mot et d'organiser les rendez-vous dans la foulée ? Peut-être à cause de cette intuition qui les poussait à relier les deux victimes aux mythes anciens ? Peut-être. Le lieutenant, carré, trop, sûrement, ne croyait pas aux signes du ciel. Ça viendrait. Quant à Ana, c'était autre chose. Une boule au ventre, un mauvais souvenir. Comme un secret douloureux qu'il faudrait bien un jour affronter.

Zidane jeta un œil au tableau de bord. 19 heures, c'était l'heure. L'éminent spécialiste de la religion celte ne s'était pas fait prier. « Mais oui ! Bien entendu ! Venez ! ». Après une dernière route étroite, puis un long chemin de terre ocre sur la gauche, le grand portail s'entrouvrit. Au bout d'une allée d'oliviers, la villa se dévoila, nichée au pied du Cengle. Un vieil homme s'avança tout sourire sur le perron.

– Avez-vous trouvé facilement ?

– Sans problème ! claironna Zidane en claquant sa portière. GPS !

– Alors, si en plus vous trichez…

Paul-Henry Lavray portait ses quatre-vingts ans comme un charme. Chemise et pantalon de lin, panama sur la tête, canne à la main, un humour de bon aloi semblait ne jamais le quitter. D'après Ana, il vivait seul. Derrière le garage, une tondeuse autotractée et deux paires de bottes de tailles différentes l'avaient trahi. Dans la cuisine, un tablier à fleurs accroché au mur et des gants roses pour la vaisselle, un plateau-repas sous cellophane près du frigo. Dans la véranda où le professeur avait précédé ses invités, une table basse, dressée trop tôt dans l'après-midi. Poussière sur les verres. La solitude des grands hommes.

– Merci de nous recevoir si tard, s'excusa Ana. Je crois que le lieutenant Zidane vous a parlé des raisons de notre visite. Une enquête de police…

– J'ai lu le journal ! Quel malheur !

Les yeux bleu roi du vieil homme pétillaient. Ana sourit en écho, son nœud à l'estomac toujours prégnant. Cette parenthèse de joie allumée dans le cœur du vieil homme ne promettait rien d'autre qu'un feu de paille. Elle le savait.

– Sur les scènes de crime, poursuivit-elle malgré tout, nous avons découvert du matériel archéologique et des ossements très anciens. Vous avez reçu les photos ? (Lavray et Zidane opinèrent de concert). Des archéologues de l'INRAP ont parlé d'ossuaire. Tous ces éléments sont en cours d'analyse, mais nous aurions besoin de vos lumières pour éclairer des pistes peut-être trop belles pour être vraies.

– J'imagine.

Tout en sirotant son Gambetta, Zidane détaillait la collection de pierres gravées qui ornait la véranda. Un tronçon de colonne, haut d'environ un mètre, attira son attention. Il essaya d'en déchiffrer les inscriptions, mais n'y parvint pas.

– Un cippe ? demanda-t-il pour la forme, car il savait maintenant que c'en était un. Qui est « VALETUDO » ?

Le professeur Lavray posa ses lunettes près du ramequin d'olives noires. Zidane venait de raviver les fantômes de l'oubli, quelques décennies de recherches dans des champs de patates, autant d'enseignement dans des facs mal chauffées, des collections de nuits blanches à rédiger des synthèses que personne ne verrait jamais, et des kilomètres de projets d'article que des rédacteurs en chef auraient peut-être lus, s'ils en avaient eu le temps.

Ana observait en silence. Elle guettait le bon moment pour entrer dans le bois dur.

– C'est un faux, le moulage d'un cippe de Glanum, une ville celto-ligure hellénisée puis romanisée, près de Saint-Rémy-de-Provence. Vers l'an 20 avant Jésus-Christ, le général Agrippa dédie la source sacrée de Glanum à Valetudo, la déesse romaine de la santé, et lui fait bâtir un temple.

Zidane planta son regard dans les yeux d'Ana qui ne bronchait toujours pas. Inquiet, il revint à son cahier fétiche et retrouva ses premières notes : « Charles Pesserand, samedi 30 mai 2020 ». Euréka !

– Comme le dieu Bélénos ! Vous connaissez le cippe de Gréasque ?

– Découvert dans la seconde moitié du XXe siècle. Mentionné par Gérin-Ricard en 1899, dans un petit opus que j'ai rangé quelque part. Bélénos est le dieu panceltique des eaux et des sources, le guérisseur des Celtes.

Il n'en fallait pas tant à Ana. Elle posa la main sur le genou de Zidane pour l'empêcher de poursuivre. Elle avait passé la journée à serpiller un appartement douteux, à attendre un proprio fantôme et à ranger des cartons dans un cabanon qui sentait le renfermé. Autant aller tout de suite à l'essentiel, les cours magistraux attendraient.

– Professeur, pardonnez ma naïveté. Ici, à quelques kilomètres de Marseille, des Celtes ? C'est sérieux ?

Pierre-Henry Lavray volait avec les anges. Il resservit une tournée de son sirop préféré et se lova dans son fauteuil.

– L'historien et géographe grec Hécatée de Milet est le premier à mentionner le nom des Celtes en 517 avant J.-C., les *Keltoi*, pour désigner un groupe ethnique qui vivait devinez où ?

Le vieux professeur n'attendit pas que la gendarme réponde.

– Près de Marseille !

– Je ne savais pas, hésita Ana, je croyais qu'ils n'étaient pas descendus si bas.

– Eh oui… Comme tout le monde. Cinq mille ans avant notre ère, des populations indo-européennes migrent à travers l'Asie et l'Europe centrale. Elles suivent la course du soleil. Ce ne sont pas les premières, mais, ce qui est nouveau, c'est qu'elles ont une langue, une religion et une organisation sociale communes. C'est une nation, quoi ! Arrivés dans les vallées de la Seine et de la Loire, ces migrants de la première heure se sédentarisent sur des terres fertiles. La place était libre…

Ana hocha la tête en signe d'approbation. Zidane s'était remis à son passe-temps favori, gribouiller des notes sur son cahier.

– Il ne s'agit cependant pas d'une invasion, continua le professeur, et encore moins d'une conquête militaire, mais d'un flux lent et continu. Entre 1000 et 500 avant Jésus-Christ, le mouvement s'accélère. Les Celtes s'installent en nombre sur notre territoire. Ils fabriquent des armes et des outils en fer, enseignent l'art d'extraire le minerai aux autochtones, et commercent avec les côtes méridionales de l'Italie. Dans leur migration vers le sud, ils se heurtent aux Ibères, côté Pyrénées, et aux Ligures, côté Alpes, mais aussi aux Grecs qui ont déjà fondé Marseille, comme le rappelle Aristote à travers le mariage d'Euxène et de Petta, les Protis et Gyptis de la légende justinienne. Certains refusent l'amalgame et se replient au nord, d'autres se mêlent aux populations locales. C'est l'irréversible histoire des civilisations. Les Celto-ligures adoptent les dieux des marins grecs aux côtés des leurs. Artémis épouse Bélénos, Poséidon s'allie à Cernunnos. Une nouvelle nation prend corps dans une soupe multi-cultuelle.

– Mais y a-t-il, dans la région, des traces des Celtes avant l'arrivée des Grecs ? insista Zidane.

– Evidemment. Les nombreux éperons barrés de nos paysages méditerranéens en témoignent, tout comme le nom de notre belle montagne Sainte-Victoire, juste derrière nous : Venturos, dieu celte du vent.

– Donc, persistait Ana, dire que la Provence est une région celte n'est pas faux. La présence d'un ossuaire gaulois à Gréasque est plausible…

– Certes, bien entendu… même si l'habitude, ou

l'ignorance, a longtemps consisté à le nier. Dans l'inconscient collectif, la culture celte, c'est l'Irlande et la Bretagne, tandis que la Provence évoque les Grecs, à Marseille, et les Romains à Arles. Tout ça, à cause de l'ennemi préféré des Celtes, César, qui avait besoin de passer à Rome pour un grand général. Le futur Imperator réduit à dessein le territoire de la Gaule celtique à l'espace coincé entre Garonne et Seine. Pourquoi ? Parce que si ces Gaulois avaient occupé la basse vallée du Rhône, comme c'était le cas, le Sénat romain l'eût accusé d'être un piètre pacificateur. Vous rendez vous compte ? Il aurait gâché la victoire de Caïus Sextius Calvinus sur les Salyens en 124 avant Jésus-Christ, et la victoire de Marius sur les Teutons vingt-deux ans plus tard ! Les *Commentaires* de César ont été dictés par un falsificateur. L'histoire est toujours inventée par les vainqueurs.

Le professeur rentra aux stands pour boire un coup et repartit aussitôt sur les chapeaux de roues.

– L'archéologie montre des vestiges celtes partout autour de Marseille. Allez visiter Roquepertuse, Glanum et Entremont, vous verrez. Le retour en grâce de la culture celtique ne doit pas être interprété de façon caricaturale, mais relié à l'émergence d'un mouvement social, cultuel et politique : l'écologie primitive.

Plus incrédule que jamais, Zidane interrompit à nouveau son hôte.

– Vous voulez dire… l'écologie ? Les *Verts* et compagnie ?

– Certes, mais en mieux ! répondit le vieil homme, trop heureux de découvrir la tête déconfite du jeune officier. Des communautés néodruidiques ont à cœur de remettre au goût du jour des pratiques liées au culte de la nature, au pouvoir des plantes, du feu purificateur, des sources et des rivières. Les païens ne sont ni des sauvages, ni des incultes, et encore moins des ignorants, mais ceux qui aiment leur pays, leur terre et leur environnement, les animaux sauvages, mais encore les rochers, les collines. Nos concerts géants et autres festivals communautaires liés à la celtitude annoncent le retour en grâce de la religion originelle, dont nous avons été privés en Occident pendant près de deux mille ans. Une religion non plus fondée sur la peur et la souffrance, mais sur l'harmonie et le bonheur. Je ne le verrai pas, mais sa vivacité et sa force d'attraction risquent de balayer le vieux monde.

Revigoré comme jamais, le professeur était allé allumer les lumières. Il en profita pour fouiller une petite bibliothèque encombrée de paperasses et se réjouit quand, d'un tiroir bondé, il extirpa un fascicule jauni. Il rejoignit le salon d'été et abandonna son trésor sur la table basse.

– Revenons à vos préoccupations, commandante. La langue française et surtout la toponymie conservent des traces des Gaulois. Vinturos, Vinturi, Victoire, Sainte-Victoire... Prenez ce petit opus, *Dictionnaire abrégé du celte,* je vous l'offre. Si je vous dis « le parler celte », à quoi pensez-vous ? Au breton et au gaélique, n'est-ce pas ? Or ces langues régionales sont dérivées de dialectes celtiques autrefois pratiqués sur tout notre territoire.

– Mais une langue celte, disons… académique, n'est jamais arrivée jusqu'à nous.

– Vous ne manquez pas de perspicacité,

commandante. Il est difficile de reconstituer le gaulois tel qu'il était parlé avant la conquête romaine. Mais de nombreuses inscriptions en conservent la trace. Mon lieutenant ! Comment appelez-vous une colline de sable, au bord de la mer ?

Concentré sur les notes qu'il griffonnait, Zidane sursauta. Re-tête d'ahuri, re-satisfaction du vieux prof.

– Une dune ? balbutia le jeune officier.

– Comme la dune du Pilat. Dans leurs textes officiels, les autorités romaines remplacent le terme « dun », notre dune, par « oppidum », une ville, en quelque sorte, agrégée autour d'une éminence qu'on appellera plus tard « castellas ». Mais le peuple des forêts, lui, conservera « dun » pour évoquer l'endroit où ses parents sont nés. Et c'est ainsi que vous vous retrouverez à Laudun, dans le Gard, avec une élévation en plein centre-ville, à « Lugdunum », la colline du dieu Lug à Lyon, à London, à Dinan, Verdun, Issoudun, Dunkerque ! Ça vaut aussi pour d'autres mots toujours en usage : arpent, bec, ruche, marne, chêne, sac, alouette, etc. Conclusion ? Si la langue française n'est pas sortie du substrat gaulois, mais du latin, c'est à cause de l'hégémonie romaine et de l'adoption de la langue de Sénèque par le clergé catholique romain.

Zidane s'était redressé à son tour, mais plutôt dans le but de se dégourdir les jambes. Il s'était approché de la baie vitrée pour admirer les étoiles. Le laïus de Paul-Henry Lavray l'avait dissuadé de noircir son cahier. Cependant, c'est bien lui qui glissa une nouvelle pièce dans le juke-box.

– Et on peut effacer une langue comme ça ?

– Mais… nous venons de le voir, mon lieutenant. Les Romains s'emparent de toute la région méridionale de la Gaule, la *Provincia romana*, autrement dit, ici. Ils importent leurs élites, créent des écoles, accordent des privilèges à ceux qui parlent leur langue et obligent les autres à la pratiquer dans les actes administratifs et commerciaux.

– Et le tour est joué !

– Exact, commandante. Car malheureusement pour eux, les Celtes privilégiaient la tradition orale. Ils considéraient l'écriture comme une chose morte, en ce sens qu'elle fige pour l'éternité ce qu'elle exprime. Elle ne permet pas de se tromper, de pouvoir changer d'avis, surtout quand on grave dans la pierre. L'imprimerie n'existe pas encore en Europe, et encore moins le papier. Si la langue celte avait été fixée par une littérature, cette pénétration du latin n'aurait pas été si décisive. Le corona-latin, au prix d'une compétition faussée, l'a emporté sur le gaulois, car ce dernier n'avait pas de vaccin pour se défendre…

À son tour, Ana rejoignit la baie vitrée pour jeter un discret coup d'œil à sa montre. 21h15, elle n'était pas couchée. En rentrant de Marseille, elle avait jeté son barda dans le cabanon de Fuveau. Il y avait des chances que la nuit se poursuive sur un matelas gonflable. Elle se retourna.

– Nous comprenons et nous vous remercions pour toutes ces précisions, professeur. Mais auriez-vous des éléments très précis qui nous permettraient d'affirmer que des Celtes sont passés par Gréasque ?

Paul-Henry Lavray revenait de la cuisine avec

des glaçons et un nouveau ramequin d'olives. Le défi l'excitait. Il s'abattit lourdement dans son fauteuil et souffla.

– Eh… cette histoire de Celtes est en revanche gravée sous nos pieds. On l'a vu, ils ont donné aux terres, aux montagnes et aux fleuves des noms que le temps n'est pas parvenu à effacer, et encore moins les hommes. Après que le lieutenant Zidane m'a appelé, j'ai phosphoré sur le toponyme de votre village. Je me doutais que le « asque » venait du latin « aquae », « eau ». Mais le préfixe « gré » ? Et ce « s », curieusement placé entre le « a » et le « q » de « a-quae ». Ce curieux indice m'a toutefois mis sur la piste. Je pense que « Gréasque » vient du celte « gresumlin », « gresum », qui signifie… devinez…

– A vous de nous le dire, s'impatienta gentiment Ana.

L'heure tournait drôlement vite depuis cinq minutes. Le vieux prof ne se fit heureusement pas prier.

– « Eaux ». Avec la domination romaine, le terme se voit adjoindre le latin « aqua », pour donner « grés-aquae ». « Eaux », dans les deux langues, pour que tout le monde comprenne, envahis et envahisseurs. Par palatisation… une modification phonétique classique dans les langues indo-européennes, le « a » et le « s » s'inversent devant le son « ke », et ça devient « Gré-a-s-que ». La formation du toponyme suit le même chemin que celui de Gréoux, « Gres-aqua », qui se vit là-bas accoler « les-bains » en plus, comme une double redondance indispensable à rappeler un passé thermal multimillénaire en trois langues.

– Vous êtes certain de vos sources ? s'enquit Zidane en se retournant. C'est important, pour nous.

– Absolument pas, mon lieutenant. La toponymie est un des arts divinatoires des plus décevants. Mais bon… Sans un peu d'imagination, la science n'avancerait pas. Tout comme votre enquête…

Les deux officiers de gendarmerie avaient rejoint leur fauteuil. Zidane avait rangé son cahier et son téléphone portable dans sa musette. Ana avait remonté la fermeture à zip de son blouson.

– Avez-vous regardé les photos que le lieutenant vous a envoyées par mail ?

– Alors oui… hésita Paul-Henry Lavray en plongeant la main dans son épaisse barbe blanche, il y a effectivement des armes, du moins ce qu'il en reste… Mais surtout des fibules et de curieuses épingles qui nous renverraient au culte des sources, c'est-à-dire vers 500 ans avant Jésus-Christ, avec un rite de dépôt de fibules qui disparaît, à vue de nez, vers 300 avant Jésus-Christ. Ça en dit long sur l'ancienneté du site, et ça confirme que votre scène de crime se trouve sur un territoire occupé par des Celtes à un moment donné.

– D'accord, trancha Zidane en bâillant. Mais les Romains en Provence… Sextius Calvinus à Entremont, Marius à Pourrières, César à Marseille… Vous l'avez dit, c'est plutôt le siècle avant Jésus-Christ, non ? Pas la période que vous évoquez.

– Excellent, mon lieutenant ! Sur vos photos, on distingue des céramiques gauloises, des ex-voto gallo-romains représentant des parties de corps à soigner, et trois monnaies romaines en bronze du IIe siècle avant Jésus-Christ, preuves qu'un culte des eaux s'était développé autour de Gréasque, et a perduré. J'ai un document, quelque part, sur une source fouillée au pied du château des évêques de Langres. *La Douix de Châtillon-sur-Seine*, il faut que je cherche... Trouvez la source, vous y découvrirez des ex-voto plus récents. Moyen-âge, époque moderne. Et sûrement des objets contemporains qui vous prouveront que ça marche encore !

– De nos jours ? s'inquiéta Zidane.

– Oui ! Ça existe encore ! coupa Ana.

Elle paraissait tout à coup énervée, sans raison. Zidane s'était mis à transpirer. Des cernes se dessinaient sous ses yeux. Il était temps que Léa accouche.

– Vous resteriez à notre disposition ? demanda-t-elle. Je veux dire, si nous avions encore besoin de vos lumières.

Le professeur sourit en se redressant.

– Vous venez de rallumer la flamme dans le cœur d'un vieil homme. Rappelez quand vous voudrez, j'accourrai volontiers !

11.

Fissa !

IML - Marseille
Vendredi 12 juin

Bertille et Hélyette dormaient côte à côte, pieds joints, orteils tendus vers les néons, un linceul gris posé de la tête aux chevilles. Leur corps gisait comme celui des statues funéraires des chevaliers immortalisés au fond de quelque crypte humide, pour ce que compterait l'éternité. Avec son air patibulaire et ses outils de torture, ce bon vieux Bekhti ressemblait au Jacquouille hagard d'un Godefroy de Montmirail perdu dans les couloirs du temps. Zidane avait ressorti son fidèle cahier, peut-être pour se rassurer ; les macchabées et les ambiances *congélo* ne seraient jamais sa tasse de thé. Ana pensait pourtant qu'il faudrait bien qu'il s'y fasse un jour, et finisse par glisser un col roulé dans son sac. Été comme hiver, ça caillait toujours dans les morgues.

Plus tôt dans la matinée, Bekhti avait tiré Ana de son matelas gonflable.

– J'ai quelque chose. Je ne peux rien dire au téléphone.

Ni une, ni deux, elle avait bondi dans la *Clio* et embarqué Zidane au passage à Aubagne (rien de neuf, côté Léa). Café pour personne, réveil difficile, pilotage au radar. Des matins comme ça, la vie vous prend au saut du lit sans crier gare et vous entraîne sur des chemins de traverse.

Bekhti avait l'air d'avoir pris froid. Il avait sauté un trou en boutonnant sa blouse, ce qui lui donnait un petit air sympa de sale gosse.

– Alors, doc' ? soupira Ana. Quoi de neuf ?

Assis sur son tabouret à vis, le légiste contemplait un lutrin à couverture orange, où il avait classé des photos en couleur.

– J'ai tapé le rapport d'autopsie de Bertille Chazelle, mais je voulais vous parler avant de le transmettre au juge. J'ai trouvé autre chose.

Ana se mordilla les lèvres.

– D'autres tatouages, n'est-ce pas ? lança-t-elle sans un brin d'hésitation.

Zidane releva la tête. « D'autres tatouages ?

Quels autres tatouages ? »

Bekhti arrangea son écharpe et se frotta nerveusement la nuque.

– Exact, commandant. Vous êtes au courant ?

Ana attrapa une chaise dans un coin et s'installa près des deux hommes. Zidane cherchait ses yeux pour lui dire son bonheur de passer pour l'idiot du village. « Comment savait-elle pour ces nouveaux tatouages ? Pourquoi ne lui en avait-elle pas parlé dans la voiture ? » En guise d'explications, elle lui envoya un clin d'œil et, d'un coup de menton, l'incita, plutôt que de gamberger, à entendre ce que Bekhti gardait en magasin.

– Vous vous souvenez que nous avions décelé des sortes de tatouage dans la région occipitale du crâne d'Hélyette Motti ? Je m'en suis souvenu en rangeant les photos dans son dossier. J'ai donc eu l'idée de vérifier sur le corps de Bertille Chazelle et j'ai découvert les quasi mêmes motifs à l'arrière de son crâne.

Ana et Zidane avaient rejoint le doc près du cadavre. Scalpel en main, il dégageait les cheveux du crâne partiellement rasé de la deuxième victime.

– Voilà. Une composition circulaire de 3,5 cm de diamètre et, 1,5 cm dessous, une série de traits rectilignes de 1,2 cm à 1,4 cm de hauteur. Sur une largeur totale de 12 cm.

– Peut-être un soleil sur un horizon. Ou des runes, ajouta Zidane à voix basse pour ne pas réveiller les mortes. C'est ça, des runes, répéta-t-il en relevant sa tête de déterré.

Il croisa enfin le regard d'Ana, restée de marbre,

comme si elle voulait cacher des sentiments au jeune officier, ou ne pas le décevoir.

– C'est ce que j'ai d'abord cru, embraya Bekhti, mais vous imaginez bien que j'ai comparé avec les photos d'Hélyette Motti. Ça a l'air plus complexe que des runes. La série de traits rectilignes peut correspondre à un message secret, je vous l'accorde, mais pour le signe au-dessus, je pense à des branches d'arbre enchevêtrées dans une sorte de triskèle. En toutes hypothèses, cette nouvelle découverte confirme le lien potentiel entre les victimes et votre ossuaire celte. Le substitut ne va pas être content, lui qui espérait coincer un bête chasseur de cavaleuses.

Ana plissa les lèvres, peu certaine d'avoir bien saisi la blague. Deux petites fossettes apparurent de chaque côté de sa bouche.

– Vous avez l'air sûr de vous, s'étonna-t-elle en allant se rasseoir.

Bekhti la suivait pied à talon, comme un chien de sang piste un sanglier blessé dans la colline.

– J'ai demandé à une collègue de vérifier les crânes du charnier, poursuivit-il, plus sérieux. Quatre d'entre eux portent les mêmes signes. Notamment les plus petits, supposés appartenir à des femmes.

– Les tatouages sur des crânes ? Mais il n'y a plus de peau ! s'écria Zidane. Ils ont dans les deux mille ans !

Bekhti écarquilla les yeux et porta le coup fatal.

– Il ne s'agit cette fois plus de tatouages, mais d'incisions, peut-être gravées au stylet, directement sur l'os pariétal. Soit vos Celtes ne maîtrisaient pas la technique du tatouage, soit les entailles ont été réalisées post-mortem. Après deux mille ans, difficile de le dire à l'œil nu. En revanche, l'agencement des motifs est identique à celui de vos victimes : un cercle surmontant un alignement de motifs à bâtons.

Concentré sur le crâne de Bertille Chazelle, Zidane dessinait avec application sur son cahier. Bekhti ouvrit le lutrin orange qu'il tenait à portée de main et le rejoignit.

– Ne vous fatiguez pas, mon lieutenant. J'ai fait tirer des clichés de tous les crânes.

Le docteur tendit une copie des photos au lieutenant, puis il se retourna sur Ana.

– Ça prouve au moins une chose. S'il y a un lien avec le charnier celte, il y en a aussi un entre les deux victimes. Je vais vérifier les corps. Je reprends les autopsies à zéro.

Zidane observait Ana qui demeurait muette. Elle gardait les yeux fixés sur les lignes qui s'entrecroisaient sur le carrelage trop propre de la morgue, mais son regard pénétrait bien plus profondément dans ses silences cachotiers. Il prit son courage à deux mains.

– Commandant, je pense qu'on va retourner plus vite que prévu à Châteauneuf-le-Rouge, histoire d'interroger le professeur Lavray. Qu'en pensez-vous ? On lui montre les photos et il nous explique. Avec tous ses bouquins, il doit bien pouvoir nous aider.

– Je ne sais pas…

– Commandant, il n'y a pas à hésiter ! Le docteur Bekhti a raison. Le rapport entre les victimes et le charnier est évident. Si quelqu'un peut expliquer tout ce charabia, c'est le professeur Lavray. Je l'appelle et on y va tout de suite. Il sera trop content de nous revoir.

* * *

– C'est dur à dire. C'est flou.

Ana haussa les épaules. Les gros plans de Bekhti étaient parfaitement nets et le vieil homme le savait bien. Paul-Henry Lavray peinait à interpréter les photos étalées entre les verres pleins, la bouteille de Gambetta et la foultitude de bouquins jetés pêle-mêle sur la table basse. L'éminent professeur jura, alla jusqu'à une armoire et revint avec une bonne vieille loupe à l'ancienne.

– Valeur sûre !

Ana, debout devant la baie vitrée, et Zidane, assis, son sirop à la main, observaient le vénérable devin explorer les corridors du temps. À intervalles réguliers, Paul-Henry Lavray tournait les pages de ses grimoires poussiéreux ; de temps à autre, il s'affublait d'un air grave, se désolait et se remettait à l'œuvre. Une armée d'onomatopées et de grognements sourds ponctuaient ses états d'âme. Puis, au bout d'un long moment qui promettait de ne jamais se terminer, son large sourire réapparut.

– Ce sont des tatouages. J'en ai déjà vu de pareils dans les marges de certains manuscrits du XVIIe siècle, aux *Archives départementales*. Une histoire de sorcellerie à Cassis, à l'époque j'étais étudiant. Si trois malheureuses femmes ont bien été brûlées, en ce qui concerne l'interprétation des motifs imprimés à l'arrière de leur crâne, j'ai toujours cru qu'il s'agissait de légendes inventées par leurs accusateurs.

– Alors ? insista Zidane, stupéfait.

Comme elle en avait l'habitude, Ana leva la main pour interrompre son adjoint, mais cette fois avec douceur. Puisque le vieil homme avait tout compris, autant se la jouer *banco*. Après lui avoir révélé tout ce qu'elle savait des scènes de crime et des victimes, elle insista sur le décodage des hiéroglyphes. Zidane parvint enfin à attraper les yeux de sa patronne.

« Mais ça va pas ! », hurla son regard, « révéler les secrets de l'enquête à un expert même pas assermenté ! » Le torchon brûlait. « Si ! Ça va ! » ripostèrent deux prunelles furibondes. « La procédure, c'est comme la loi, mon Zizou, c'est fait pour être violé quand l'intérêt du peuple lui est supérieur. Et le peuple, ici, c'est Bertille Chazel et Hélyette Motti. »

Ana aurait aimé parler à voix haute et se tromper, mais le mieux étant souvent l'ennemi du bien, elle se résigna à donner la main au vieil homme.

– Allez-y, professeur.

– Les motifs représentés sur vos photos évoquent trois éléments : un culte de l'eau, un affrontement violent, des messages ésotériques. Point commun entre les six représentations, leur organisation : une vignette circulaire en chef et ce qui pourrait être une légende explicative en dessous. Sur un des crânes, une vignette représente un arbre, des feuilles de gui ou des bois de cerf. Je pense à l'arbre du monde séparant le Ciel et la Terre, au rameau d'or, au dieu Cernunnos, conducteur des défunts dans les méandres de l'au-delà. Sur cette deuxième photo, je distingue trois matrones côte à côte, les déesses-mères des Gaulois, et ce qui ressemble à une *triquetra*. Cherchez, mon lieutenant, j'ai aussi quelque part dans ma collection une copie de cippe les représentant avec nourrisson et corbeille de fruits, des symboles de fertilité. Sur cet autre cliché, je distingue Épona, une divinité des plus populaires chez les Celtes, assise sur une jument gynocéphale. Et là, c'est Ésus, le dieu-guide du pilier des Nautes retrouvé sous Notre-Dame de Paris. Ce que j'affirme, enchaîna Paul-Henry Lavray devant le silence imperturbable de ses interlocuteurs, devra être recoupé de façon scientifique, mais la proximité d'Ésus avec le mobilier archéologique de vos scènes de crime, armes et casques, permettent d'imaginer un affrontement entre une tribu celte et les envahisseurs romains. Une vengeance, une tuerie. Même chose sur les phylactères des crânes où les signes ressemblent plus à des combattants entremêlés qu'aux lettres d'un alphabet protohistorique. Les habitants de la forêt ont dû être enterrés sur place par leurs vainqueurs, ce ne serait pas la première fois. J'imagine une légion romaine étrillant la tribu qui pratiquait le culte des eaux dans cette forêt multimillénaire.

Paul-Henry Lavray remplit son verre et fit la moue ; ses glaçons avaient fondu. Cette femme gendarme le troublait, mais pas au sens qu'on imagine. À quatre-vingts ans, certains hommes sont libérés du désir chimique. C'était autre chose. Cette femme cachait sous sa peau un secret. Il le sentait, mais ignorait comment le percer.

– Sur les deux tatouages de vos deux victimes, continua-t-il une fois son *Gambetta* ingurgité, il n'y a en revanche que des symboles féminins. Regardez. Là, on dirait un calice. Marie-Madeleine, le Graal, ça vous parle ?

– A l'époque celte ! manqua de s'étouffer Zidane.

Le vieux professeur se fâcha.

– Mais bien sûr, mon lieutenant ! J'ai bien dit « sur les tatouages des victimes récentes » ! Les cultes et autres légendes se sont empilés au cours des siècles. Un grand classique ! Notre eau bénite n'est autre que l'eau lustrale des Celtes ! Et les druides sont devenus les prêtres ! Regardez sur ce cliché : des oiseaux posés sur l'eau, sûrement des cygnes ou des oies. Les Celtes vouaient un culte à l'eau sous toutes ses formes, sources, rivières, fontaines. Ce symbole par excellence de la féminité avait une fonction purificatrice et évoquait les fées, les nymphes et autres déesses de la nature, mères-gardiennes de sources réputées guérisseuses et bénéfiques. Vos inscriptions évoquent un culte de l'eau, comme le Graal, et tout ce qui va avec. Ex-voto, formules magiques, maléfices, charmes de protection et autres sortilèges de guérison.

– Et les légendes, sous les signes ?

L'esprit de Zidane flânait encore à la morgue de l'IML. Depuis les révélations du légiste, le jeune officier ne parvenait pas à se départir de cette scène qui tournait en boucle dans son cerveau, comme un film mnésique. Léa fuyait dans la forêt, nue. Il ne la voyait que de dos, est-ce lui qui la poursuivait ? Les jambes ensanglantées, elle avait perdu le bébé. Lui courait, courait, courait, mais ne parvenait jamais à la rattraper.

– Là, mon lieutenant, c'est beaucoup plus complexe. À part sur des tablettes de *défixion*, où on trouve des incantations censées soumettre des êtres humains à la volonté de leurs rédacteurs, nous n'avons pas grand-chose de l'écriture gauloise. Ou plutôt, devrais-je dire, nous n'avions pas grand-chose. Car les tatouages de vos victimes changent la donne — quel trésor ! — et prouvent que les magiciennes sont toujours parmi nous.

Le professeur remplit à nouveau son verre. Sa main tremblait toujours, mais il avait rechargé ses accus. Ses petits yeux brillaient à nouveau comme l'autre jour. Puisqu'Ana s'entêtait à garder le silence, Zidane continuerait d'explorer ses propres peurs.

– Les envoûtements ? Ici… Je croyais que ces fadaises avaient disparu depuis longtemps !

Lavray reposa son verre d'un geste auguste. Machinalement, il se passa l'avant-bras sur la bouche. Ses gènes de bon vieux paysan de la plaine de l'Arc remontaient à la surface.

– Mon lieutenant, j'ai cru comprendre que votre épouse était enceinte.

Au tour de Zidane de se fâcher.

– Je ne vois pas le rapport !

– Personne n'a fait tourner d'aiguille au-dessus de son ventre ? pour savoir si c'était un garçon ou une fille…

Le professeur s'empressa de poursuivre après avoir ouvert un nouveau livre.

– Au lieu de vous énerver, écoutez cette histoire qui en dit long sur la persistance des peurs qui hantent nos campagnes. Ça ne sera pas long.

Le vieil homme se lécha le bout de l'index.

– « Dans une bastide entre Belcodène et Rousset vivait la famille d'un marin. Chaque fois qu'il rentrait à Toulon, il rapportait du sucre, du café, du rhum. Son épouse ne manquait pas de s'en vanter, tant et si bien qu'on l'enviait un peu. Un jour, une bergère qui transhumait sur la *carraire* de Fuveau apostropha la femme : Eh ! Le sort vous a bien gâtée. Du diable que vous devriez me donner une bouteille ! Vexée d'être interpellée en public par une va-nu-pieds, la mégère répondit qu'elle n'en avait plus, ce que tout le monde savait faux. La bergère partit en proférant des menaces : Vous vous rappellerez de moi ! Aussitôt la femme du marin se mit à maigrir ; elle mourut avant la fin de l'été. Quand la bergère repassa à l'automne, les gardes municipaux la saisirent. Le village témoigna : c'était une *masco* ! Elle avait jeté un sort à la femme du marin. Le tribunal de Provence la jugea et ordonna son exécution en place publique, pour l'exemple et l'éradication de la sorcellerie dans le comté.

Moralité ? »

Zidane haussa les épaules, il ne s'était pas calmé.

– Moralité, ce sont des contes de bonnes femmes. Comme votre aiguille.

– Moralité, reprit Paul-Henry Lavray, ce qui est cru est plus important que ce qui est vrai. La bergère n'est qu'une alcoolique imprudente, et la foule excitée en fait une sorcière. Une des vignettes incisées sur un des crânes de l'ossuaire montre une bouche avalant des serpents. C'est ainsi qu'on représentait les sorcières au Moyen-âge. En gorgones effrayantes.

Zidane avait bondi. Visage défait, il avait bousculé la table basse. La bouteille de sirop *Gambetta* avait roulé sur le tapis.

– Commandant ! Berconi m'a dit un drôle de truc, l'autre jour, quand on a trouvé le corps de Bertille Chazelle ! « Toutes les femmes sont des sorcières, c'est écrit derrière leurs yeux ». Il a peut-être voulu dire « à l'arrière de leur tête » ? Et il a ajouté que vous me feriez avaler des serpents ! J'ai cru qu'il délirait.

– Ah zut, Zidane ! Quelle heure est-il ?

– Passé 15 heures !

– Alors, chez le vieux grigou ! Fissa !

12.

Capisce ?

Gardanne
Douze jours plus tôt

Quand Bruno Jourdan avait quitté Ana et Zidane, l'autre jour à la ferme de l'Oraison, il n'avait pas couru à sa fameuse réunion de Marseille. Une fois sorti de Saint-Sa, il s'était garé sur un bas-côté, avait déconnecté le GPS de son

SUV et désactivé la fonction « Position » de son iPhone. Prétextant l'oubli d'un dossier, il était d'abord repassé par l'agence de Gardanne pour égarer bêtement son portable sur un bureau. Puis il était allé s'enfourner dans le garage crasse d'une traverse, derrière le cours de la République. Si d'aventure des flics entreprenants le questionnaient sur son agenda de l'après-midi, Chabot assurerait l'avoir vu à Marseille.

Assis à son volant, Jourdan se morfondait dans le noir depuis une bonne heure quand il entendit tambouriner au rideau métallique : le code. Il se faufila le long du mur, ouvrit le coffre et enfila un haut de survêtement. Il tira le store d'un demi-mètre, attendit que ses yeux s'adaptent à la lumière et remonta la capuche sur sa tête. À part une taupe de la DGSE enterrée depuis dix ans dans l'appart en face, personne ne l'imaginerait resté à Gardanne. Après un bref coup d'œil de part et d'autre de la ruelle, il courut à sa convocation.

Le *Chiquito* tenait davantage du bouge indéfinissable que d'un débit de boissons à la mode. Pas d'horaires d'ouverture, encore moins de fermeture. Une odeur de tabac rance, de bière tiédasse, et de la poussière grise sur les ampoules. Tout de suite à droite en entrant, un gonze, jamais le même, assurait l'accueil derrière un zinc qui n'avait de zinc que le nom. Plus loin, après un flipper hors d'âge, deux tables en faux acajou et des banquettes en similicuir rouge contrariaient le décor. C'était le seul indice qui pût trahir la véritable fonction de l'éminent établissement.

Personne n'y trouvait rien à redire, ni l'*Hygiène,*

ni les *poulets* qui n'y jetaient jamais leur grain de sel. Mais, afin de brouiller les pistes, car on n'est jamais trop prudent dans le métier, le bar changeait officiellement de proprio chaque année. Des prête-noms sans envergure trouvaient ainsi le squatte idéal pour arnaquer la Sécu, et quelques occasions de se faire du fric facile en vendant du *shit* coupé et des clopes de contrebande.

Le *Chiquito* était en fait un étroit coupe-gorge de deux mètres de large, qui permettait de passer discrètement de la traverse des Goumiers au cours de la République, et de taper le carton le cas échéant. Seuls de rares habitués s'y osaient, après avoir obtenu le sauf-conduit des deux *choufs* assis sur le trottoir, et versé une obole peu symbolique au type du comptoir.

Bruno Jourdan entra et retira sa capuche. Assis au fond dans un halo de fumée, dos au mur, Serge Chabot discutait avec deux affreux que le promoteur reconnut aussitôt. Le rythme des battements de son cœur s'accéléra. Le député de la $10^{\text{ème}}$ circonscription des Bouches-du-Rhône venait comme lui d'arriver, la réunion à la mairie de Marseille ayant tourné court. Noyé de transpiration, il avait ouvert sa veste et enroulé sa cravate sur la table. Il balisait sec. Son ventre proéminent l'obligeait à se tenir raide comme une figure de proue, la tête en arrière. Il restait une chaise disponible, il indiqua à Jourdan d'y prendre place.

L'affaire était grave. Une heure plus tôt, Karim Bouhaï et Miran Kardashian avaient débarqué au grand jour sur le Vieux-Port et avaient exigé de l'élu des explications rubis sur l'ongle. Comme ça, au grand jour Quai des Belges, d'où l'ordre de comparution immédiate envoyé par SMS à Jourdan. Les retards que prenait *Provence Real Estate* commençaient à gaver tout le landernau phocéen : le patron des deux molosses parce que Jourdan tardait à cracher l'oseille, et Chabot parce qu'il sentait ses petits avantages en nature lui passer sous le nez.

Un type en survêt, clope éteinte au bec, jeta un pack de six sur la table et repartit sans un mot. Chabot se frotta nerveusement le front. Les deux molosses décapsulèrent leur canette en synchro. La mousse s'épancha sur la bakélite. Personne ne voulait relancer ; Jourdan paya pour voir.

– Il y a du nouveau à Gréasque, une fouille-merde débarquée de Marseille. Et quand vous saurez qui c'est, vous allez tomber sur le cul.

L'effondrement des trois immeubles de la rue d'Aubagne avait fait des victimes collatérales. Jourdan se foutait des neuf martyres, des familles traumatisées à vie, et encore plus des déplacés qui attendaient toujours un hypothétique relogement. Il pensait d'abord à sa gueule, ruinée à cause d'un drame qu'il ne voyait pas tragique, défigurée parce que ses petites affaires prenaient l'eau. Il avait le trouillomètre à zéro. À l'époque, la mafia marseillaise qui n'existe pas avait quelque peu arrangé l'appel d'offres. Une avance en monnaie sonnante et trébuchante, un bakchich à droite, un bakchich à gauche, et un miracle administratif avaient permis au centre de gravité de se déplacer en sa faveur. Pour quelques liasses d'euros, il avait acquis la palanquée d'apparts vétustes de *Noailles,* qu'il n'avait pas l'intention de restaurer. Qui s'en serait plaint ? Des pauvres hères en quête d'un toit à tout prix ? Sûrement pas. Sauf que maintenant, son prêteur sur gage exigeait un premier acompte sur les intérêts.

Planqués derrière leurs *Ray-Ban*, Bouhaï et Kardashian n'avaient pas frémi d'un iota. Ils touchaient leur bille, question *bluff*. Serge Chabot orienta sa bedaine vers Jourdan.

– Mon cher Bruno, il faut bien que tu comprennes la situation. Monsieur Donovan s'impatiente, et c'est normal.

Jourdan avait aussitôt décroché de la conversation, la trouille avait repris le dessus. « Mon cher Bruno »… Serge Chabot n'avait pas pour habitude de l'appeler par son prénom, et encore moins de le tutoyer en public. Ce baiser sur la bouche sonnait comme une évidence : le député n'avait plus les bonnes cartes en main et il allait falloir terminer la partie tout seul. Les deux représentants de commerce, flingues à peine dissimulés dans des holsters ostentatoires, ne se contenteraient plus de battre les cartes longtemps. Il allait falloir casquer avant la fin de l'année, au risque d'aller bouffer le cannabis par les racines dans une cave humide des quartiers Nord.

Jourdan tira une carte. Le versement de la prime par *PRE*, au terme de l'achèvement de la première phase du projet immobilier, constituait son dernier atout. Pour ça, il fallait que les travaux reprennent, or les bétonnières s'étaient engourdies grâce aux écolos. La poule aux œufs d'or s'apprêtait à accoucher d'une souris en plomb. L'invention de la pierre philosophale à rebours risquait de lui coûter cher.

– Les écolos sont des rigolos, mon cher Bruno. Ce sont les bonnes femmes qui foutent le bordel.

Chabot avait le don de lire dans les pensées. Les guignols de *Résistance Verte* n'étaient en fait que des comiques d'importation, un éphémère nuage de sauterelles, un virus de passage. Comme des étourneaux faméliques, ils déguerpiraient bien vite de leur camp une fois l'hiver venu. En revanche, effacer Hélyette Motti, ça, c'était une belle connerie. Jourdan capta qu'il tenait la main du mort. Il n'avait pourtant fait que prendre des dispositions pour que les travaux recommencent au plus vite, excusez du peu, dans l'intérêt de tout le monde. De lui, d'abord, charité bien ordonnée commence par soi-même, des finances de la prochaine campagne du député Chabot, ensuite, et des investissements de l'invisible M. Donovan, enfin. Son « collaborateur » avait simplement pété les plombs et il se promettait de reprendre les choses en main.

Ce ne serait pas si simple.

Chabot avait exigé que Jourdan grille le fusible Berconi avant que ce vieux connard ne remette le couvert. L'élu connaissait trop bien ses ouailles…

– Mais quand même attention à Aurélie Pons, la maire de Gréasque.

Jourdan avait esquissé un sourire.

– Je sais. C'est une gouine.

Ce n'était pas ce que Chabot voulait dire. Il avait haussé les épaules ; les deux affreux avaient montré leurs dents en or.

– Ça, je m'en branle. Elle fait ce qu'elle veut de son cul. Ce que j'en dis, moi, c'est qu'elle ne joue pas dans notre camp. *Capisce* ?

13.

Une croix celtique

Gréasque
Vendredi 12 juin

Rien, de la route, ne permettait d'imaginer le passé minier de Gréasque. Personne ne faisait de reproche à personne, c'était ainsi. On aurait bien aimé, au village, que les touristes aperçoivent le chevalet de loin. Que les nouveaux arrivants suivent les parcours pédagogiques en forêt. Que les gamins du lycée visitent le carreau une fois dans l'année. Ce n'était pas faute de bonne volonté des élus, ni par manque de pêche de l'équipe du musée. Ducros avait beau se décarcasser, tant que les gens se cantonneraient à leur boulot-réseaux-dodo, l'ignorance, mère de tous les malheurs, compterait encore de beaux jours.

– C'est là.

Les anciennes cités minières n'étaient pas non plus évidentes à repérer. D'un côté, un rond-point invitait à plonger vers Fuveau. De l'autre, une route flambant neuve grimpait trop vite sur Gardanne. Presque heureusement, le bar des Pradeaux marquait un peu le territoire, comme un sémaphore orphelin qui aurait survécu aux tempêtes de l'histoire. Mais combien de temps résisterait-il encore aux assauts du béton ? Personne n'aurait pu le dire…

– Prochain rond-point, à gauche, indiqua Ana.

Le conducteur s'exécuta. À main gauche s'étirait l'alignement des maisons de *Salonique*, l'ancienne cité des mineurs. Deux ou quatre logements par bâtiment, serrés, gris, blocs alignés au cordeau, jardins carrés derrière, rue étroite devant. À main droite, des logements plus grands pour les chefs. Plus larges, plus hauts, une seule famille par maison. Normal. Sous le soleil du Midi comme partout ailleurs, la hiérarchie du fond transpirait à l'air libre.

– Rocco vous a dit où c'est ?

– Vous ne vous rappelez pas ?

Zidane avait bien pensé à vérifier dans le PV d'audition, à la BTA, mais il avait noté la précieuse adresse quelque part sur son cahier, bien rangé dans le coffre. Utile...

– 37, impasse des Sansonnets, précisa Ana, Dernière baraque près du *skate-park.* Prenez la première à gauche. Roulez jusqu'au bout.

Zidane s'était enquillé dans l'impasse et n'avait pas encore coupé le moteur qu'elle tambourinait déjà à la porte. Paillasson sale et volets tristes, vernis écaillé. Bol de croquettes à chat pillé par les fourmis. Pas de réponse. Elle sauta un portillon défendu par une chaîne cadenassée et se retrouva nez à nez avec une mémère en *pied de bas*.

– Vous... Je... Tu...

– Pas de panique, Madame. Gendarmerie nationale. Je cherche M. Berconi. Vous savez où il est ?

La pauvre vieille posa une main sur le mur, l'autre au-dessus de son sein gauche, pour se remettre de ses émotions. Son cœur avait failli lâcher. Elle avait cru voir un fantôme.

– Ange ? Ce... C'est mon voisin... soupira-t-elle une fois son souffle retrouvé. Non... il est parti tôt ce matin. Il devait ramasser des herbes à la rosée... À c'te heure... vous le trouverez au cimetière.

Ana planta Mamie-chaussettes dans ses salades, repassa le portillon en barrage et rouvrit la portière de la *Mégane*. Zidane avait tout juste eu le temps de faire son demi-tour.

– On fonce !

Trois minutes chrono et un parking vide plus tard, les deux gendarmes se retrouvèrent devant les grandes grilles d'un cimetière désert, comme tout le quartier du Tombereau. Depuis Bertille Chazelle, personne n'y avait plus accès, à part les convois funéraires, les autorités judiciaires, et... ?

– Ange Berconi ! L'enfoiré ! pesta Ana en renouant sa queue de cheval, un élastique pincé entre les lèvres.

Zidane verrouilla la *Mégane* et poussa la grille nord. Un zénith sévère brûlait les sépultures grises où des fleurs gâtées séchaient avec dignité. D'un côté, des tombes neuves s'alignaient au cordeau le long du mur d'enceinte. Ana aperçut une croix celtique, dans le fond. Elle hésita, mais se reprit. Au centre, les caveaux branlants d'un siècle trop éloigné pour qu'on vienne encore les fleurir pourrissaient autour d'une aire de graviers blancs. Par-dessus une croix de fer enfoncée dans le sol, un immense cyprès peignait le ciel au gré d'un vent trop capricieux pour en faire un *Cézanne*. Et en plein tableau, un ostentatoire mausolée planté au mitan du royaume des trépassés.

« Familles GRAS et MOTTI »

Côté route, Ana remarqua une espèce de cabanon, adossé au mur qui courait tout autour du cimetière. La porte de l'appentis était restée ouverte. Un vélo agonisait dans les graviers.

– Il est là ! Ou guère loin... Vérifiez l'estancot, je cherche plus en avant.

Ana posa la main sur son holster, ce qui ne rassura pas Zidane. Elle avança dans l'allée principale, ses pas crissaient sur les cailloux. Elle jeta un coup d'œil vers son collègue, disparu dans l'antre du fossoyeur. Elle était seule, maintenant, ou presque. Elle aurait pu y aller, embrasser la photo et revenir sans que quiconque l'aperçoive. Elle s'immobilisa et ferma les yeux, les souvenirs s'entrechoquaient. Les battements de son cœur tapaient contre ses tempes humides, troublés par un curieux *tchac... tchac... tchac...*, étouffé mais régulier.

Ana s'approcha à pas de loup. La porte d'acier du mausolée était restée entrouverte. Elle pénétra à l'intérieur. *...tchac... tchac... tchac...*, toujours, mais plus fort. Elle chauffait. Ses yeux s'accoutumèrent à l'obscurité sépulcrale. Deux têtes de mort, enchâssées sur deux petits pilastres taillés à la grecque, la défiaient de leurs yeux troués. Même devenus poussières, les locataires du tombeau en imposaient. Une dalle avait été déchaussée du fond. Ana s'y pencha pour écouter les lancinants *tchac... tchac... tchac...*, quand le souffle glacial d'un spectre lui caressa l'épaule. Elle fit un bond et se retourna en dégainant son SIG.

– Merde, Zidane ! Vous êtes con ou quoi ?

– Désolé, commandant, pas fait exprès ! C'est lui, en bas ?

– Moins fort ! Passez devant.

Zidane se laissa glisser sur une petite échelle en bois et tomba nez à nez sur un Berconi trop occupé à l'ouvrage pour se soucier des intrus. La lumière tremblotante d'une bête bougie donnait au vieil homme des airs de diable effrayé. Automatique au poing, Ana avait suivi Zidane. La lampe de son portable balayait les murs décrépits. L'espace étroit s'encombrait de quatre cercueils superposés, deux de part et d'autre, couverts de toiles d'araignée. Une odeur aigre de vieilles chaussettes flottait dans l'air. Sous les pieds du lieutenant, encore une trappe, où les enquêteurs découvriraient bien vite des réductions de corps. Trois ou quatre générations attendaient patiemment que saint Pierre veuille bien leur ouvrir les portes du paradis.

Enfin surpris, Berconi, manches retroussées, s'était pétrifié comme une momie. Il avait martelé le mur opposé à la trappe d'entrée. Autour, sur les parois, sur les feuilles du plafond bas et même sur les sarcophages, Ana et Zidane découvrirent des myriades de gravures énigmatiques, des représentations de dieux cornus, des femmes nues chevauchant des animaux fantastiques échappés d'un bestiaire médiéval, des pentacles, des lettres et des chiffres entremêlés, alignés, empilés. Autant de formules mystérieuses qui ne voulaient rien dire, et tout à la fois.

Ana s'agenouilla sous une des tables en béton qui supportaient les cercueils. Le flair.

– Zidane, menottez notre camarade à l'échelle et venez voir.

Ange Berconi ne manquait pas d'imagination. Les dessins qu'il essayait d'effacer étaient certes grossiers, les supports maladroitement gravés au stylet, mais leur interprétation n'exigeait pas longue réflexion. Enfourchée sur un balai avec un diable, une mégère volait dans un tourbillon de feuilles. Plus loin, des femmes se tenant par la main dansaient autour de flammes perverties, tandis que sous le toit d'un temple-prytanée brûlait un feu sacré. C'était pataud. Ça ne valait pas un second prix des *Beaux-Arts*, mais ça avait le mérite de la clarté.

Ana se glissa sous l'autre table. Confirmation. Des corps de femmes enlacées imploraient un démon ébouriffé, auréolé d'une couronne de branches tressées. Ici, sous un double croissant de lune, des perverses couraient nues au sabbat, dissimulées sous les dépouilles des malheureux qu'elles avaient débauchés.

À la synagogue du diable, les prêtresses de Satan chantaient des messes inversées et égorgeaient des nouveau-nés.

– Remontez jeter un œil sur les crânes, sur les deux colonnes à l'entrée, ordonna encore Ana.

Zidane s'exécuta et ne tarda pas à réagir.

– Pareil que sur les deux victimes et les crânes du charnier ! cria-t-il par le trou béant. Comment saviez-vous ?

– Redescendez prendre des photos. Ne ramassez rien. Je remonte avec Monsieur et j'appelle la *Scientifique.*

– Vous ne croyez pas qu'on devrait retourner chez lui ? *Perqui* flash ! Ni vu, ni connu ! On trouve des preuves et on le coffre.

– Eh ben mon cher Zidane ! On s'assied sur la procédure, maintenant ?

– L'enquête s'endort, commandant. On s'enlise.

Ana esquissa un sourire.

– Ne vous laissez pas influencer par le rythme de la bataille, et encore moins canaliser par la volonté de l'ennemi. On respecte la procédure, c'est notre seul garde-fou.

– C'est vous qui dites ça…

– N'écoutez pas les ragots du Rove. Le temps des explications approche et vous me jugerez si vous voulez. Mais pas avant d'être allés faire un petit tour dans l'atelier de Monsieur.

– Ben justement. J'ai trouvé quelque chose qui va vous intéresser !

* * *

Les épaules jetées en avant, le dos légèrement courbé, la tête sur le côté, Ange Berconi claudiquait du pas lent des prisonniers qui gagnent du temps pour préparer leur défense, ou qui montent à l'échafaud quand leur avocat a raté sa plaidoirie. Était-ce qu'il avait des choses à se reprocher ? Sûrement… Des graffitis, des cachoteries, des salaceries, mais pas que. Au moment où il allait pousser la porte rouillée de l'appentis, Ana le retint par l'épaule.

– J'ouvre. Vous permettez ?

Ana se retourna sur le vieil homme en le dépassant. Il la fusilla des yeux, entre eux, rien qu'entre eux, comme s'ils avaient quelque chose à eux, rien qu'à eux. Elle seule le voyait, pas le lieutenant, il le savait. Dans son gourbi, Zidane avait dû trouver ce qu'il ne fallait pas trouver, et elle voulait s'en assurer.

L'unique pièce du cabanon cachait un innommable foutoir. Un sombre bordel qui puait le gasoil pourri et le papier humide, où s'amoncelait tout un attirail de croque-mort improvisé. Pompes à graisse, bidons à moitié pleins, sacs de ciment éventrés, échelles cassées, pots de peinture *en-veux-tu-en voilà* — ouverts, fermés, percés —, caisses à outils, un autre vélo pendu à un crochet. Terre battue au sol. Tout mélangé, des briques, des morceaux d'agglos, des tomettes. Trois chaises bancales, dépareillées, un établi couvert d'immondices, peut-être des outils. Une table en bois rongée par les vers. Des armoires en tôle, et, derrière l'une d'entre elles, que le lieutenant avait culbutée, une excavation dans le mur.

– Que faisiez-vous dans le caveau des Motti ?

Zidane avait compris qu'il jouait hors-jeu depuis le début de la seconde mi-temps. Il pensait revenir dans la partie en relançant le vieil homme sur une évidence. La ficelle était grosse. Berconi le dévisagea de ses petits yeux brillants. Il ne répondait pas, alors le jeune officier insista.

– Ça représente quoi, tous ces dessins ?

Ana, le pied posé sur une caisse, n'oscillait pas d'un poil. Elle comptait les points. Enfin, le vieux fossoyeur se décida.

– Demandez-lui, à elle.

Zidane avança jusqu'à la table et dégagea un énorme bouquin recouvert d'une épaisse reliure en cuir frotté.

– J'ai trouvé ça, commandant. Là...

Zidane tendit le bras vers le trou et poursuivit.

– Derrière l'armoire. C'était caché dans ce sac rempli d'herbes fraîches.

Ana s'était approchée, maintenant que ses yeux s'étaient accoutumés à la pénombre. Le grimoire portait un titre qu'elle déchiffra sans difficulté, *Matribus Grahascabus*, et, en guise d'illustration de première de couverture, le dessin au fer d'un corps de femme, nu, bras et jambes écartés, au milieu d'un pentagramme.

– Vous savez ce que ça veut dire, commandant ? Ça ressemble à…

– « Aux mères de Gréasque » ! trancha Ana. On a trouvé les mêmes inscriptions dans la région, mais sur des pierres. À Auriol, « *Matribus*

Ubelkabus », « Aux mères de l'Huveaune ». Au Plan d'Aups, « *Matribus Almaha* », « Aux mères de l'Alba », « la blanche », rapport au massif de la Sainte-Baume. Toutes font référence au culte des sources, autrement dit, les mères, symbolisées par les femmes, puits de vie, de purification et de régénérescence.

– Madame en connaît un rayon ! grogna Berconi. Elle sait de quoi elle cause.

– Le livre est un herbier médicinal. Il évoque l'origine des rites sacrés de la *Source bleue,* continua Ana sans sourciller, et le rôle que les femmes y jouent. Il vient d'un temps où la médecine balbutiait ses gammes. Un temps où le secret des plantes était gardé par les femmes.

Berconi s'était affalé sur une chaise et avait pris sa casquette entre les mains, signe qu'il entrait dans le dur. Zidane croisa le regard froid d'Ana, mais laissa le vieux poursuivre.

– Les femmes sont des sorcières, mon lieutenant, j'vous l'ai déjà dit, et celle-là surtout. Mais vous n'm'écoutez pas.

D'un coup de menton, Berconi avait désigné Ana. Il enchaîna :

– Le secret des plantes ? Tu parles… L'occasion pour une belle bande de salopes de s'faire sauter par le diable, oui ! Un ramassis d'bonnes femmes qui se trémoussent en forêt, en écoutant des blaireaux taper sur des tam-tams. Ça s'rassemble aux saisons pour vénérer la lune, pour parler aux esprits de la nature, et tout ça s'termine en partouze.

Zidane avait sorti son éternel cahier. Berconi le regardait griffonner quand le lieutenant releva la tête, surpris. Le vieux s'était tu. Il cachait quelque chose, mais quoi ? Il en savait beaucoup, mais pas assez pour faire un coupable idéal. Il fanfaronnait. Et la commandante qui ne pipait plus mot…

– Il y a donc aussi des hommes qui tapent sur des tam-tams… Ce n'est pas moi qui le dis.

– Mouais… Y'en a.

Berconi remit sa casquette sur le sommet du crâne. Aïe !

– Mon lieutenant, vous n'vous êtes jamais d'mandé pourquoi y'a plus de femmes que d'hommes dans ces singeries ?

Sans desserrer les mâchoires, Zidane fit signe que non. Généralement, la nuit, il dormait quand le ventre de Léa et les vieux machos de son genre lui en laissaient le loisir.

– Parce qu'elles ont rien d'autre à foutre ! Parce qu'elles ont pas d'caractère. Parce qu'elles sont juste bonnes à pondre et à courir au bois forniquer avec le démon. Faut voir comme elles sont, avec leur robe collante et leurs nichons à l'air. C'est dégueulasse !

– Vous les avez donc déjà vues ? insista Zidane.

– Ah ben ouais ! Plus d'une fois ! À s'tortiller au-dessus des feux d'la Saint-Jean. Ces femmes-là sont dangereuses, moi j'vous l'dis ! À cause d'elles, tout fout le camp. Y'a plus d'famille, plus d'ordre. D'mon temps, les femmes torchaient l'cul des gosses à la maison. Aujourd'hui, ça conduit des bagnoles, ça fait du sport. Y'en a même qui s'enfilent entre elles comme des vaches ! J'vous l'dis, moi, c'qu'i' faudrait, c'est un bon marteau pour toutes les écrabouiller !

Au bout d'un moment, Ana en avait eu marre de ces fadaises. Elle avait passé les menottes au vieil aigri et l'avait jeté sur la banquette arrière de la *Mégane*. Puis elle s'était assise près de Zidane, resté à se morfondre au soleil sur un banc du parking. Paquet de tabac entre les genoux, elle s'en roulait une avec délectation. Elle fit tourner la molette de son briquet, inspira profondément une taffe en attendant la question de son jeune collègue.

– On ne le coffre pas ?

Zidane s'était retourné sur sa patronne. Il devinait des grains de beauté autour de son nez. C'est vrai qu'il ne s'était jamais assis aussi près d'elle. Il se tortillait sur les fesses pour reculer, quand elle tira un dernier coup sur son mégot.

– Ah ouais ? Et pour quel motif ? Misogynie abusive ? Crobars souterrains ? Détention d'herbier ? Berconi est un vieux *myso* empêtré dans les préjugés d'un autre siècle. Comment pourrait-il reconnaître aux femmes leur droit au plaisir ? Hélyette Motti et Bertille Chazelle en ont fait les frais ? Rien ne permet de le prouver en l'état. Vous allez prendre sa déposition et le laisser filer. Vous direz à Rocco de le serrer de près, mais vu la vivacité intellectuelle du protozoaire, je ne pense pas qu'il file bien loin.

Zidane referma son cahier et se mordilla l'intérieur des lèvres.

– Quoi ? insista Ana

– Les deux victimes ont quand même été retrouvées au milieu d'un pentagramme, persista-t-il, comme sur la couverture du grimoire. Ses graffitis et ses allusions au sabbat, ça sent la sorcellerie à plein nez.

De leur banc, les deux gendarmes observaient Berconi se contorsionner sur sa banquette. Avec cette chaleur, Ana aurait peut-être dû baisser une vitre.

– Ça ne veut pas dire. Au bois des Euves, les filles parlent aux esprits de la nature en modifiant leur conscience. C'est la clef du chamanisme. Elles se servent de tambours, de crécelles, de chants, de danse et de l'obscurité de la nuit pour submerger leurs sens. Il n'y a pas de sorcellerie, là-dedans. Comme pour les croyants, l'expérience spirituelle se fait en communion avec la déité à travers un objet ou un site médium. Chapelles, statues, icônes, mosquées, livres. Ici, le temple est une église verte…

Zidane écarquilla les yeux et inspira profondément. Décidément, pour une toute première enquête, c'était du gratiné

– Demandez à Leval d'envoyer une équipe saisir tout le matos. Dites à Rocco de fermer le cimetière, qu'il prévienne la mairie et accueille la *Scientifique*. Moi, j'embarque le grimoire, j'ai du monde à consulter.

– Ah bon ? C'est… ce n'est pas une pièce à conviction ?

– Pas encore, mon cher Noreydine. Je vous l'ai dit, ne nous laissons pas embarquer par des commencements de piste aléatoires ou des pseudo-preuves. Quelqu'un nous a balancé le vieux grigou dans les pattes, comme on jette du *Canigou* aux clebs pendant qu'on cambriole la baraque.

– Vous croyez ?

Ana haussa à son tour les épaules.

– En tous cas, ça flaire l'embrouille.

14.

L'arbre vert

Samedi 13 juin
Vieux-Gréasque

– Comment dire ? Il reste des petits coins de Provence que la modernité n'a pas su flétrir. Non pas qu'elle ne l'ait pas défoncée — Sans déconner ! elle s'est attaquée au moindre recoin de trottoir ! — mais, comme cette ordure de chiendent famélique, elle s'est glissée dans la moindre fissure jusqu'à flinguer la fleur printanière. Sauf que dans mes petits coins en Provence, la fleur en question n'est pas née de la dernière pluie, si vous voyez ce que je veux dire. Je ne pense bien sûr pas aux stations à péquenauds surbookées de la Côte, tourisme pathétique, esquimaux chimiques, loups d'élevage et compagnie. Non, non, je ne suis pas cynique à ce point. *Lol* ! Par petits coins de Provence, je pense rues tordues de mon village. Rues Danton, Camille-Desmoulins, Joseph-Barra. Bref, rues années d'avant-81. Je pense Révolution rouge, mineurs sur le retour des douches publiques, yeux obliques, femmes pressées sur le chemin des étendoirs, baskets fendues sur le Cours après l'école. Je pense fin d'aprèm à l'ombre du chevalet, lutte ouvrière bon enfant, patrons à bouffer, petits oiseaux rôtis, quand, le dimanche après Monsieur le curé, les bourgeois rangeaient leurs chemises blanches dans les armoires de mariage… Mais arrêtons là. Les trop-pleins de pensées nanars me font chialer.

Ana se coula sur le petit parking en contrebas du cours Ferrer et coupa le contact. Elle traîna un moment dans la *Clio,* clope aux lèvres, fumée qui pique aux yeux, à discuter avec son rétro. Puis elle sauta de la voiture et finit le chemin à pied.

La rue Danton valait son pesant d'or, étroite, sinueuse, serrée, linge pendu aux fenêtres comme avant ; une pente de la mort à débouler à vélo, l'endroit rêvé pour les genoux en sang et les robes déchirées. Par les fenêtres entrouvertes s'échappaient de-ci de-là des litanies de début de sieste, une pub à la télé, un canari qui chantait la liberté, un vieux accroché aux rideaux défraîchis. La porte qu'Ana cherchait apparut dans un coude.

Rien n'avait bougé, la clé rouillée, les géraniums sur l'appui-fenêtre et le rideau à mouches devant l'entrée. Pareils qu'il y a vingt ans.

– Mamé ?

L'affreux bruit d'une chaise qu'on tire sur le carrelage, strident, brutal, ému, précéda un corps voûté, avachi, ridé, appuyé sur la table de la cuisine.

– Oui ?

La voix tremblait. La vieille dame n'osait pas encore y croire. Un verre roula sur les fleurs imprimées de la nappe. L'eau s'épancha comme une larme irrépressible sur le plastique mou.

– Ana ? C'est toi ?

Elle tendit le cou, un rictus pincé sur ses lèvres. « Eh oui… c'est moi ! La traîtresse qui flippe à pas savoir ce qu'elle veut. La petite Ana qui a tout raté, son destin, son mariage, et bientôt son job ».

– Bonjour Mamé. Je peux entrer ? Tu aurais cinq minutes ?

– …Mais oui, ma fille. Entre… Magali est passée lundi et… et Aurélie m'a dit que tu étais revenue. Je t'attendais. Ça fait si longtemps…

Vingt ans. Ça faisait-il si longtemps que ça ?

Sûrement, quand on a moisi derrière des persiennes entrouvertes, été comme hiver, suspendue au tic-tac entêté d'une comtoise qui égrène des heures meurtrières. Sûrement, quand on a découvert que la prêtresse héritière, sa propre petite-fille, a couru le bout du monde en apprenant la mauvaise nouvelle. Sûrement, quand on a supplié la déesse-mère de vous la ramener et, qu'à force d'incantations, votre vœu s'exauce sans crier gare. Sûrement, quand elle apparaît au crépuscule d'une vie qui n'a plus à offrir que cinq petites minutes à décompter d'un dernier hiver, deux peut-être.

– C'était à la veille de la Toussaint 2000, précisa Ana en franchissant le pas de la porte. À Samain, la fête des esprits-souffles.

– C'est ça…

La vieille femme était retombée dans son fauteuil, le cœur à la chamade. Un courant d'air sucré lui caressait les joues fripées.

– Je me souviens, murmura-t-elle après une poignée de secondes. Tu es partie à la lune bleue… Comme je suis heureuse de te revoir.

Ana plongea son regard dans les yeux de Myriam. Était-ce trop tard, maintenant, pour se faire pardonner d'avoir renoncé ? Sûrement pas. Mais, si la consœurie de la *Source bleue* avait avalé la pilule et, si les forces de Gaïa avaient irrémédiablement rapproché Ana de Gréasque, il n'était désormais plus question de la laisser guider les jeunes filles au bois des Euves. Ana savait qu'une autre héritière lui avait succédé, une femme sacrée dont les veines abritaient le sang des déesses-mères.

– Tu sais… Magali m'a dit, pour la petite. Il faut la mener au bois. La source la guérira, comme beaucoup d'autres avant elle.

« Bien joué, Mamé ! Décidément, toi et mes chères cousines, vous ne lâchez rien ! Deux secondes que je suis là et tu dégaines aussitôt ! »

À aucun prix Ana ne voulait de ce destin pour aucune de ses filles, de cette fatalité qui l'avait frappée, elle, après que ses parents s'étaient tués au carrefour de La Pomme. Un bolide avait remonté le virage de La Bouilladisse à tombeau ouvert et avait mis fin à la vie de la grande prêtresse, ce que personne n'avait prévu, ni les oracles de l'Oraison, ni les *serviteresses* du Val de la Dona. Le bruit infernal du choc avait couru jusqu'à Auberge-Neuve et Belcodène. Les mineurs avaient cru à l'effondrement d'une *descenderie*. C'était bien plus banal. Sa mère avait agonisé de longues minutes en attendant la sirène des pompiers. Son dernier souffle n'avait été que pour elle. « Ana, Ana ». Par un matin pluvieux du mois de mai, les hommes avaient enterré le couple au cimetière de Gréasque sous une croix celtique, et Myriam avait jeté tous ses espoirs dans sa petite-fille.

– Manon ne sera pas tatouée. Elle a suffisamment de soucis comme ça.

– C'est pour ses menstrues que je dis de l'emmener. Aie confiance en l'arbre-roi.

– Le vieux chêne de la *Source bleue* ?

– Oui, ma douce. Lui, t'aidera. Il est sacré. Avant la guerre de 14, mon arrière-grand-mère répétait à qui voulait l'entendre que les fées avaient le pouvoir de transformer certains hommes en arbres. Mais aux fêtes de *Beltaine*, les esprits de la forêt leur rendaient forme humaine pour quelques heures. On pouvait alors les voir chasser les mauvais esprits de la forêt. Le reste du temps, les hommes-chênes restaient les pieds tanqués dans l'humus, à protéger les amoureux et à nourrir les porcs. Après trois cents ans, si les fées et la foudre avaient daigné les épargner, certains d'entre eux, les plus forts et les plus modestes, les plus doux et les plus justes, tout cela à la fois, devenaient arbres-rois. Les autres passaient au bûcheron du village.

Myriam se tut quelques secondes pour dévisager sa petite-fille. Non, ce n'était pas un rêve. Ana était bien là, campée de l'autre côté de la table à l'écouter comme si elle entendait cette légende pour la première fois.

– Et tu vois, poursuivit la vieille femme, petit à petit, lentement, quand ils avaient quelques « cent-ans » de plus sous l'écorce, les histoires, les légendes, les joies et les peurs enfouies dans la mémoire des peuples remontaient par leurs racines jusqu'au bout de leurs bras feuillus. Alors, l'homme vert, arbre-fée devenu arbre-roi, tout à la fois lumière et génie, se parait de savoirs secrets. Il saura aider Manon, lui. Le vieux chêne de la *Source bleue* commande aux esprits de la forêt et guérit les jeunes filles endolories. Parce que les fées le veulent bien…

Ana hocha la tête. En deux décennies, Myriam avait pris de l'âge, mais son cœur demeurait clairvoyant. En regardant un arbre, tout le monde imaginait une promesse de fruits, de feuilles ou de bûches pour l'hiver. Pas elle. Mamé ressentait l'énergie vibratoire de la sève qui habitait le bois, et savait la convaincre d'intervenir en sa faveur.

– C'est de lui que les vieux disent que deux mille ans s'étaient écoulés quand le froid de l'hiver 56 lui a ôté son âme. Marie-Madeleine s'est baignée à l'eau de la *Source bleue* sous ses frondaisons juvéniles. Il n'y a que lui qui guérira Manon. Tu le sais bien…

* * *

La petite balade rue Danton n'avait pas ému que la vieille Myriam. À peine rentrée aux Michels, Ana s'était éclatée sur ses fameux cartons. Pas toujours facile d'ouvrir les boîtes de Pandore où sont stockés des souvenirs qu'on voudrait noyer au fond de la fosse des Mariannes. Le tout-venant, d'abord, les cartons faciles, les casseroles en vrac, culottes et soutifs mélangés, talons dépareillés. Et le lourd, ensuite, qu'on n'a pas osé déstocker depuis des lustres, traîné de renoncement en sacrifice, enterré par la complicité sournoise de ce bon vieil Alzheimer.

Des cartons de souvenirs, Ana en avait rempli des caisses maritimes. Une mère excentrique qui l'emmenait brûler des cierges noirs au fond des bois. Des cousines délurées qui l'entraînaient courir le sabbat à la pleine lune. Un mec odieux qui n'avait pas su retenir sa petite queue. Un boulot qui la fatiguait depuis belle lurette. Tout au fond de son garde-meubles virtuel, il y avait encore ce carton cerclé à triple tour, cette nuit d'été 2000 qu'elle allait bien devoir affronter, quitte à en baver pour le reste de l'éternité.

Le téléphone sonna. Quand on parle du loup…

– C'est moi.

Fallait-il aller plus loin ? Tout était dit. Pas la peine de pousser plus loin. « C'est moi », « moi », « Moi », « MOI ! ». Comme une évidence. Comme si personne d'autre au monde ne pouvait appeler Ana au beau milieu du week-end, comme si elle devait d'emblée penser à lui quand son téléphone vibrait. Olivier avait toujours été ainsi. Le nombril du monde. Le type qui se prend pour la mariée. Le gars qui fanfaronne toute la soirée au micro, qui s'écoute parler fort et parle fort sans écouter.

Au début, Ana n'avait rien vu, éblouie par sa faconde, son intelligence et son petit cul bien rond. Eh oui ! L'amour est aveugle. Quel con ! Quelle conne, plutôt… Elle se revoyait plantée au beau milieu du cours Mirabeau avec sa boîte de Chez Fauchon, à le regarder pourlécher cette nana à la terrasse d'un bar. Il ne se cachait pas, certain que ses potes du barreau envieraient son Everest d'orgueil et les petits seins dodus de sa dernière ascension.

– Commandant Boyer, à qui ai-je l'honneur ?

– Bon sang, Ana, épargne-moi tes sarcasmes ! C'est moi ! Tu as viré mon 06 de tes contacts ou quoi ?

Au contraire, elle l'avait bien gardé en évidence, OLIVIER REDON en capitales pour le plaisir de laisser sonner. « Et tu peux laisser un message, mon pote ! Tu s'ras bâtonnier avant que j'l'écoute ! » C'était sa petite vengeance en solde, mais là, elle avait décroché d'instinct, peut-être à cause de ce mystère qu'on appelle « intuition féminine », parce qu'on n'arrive pas encore à l'expliquer.

– Manon est avec toi ?

D'abord, un long soupir de trois secondes, vite dissipé par un vent de colère.

– Manon ? Ben non ! Pas depuis dimanche soir, je l'ai déposée devant chez toi ! Elle n'est pas à Célony ?

– Ah ! Si je t'appelle pour demander…

Pas de nouvelles depuis deux jours, répondeur quand on la sonnait. Au début, l'absence de sa fille n'avait pas inquiété Olivier, elle découchait souvent sans prévenir. Pas simplissime, de garder une gamine de 18 ans emprisonnée dans le carcan d'une éducation bourgeoise. Quand il y avait cours, elle dormait parfois chez une copine à Meyreuil, c'était plus pratique. Un bus direct emmenait les gamines à la fac en un quart d'heure, mais Olivier avait déjà traité cette option. La copine n'avait pas vu Manon depuis une bonne semaine. Elle s'était peut-être retirée au fond d'un monastère bouddhiste pour réviser ses examens finaux ? On pouvait toujours rêver.

– C'est le bordel depuis que tu es revenue à Marseille, Ana. Les filles sont perturbées. Je ne les reconnais plus.

Et voilà…

Toutes les histoires se terminaient de la même façon avec Olivier Redon. Soit il maîtrisait la situation et c'était grâce à lui, soit il grillait les fusibles et c'était à cause aux autres. Il fallait reconnaître que pour le coup, Ana manquait d'atouts dans son jeu. Pire, elle traînait des casseroles que la partie adverse ne manquerait pas d'exploiter. Il allait falloir plaider serré, car le tribunal de la vie rend des jugements sans appel.

– Le *blem*, c'est qu'elle est majeure. Elle fait ce qu'elle veut. Ana ! Tu as bien une idée ?

– Tu as déclaré son absence au commissariat de quartier ?

– Je pensais que tu pourrais le faire…

– Vas-y pour lancer la procédure. Maintenant ! ordonna-t-elle d'un ton devenu sévère. De mon côté, j'appelle le substitut. C'est un copain.

Thomas Durand, un ami ? Il ne fallait pas rêver, mais un petit mensonge à un gros menteur avait quelque chose de pardonnable. Ana tapota vite-fait un SMS comme un naufragé lance une bouteille à la mer. « C maman. T où ? Réponds STP ».

– Tu es toujours là ?

– *Yes*.

– Ah…

Quelque chose d'indicible venait de changer dans la voix d'Olivier.

– Manon s'est disputée avec Sophie, ânonna-t-il, je ne comprends pas…

Chassez le naturel, il revient au galop. Manon fâchée avec Sophie ? Chouette euphémisme. Si Olivier pensait avoir tiré le gros lot en harponnant une nénette de dix ans la cadette d'Ana, il se fourrait le doigt dans l'œil jusqu'aux talons de ses pompes à glands. Sa poule de luxe refusait toute idée de maternité au nom d'un idéal d'indépendance pêché dans un magazine de salle d'attente.

– Tout ça à cause de ta mauvaise influence.

Ana ne rectifia pas, elle avait d'autres priorités.

– Emma est là ?

– Heureusement !

– Passe-la-moi !

Interrogatoire d'Emma, panique à bord. La cadette avoua d'emblée. Manon découchait plus souvent qu'à son tour. Elle séchait les cours depuis les piteux résultats de ses partiels et ne rêvait pas à passer en deuxième année. Elle était toujours fourrée à Fuveau, chez son petit copain rencontré l'été dernier chez cousine Magali.

Oups ! Fuveau ? Magali ?

1) C'est qui ce mec ?

2) Cousine, tu vas prendre cher !

Emma cracha plus que le morceau. Manon n'avait pas le moral, elle parlait de suicide. Elle perdait à nouveau du sang et s'enfermait de longues heures dans la salle de bain, à l'étage. Rien n'y faisait, ni son abruti de père, ni cette pétasse de Sophie.

Ana n'avait rien vu venir. Elle décida que tout était de sa faute.

LA PROVENCE
Dimanche 14 juin 2020 – Prix : 1,40 € – N° 2020164

UNE SECONDE FEMME ASSASSINÉE

Mercredi dernier, soit 11 jours après qu'une première victime a été retrouvée au rond-point des Gournauds, un deuxième corps sans vie a été découvert à Gréasque. Alertée par une promeneuse, notre correspondante s'est aussitôt rendue sur place.

Vaste dispositif de gendarmerie ce mercredi 10 juin 2020 en forêt de Gréasque où une femme de 38 ans a été retrouvée morte au lieu-dit Le Tombereau. C'est la deuxième fois qu'un corps est découvert à deux pas de la D46a. Vers 8 heures, une promeneuse qui se trouvait à hauteur de l'aire de jeu a été interpellée par le comportement de son chien. « C'est là que j'ai vu la pauvre fille par terre dans les feuilles. Elle avait les yeux crevés et les jambes écartées. Mon mari a tout de suite appelé la police ».

Arrivés sur place, les gendarmes interdisaient l'accès à la route du cimetière, ainsi que l'aire de jeu du Tombereau. C'est tout ce que nous saurons puisque même Mme Aurélie Pons, maire du village et vice-présidente de la Communauté de communes du Bassin minier et de l'Étoile, n'a pas pu en apprendre davantage. Selon toute vraisemblance, la victime a été agressée pendant son footing, comme la femme retrouvée la semaine dernière.

Après deux heures sur site, les pompiers de Fuveau ont emmené le corps à l'institut médico-légal de la Timone et les gendarmes ont circonscrit la zone. Cette étrange histoire n'est pas sans émouvoir les plus anciens du village qui se souviennent de crimes perpétrés au quartier du Thubet, en juin et juillet 1914

(Affaire dite de « L'écorcheur de Cadolive », la guerre avait mis un terme à l'enquête).

Selon nos archives, « une vieille ermite, qui vivait au début du 20e siècle dans les ruines du puits Bonaventure, racontait que des esprits s'attaquaient aux femmes isolées ». Les corps d'au moins trois femmes, réputées « ensorceleuses », avaient à l'époque été retrouvés mutilés et abandonnés en pleine forêt. Il faut bien sûr appréhender les vieilles légendes avec le recul et le bon sens nécessaires, mais la coïncidence demeure étrange. Dernier élément intrigant, l'enquête a été confiée à une gendarme originaire du Bassin minier victime d'une agression sexuelle en forêt de Gréasque en juin 2000. À l'époque, un suspect portant un tatouage sur l'avant-bras droit avait été activement recherché. La ressemblance de ces anciennes affaires avec les meurtres de ces derniers jours interpelle. À Gréasque, c'est une bien curieuse enquête qui a commencé.

Hélène MUNOZA, h.munoza02@laprovence.com.

15.

La Source bleue

BTA de Gréasque
Dimanche 14 juin

– Fait chier !

Ana envoya valdinguer *La Provence* sur la table basse et se planta devant la fenêtre qui donnait sur une micro-cour intérieure. Un instant, elle tenta de comprendre. Comment s'était débrouillé l'architecte qui avait tiré les plans du bâtiment ?

Une fenêtre de chaque bureau de la BTA donnait sur ce labyrinthe à une pièce. Kafka tout craché. Les gendarmes tiraient la persienne pour ne pas sentir les regards leur caresser le dos. Ça ressemblait à sa vie. Une voie sans issue. Une pièce sans lumière.

Vous me jugerez si vous voulez…

Elle s'entendait encore parler à Zidane. Mais ce qu'elle ignorait, l'autre jour au cimetière, c'est que la métamorphose risquait de s'opérer plus tôt que prévu. Les deux marlous du Rove, la remontée de bretelles du père Davaine, les frères siamois de l'IGGN, tout ça, ce n'était rien comparé à ce qui l'attendait. À trop sauter sans filet, le numéro de trapèze prenait une tournure flippante. Manon, Bertille, Hélyette, les souvenirs empilés au cabanon… la tragédie commençait à la dépasser. Le mur approchait et il allait vite falloir réagir.

Quelqu'un tambourina à la porte ; c'était Orquel qui volait à son secours. Le brave sous-off glissa ses oreilles décollées et son sourire légendaire dans l'entrebâillement.

– Café, commandant ? Café, mon lieutenant ? Pour les croissants, vous r'passerez, les gars ont tout pillé l'sachet !

Tôt le matin, l'adjudant avait appelé Ana après avoir découvert la manchette de *La Provence,* à la boulangerie. Il se doutait bien que ça ferait des remous à la compagnie. Il posa ses gobelets bouillants sur le journal, souffla sur ses doigts pour montrer qu'il s'était brûlé et ressortit sans réclamer son reste.

Ambiance tendue.

– Il faut qu'on parle.

– Sûrement… répondit Zidane, laconique.

La veille, le jeune officier avait discuté tard avec Léa. La pauvre fille n'arrivait pas à trouver le sommeil à cause de son gros ventre. Mais pas que. « La vérité, elle te cache un truc ! » Question de confiance ? Non… Léa se trompait, ou alors la commandante était une fieffée mytho. Mais ça, Zidane ne parvenait pas non plus à s'en convaincre. « Elle a la trouille ! » Là, oui. Mais de quoi ? De servir de fusible pour l'affaire du Rove ? Jamais de la vie. « Tu devrais en parler à Leval ». Au capitaine ? Même pas en rêve ! Il aurait rendu compte à Marseille et la sanction serait retombée en pluie fine sur Aubagne. Boyer virée et, par effet de dominos, lui fourgué au placard dans la foulée. Or, on ne se grille pas sur une première enquête. C'était son leitmotiv.

– Asseyez-vous, ordonna Ana, je vous montre un truc.

La gendarme tourna le dos à son jeune collègue, souleva les bras et enroula sa queue de cheval en chignon. Son *tee-shirt* moulant, sorti de son *jean*, dévoilait les dentelles de son string, rouge comme les joues de Zidane. L'officier releva les yeux. La nuque de la commandante était blanche comme un cachet d'aspirine, parsemée de grains de beauté noirs.

– Vous voyez ?

Zidane se remettait de ses émotions. Et si Léa avait raison ? Une odeur sucrée avait fermenté sur la peau moite de sa cheffe et lui chatouillait les narines. Patchouli, à tous les coups.

– Et je dois voir quoi ?

– Vous êtes aveugle ? Approchez ! Regardez à la racine.

Zidane obéit. Les doigts d'Ana trifouillaient sa chevelure. C'est alors que le jeune officier blêmit.

– Ah oui !

La forêt de cheveux laissait deviner des tatouages en bâtons, similaires à ceux retrouvés sur les crânes d'Hélyette Motti, de Bertille Chazel, du charnier celte, des statues du sépulcre.

– Ce sont… des runes ?

Zidane avait dit n'importe quoi, histoire de dire n'importe quoi, mais quelque chose. Ana soupira. C'était maintenant ou jamais.

– Asseyez-vous.

Il y a des moments comme ça dans la vie. On jette le masque sur la table, les simagrées au vide-ordures et les années de faux-semblants dans la petite cuvette blanche. Ana allait tirer la chasse, advienne que voudrait. Des runes ? Bien sûr que non. « Des signes symboliques », préférait dire Bekhti, qui vous rappelaient à chaque coup de brosse que votre destin ne vous appartenait plus. On vous vénérait, mais votre corps servait d'autres maîtres. On vous adorait, mais votre esprit dansait en rond dans une cage dorée. Alors à tout perdre, que ce ne soit pas ce qui restait à aimer. Ana avoua. Elle descendait de la lignée des femmes qui veillent sur la *Source bleue* depuis près de deux mille ans. Transmission de grand-mère en mère, de mère en fille. Ou en cousine, quand l'une d'entre elles faisait faux bond…

L'info percuta Zidane en pleine face, façon direct de Tony Yoka au premier round. Dur de mordre la poussière pour qui aurait donné du fil à retordre à l'apôtre Thomas question *je-n'crois-que-c'que-j'vois*. Nez froncé, paupières lourdes, il n'avait pas encore dû beaucoup dormir cette nuit. Alors Ana décida d'enfoncer la porte entrouverte. Elle avait renoncé un matin de novembre 2000, quand elle avait compris que ce destin d'exception l'empêcherait de vivre une vie de femme. Inconcevable pour une nana de ce calibre : on n'enferme pas une colombe dans une cage à canari.

C'était en juin de la même année, après le tragique accident de La Pomme. Comme à chaque solstice d'été, les sœurs se réunissaient à la *Source bleue* pour célébrer Litha, cueillir le millepertuis dans les ténèbres et préparer la rosée magique de la Saint-Jean. Les femmes avaient décidé d'adouber leur nouvelle grande prêtresse. Le gynécée s'était rassemblé en tunique blanche autour d'Ana, nue dans l'eau jusqu'à la taille. Après avoir purifié la jeune femme, Myriam avait procédé au marquage rituel, un soleil naissant sur les épis mûrs d'un champ de blés. Ana avait paniqué. Elle avait rompu le cercle sacré, s'interdisant à jamais d'y revenir. Elle avait couru se réfugier dans les ruines du Thubet, à deux pas de la source sacrée.

– Alors, vous vous moquez de moi depuis le début. Sur les scènes de crime, devant le substitut, chez Lavray, à la morgue, au cimetière…

– Et à la mairie, ajouta-t-elle après deux secondes de répit. Aurélie Pons est ma cousine germaine.

Ana n'en voulait pas à Zidane. C'était bien normal qu'il pense d'abord à lui. Elle s'était adossée au mur, les épaules affaissées. Pour la première fois, le jeune officier la sentait affaiblie, comme Léa ce matin, quand elle avait glissé dans les escaliers de la résidence. Zidane porta les mains à son nez. Elles sentaient encore l'arnica.

Longtemps après le départ des sœurs, des ombres avaient surgi des murs pourris du Thubet. Elles avaient d'abord entouré Ana, pour jouer comme le chat avec la souris, puis deux hommes l'avaient plaquée au sol. Un troisième avait déchiré sa tunique et lui avait écarté les jambes. Elle s'était débattue, en vain, ils étaient trop puissants. Elle avait senti un monstre la pénétrer, un autre lui broyer les seins, le dernier lui serrer la gorge jusqu'à l'étouffer. Elle avait fui son corps. Comme si ce corps n'était plus le sien, elle s'était réfugiée en dehors. Puis elle avait couru, couru, couru. Elle les entendait rire, de loin en loin, et la rappeler. Elle s'était cachée dans la vase gluante, sous les nénuphars du puits Bonaventure. Elle s'était arrêté de vivre. Elle n'était plus elle-même. Son corps l'avait abandonnée.

Il avait fallu des mois pour poser le mot *viol* sur les événements du Thubet et relever la tête. Elle craignait trop de croiser leur regard dans la rue. Malgré tout, elle s'était reconstruite, loin de Gréasque, avait même eu deux filles avant qu'Olivier ne la trahisse. Alors, elle s'était juré de ne plus jamais accepter qu'un homme lui fasse du mal, avant que son destin ne la rattrape à la chapelle du Rove. Comme si le long calvaire devait durer et s'achever encore une fois dans la douleur.

– Désolé, je ne savais pas…

Ana haussa les épaules et sourit.

– Il était temps que vous l'appreniez. Je me sens soulagée.

Zidane plongea à son tour dans les ténèbres. Il alla lui aussi jeter un œil dans la chambre de Kafka, comme s'il cherchait une impossible réponse, et revint finalement s'asseoir.

– J'y crois pas !

– Quoi ? insista Ana.

– Et si c'était vous, qui étiez visée ? Hélyette Motti et Bertille Chazelle étaient des sœurs comme vous. Les tatouages le prouvent…

Ana renoua sa queue de cheval. Elle trempa enfin les lèvres dans son café. Froid. Dégueulasse. Elle cracha l'infâme jus dans la poubelle.

– Personne ne pouvait savoir que l'enquête me serait confiée quand la pauvre Hélyette a été retrouvée aux Gournauds. Même pas moi. Le mobile est peut-être ailleurs. Vous avez passé Jourdan au TAJ ?

Samedi en début d'après-midi, Ana avait laissé un SMS à son lieutenant préféré. « Cc si vs avez 2 minutes rencardez vs sur Jourdan ». Zidane avait rempli la mission entre deux massages de pieds, derniers plaisirs qui permettaient encore à Léa de supporter sa grossesse. Le fichier de traitement des antécédents judiciaires n'avait pas tardé à cracher le morceau. Le *nervi* trempait dans des affaires de trafic d'influence à Marseille et des libertés d'interprétation de la législation sur les permis de construire. Son affaire d'agences immobilières tenait à un fil, mais là n'était pas la meilleure. D'après Zidane qui avait le nez creux, Ange Berconi aurait été un grand-grand-oncle de Jourdan. Ou quelque chose comme ça.

– L'empaffé ! Bien vu, mon Zizou !

Ce qui était bien avec la commandante, c'est

que son champ lexical traduisait en temps réel le fond de sa pensée. Remise de son *coming-out*, elle expliqua à Zidane ne pas avoir fait que trier des cartons et enquiller du rosé glacé, samedi soir. Entre deux déballages, elle avait phosphoré sur le fameux *Matribus Grahascabus*, le grimoire emprunté à Berconi. Pages tournant, elle avait remarqué un indice *a priori* sans grand intérêt. Un folio avait été arraché à la lettre « c », dans la partie recensant les plantes magiques.

– Je ne suis pas encore tout à fait certaine, plaida-t-elle, mais j'ai mon idée.

Zidane avait depuis un bout de temps compris qu'il ne fallait jamais brusquer sa commandante quand elle flairait une piste. *A fortiori* après une séquence émotion comme celle qu'ils venaient de vivre. Il l'abandonna deux minutes et revint avec deux cafés bouillants, l'air satisfait.

– Ceux-là sont chauds. Je vais devoir rentrer à Aubagne, mais avant j'aimerais en savoir plus sur cette source. Pourquoi « bleue » ?

Ana saupoudra de sucre son gobelet et regarda les grains s'enfoncer lentement dans la mousse brunâtre. Zidane avait accepté son mensonge, elle lui devait bien un petit complément d'information. Elle touilla sa mixture avec un crayon de bois, le lécha, but une lampée et s'éclaircit la voix.

– Ok. Je vous la fais façon Papy Lavray. Voici des lustres, une source sortait d'un trou de calcaire entre Gréasque et Peypin, entre le quartier du Thubet et le puits Léonie. Je vous montrerai à l'occasion. De là, un filet descendait à Valdonne. Quand nous étions gamines, notre grand-mère nous racontait que Marie-Madeleine s'y était baignée. Ce qui n'est peut-être pas tout à fait faux car les légendes deviennent des vérités avec le temps. Après avoir pris Marseille, les Romains ont tracé un chemin jusqu'à Pourcieux, dans le Var, pour rejoindre la Via Aurelia. À Valdonne, ils ont construit un relais pour chevaux et une modeste auberge. Ça porte un nom en latin, j'ai oublié, c'est aujourd'hui un château. Quand Marie-Madeleine a quitté Marseille, elle y aurait fait étape. Le soir, son compagnon Maximin s'occupa des enfants, tandis que les femmes allèrent se baigner à une source indiquée par Eva, l'épouse de l'aubergiste. La pauvre n'arrivait pas à avoir de gosse et ce n'était pas faute d'y mettre du sien. Myriam nous racontait en la mimant comment elle chevauchait son mari soir et matin, avant, après les corvées, et, si l'occasion se présentait en journée, aux cuisines, aux écuries, au fond de la grange. Bref, je vous passe les détails, rien n'y faisait. Quand Marie-Madeleine tenant la main de sa triste compagne entra dans la source bouillonnante, un rai de lumière toucha ses cheveux d'or et les eaux virèrent au bleu turquoise. Un rayon de soleil, je pense, et l'imagination fertile de ma grand-mère. D'où la réponse à votre question. Eva aurait alors senti une chaleur baigner son ventre. Neuf mois plus tard, elle accouchait d'une fille pour la plus grande joie de l'aubergiste. « C'est grâce à la Dona ! », répétait-il aux clients, « C'est grâce à la Dona ! » Et sûrement au secret qu'il fallait désormais protéger. Après l'an Mil, l'abbaye de Saint-Victor qui possédait tout en vallée de l'Huveaune fit détruire les traces du site au profit du pèlerinage de la

Sainte-Baume. Le seigneur-abbé possédait déjà une grande partie de la seigneurie, il acheta Saint-Savournin et la réforme grégorienne crut effacer les vestiges de l'ancien culte. « Crut », car la légende des guérisons miraculeuses avait enflammé les chemins de Provence. Et au-delà. Tant et si bien qu'après les gueux en catimini, des têtes couronnées vinrent s'y tremper au grand jour. Louis XIV serait né quand sa mère s'y est baignée, après son voyage à Apt. Pourquoi pas. Malheureusement, les gardiennes de la *Source bleue* ont subi les assauts des ignorants. Les corps d'au moins trois pauvres femmes de Peypin et de Gréasque, désignées mascos par les tribunaux populaires, ont été retrouvés mutilés dans le vallon de la Dona. Un quartier d'Auberge-Neuve porte encore le nom de « La Masque » en leur souvenir. Les gardiennes de la *Source bleue,* comme nombre de femmes partout ailleurs, ont été combattues d'abord par l'Église, puis par l'État et par les profiteurs de l'industrie pharmaceutique. Elles ont été persécutées à cause de leurs connaissances médicinales. Les deux guerres mondiales et les crises économiques du XXe siècle les ont ensuite oubliées, mais le culte de la *Source bleue* s'est maintenu en secret. Jusqu'à ce fameux samedi quand Berconi a trouvé le corps d'Hélyette.

Zidane se frappa le front.

– C'est dingue ! On est au vingt-et-unième siècle !

– Que voulez-vous que je vous dise ? Marie-Madeleine allait de Marseille au pays d'Aix par le col du Terme. La dame s'est baignée à la *Source bleue* et le vallon a pris son nom. Valdonne...

Depuis, des femmes entretiennent la *Source bleue*. Je descends de cette lignée, mais j'ai rompu le fil pour les raisons que vous devez comprendre. Aurélie a repris le flambeau.

Zidane bondit. Son fond de café s'épancha sur son beau pantalon bleu marine.

– La maire de Gréasque ! Je m'en doutais bien, l'autre jour à la mairie ! Votre petit manège, à toutes les deux, n'était pas clair. Elle n'arrêtait pas de vous fixer. C'est pour ça !

– Je suis désolée. Mon intention n'était pas de vous tromper. Ça se chamboule dur dans ma tête depuis quelques semaines.

Zidane tenta d'essuyer son pantalon avec des feuilles tirées d'une imprimante. En vain. Il l'avait gros sur la patate. Il valait mieux partir.

– Bon, j'y vais. J'ai promis à Léa de rentrer pour midi. On convoque Jourdan ? On peut l'interroger dès demain.

– Bonne idée…

* * *

Ana n'était pas rentrée tout de suite aux Michels, elle avait besoin de souffler. Toutes les brigades du département avaient été averties de la disparition de Manon. Une photo et un signalement avaient été transmis à qui de droit. Tout le monde autour d'elle était sur le coup, mais elle ne parvenait pas à se départir de son angoisse. Et pour cause. Elle rejoignit le bar des Pradeaux, s'installa à la terrasse sous un immense tilleul et commanda une pression. Elle passerait cet après-midi chez Myriam, chez Magali — peut-être sa chère cousine savait-elle quelque chose ? — et tenterait de croiser Aurélie Pons à la mairie. On ne sait jamais.

Son portable sonna au moment où le garçon apportait sa bière. Numéro inconnu, c'était peut-être une bonne nouvelle. Elle décrocha.

– Commandant Boyer ? Excusez-moi de vous déranger un dimanche, je suis Nora Cholet, la psychologue mandatée par l'état-major régional de gendarmerie.

C'était la goutte qui fait déborder le vase. Ana coupa sec et bloqua le contact dans la foulée. Elle vida son demi d'un trait et jeta un billet de cinq euros sur le plateau du garçon.

– Gardez la monnaie.

16.

Circae lutetiana

Marseille
Lundi 15 juin

Kévin Bekhti avait appelé Ana à l'heure du petit noir. Heureusement, elle n'avait pas bloqué son numéro… Ce célibataire endurci qui ne comptait pas ses heures — peut-être dormait-il à la morgue ? — avait découvert « quelque chose de nouveau », mais refusait toujours d'en parler au téléphone. Ni une ni deux, Ana était passée prendre Zidane à la compagnie, ça commençait à devenir rengaine, et ils avaient foncé à l'IML. Elle avait cette fois imposé la *Clio*. Avec elle au volant et le gyro sur le toit, le trajet prendrait moins de temps que l'autre jour.

C'était lundi, l'institut médico-légal commençait une journée tranquille. Une secrétaire pas stressée achevait de se maquiller dans son box, tandis que des *Mmes Propre* en tongues fourguaient des serpillières humides dans un *cafoutche*. Le visage blanc comme sa blouse, Bekhti entraîna les deux gendarmes dans un couloir triste qui sentait la javel. Le fringant légiste avait perdu sa superbe des levées de corps. Il poussa mollement la porte de son « bureau » et s'excusa. Il n'avait pas, selon sa propre expression, été bon.

Après l'accident qui défrayait la chronique sur les chaînes d'info en continu (mi-mai, un co-pilote dépressif avait crashé son *Airbus* dans un massif des Alpes-de-Haute-Provence), l'IML avait été désigné pour recoller les puzzles humains. Tous les légistes trimaient sept jours sur sept, et lui aussi, tout-venant d'affaires criminelles ou pas en sus. Un fameux détail lui avait ainsi échappé lors de la première autopsie et il peinait à s'en remettre. Mais comme les excuses étaient faites pour s'en servir, et que malgré tout Ana l'aimait bien, elle lui accorda le bénéfice des circonstances atténuantes.

– Alors ? C'est quoi ce truc qui nous empêche de prendre le petit-déj ? bâilla-t-elle.

Bekhti se dirigea vers un immense réfrigérateur, tira une lourde porte, et se chargea d'une bassine et d'un plateau couverts d'un linge chiffonné. Il repassa entre les corps d'Hélyette Motti et de Bertille Chazelle, ressortis de leur tiroir pour l'occasion, et vint se rasseoir près de ses notes sur son horrible tabouret à vis.

Zidane le regarda poser son précieux trésor sur une table de décharge et palpa les poches de son blouson. Il souffla de dépit. Dans la précipitation, il avait oublié son cahier sur le siège arrière de la *Clio*, ce qui le contrariait. Il reconnut cependant les bouts de bois dans le plateau, mais c'étaient surtout les deux petites pelotes d'herbes moisies qui l'intriguaient.

Le légiste, rassuré par la tournure des événements, scrutait goulûment les visages interloqués des gendarmes.

– Les deux branches ont été enfoncées dans le sexe des victimes, commença-t-il, Hélyette Motti à quinze centimètres de profondeur dans le vagin et l'utérus, Bertille Chazelle à sept centimètres dans le vagin. Vous vous souvenez ? J'avais d'abord cru à un acte symbolique plutôt que sadique. Ben… ni l'un ni l'autre. Pour Bertille Chazelle, la branche n'est pas allée jusqu'au bout. Et quelle n'a pas été ma surprise lorsque j'ai découvert que ce bout de bois avait en fait servi à pousser une boulette de végétaux. Je l'ai retrouvée au col. J'ai aussitôt ressorti le corps d'Hélyette Motti pour vérifier, et devinez ce que j'ai extrait de sa trompe gauche ?

– Qu'est-ce que c'est ? demanda Zidane en tentant de s'emparer de la bassine.

Bekhti s'interposa et recouvra son air satisfait. Le combat venait de changer d'âme.

– Pas touche, mon lieutenant ! Le microscope a

parlé. *Circae lutetiana,* Circé de Paris. Ou Herbe aux Sorcières, si vous préférez le lexique vernaculaire. Vous vous souvenez de l'*Odyssée* d'Homère ? Circé la magicienne transforme les compagnons d'Ulysse en porcs. Les Antiques la décrivaient comme une déesse, mais la belle a vite été taxée de sorcellerie par le clergé. Ça se comprend…

– Et alors… s'impatientait Zidane.

– Et alors ? On ne trouve la *Circae lutetiana* qu'en sous-bois, dans les milieux ombragés, humides, riches en azote et en matières organiques, dans les thalwegs et les trous d'eau.

– Ça ne vous fait penser à rien ? demanda Ana.

– Au Tombereau ? hésita Zidane.

– Correct ! Le grand Vallat.

– Mais il y a plus cocasse, enchérit Bekhti. C'est une plante rare protégée en PACA. Seule une personne férue en botanique pouvait la trouver, la reconnaître et nous transmettre ce message : « Mes victimes sont des sorcières et je les humilie en les violant symboliquement ».

– Ça peut aussi être le hasard… lâcha Zidane en s'étirant les jambes.

Bekhti et Ana s'observèrent. Bekhti parce qu'il pensait qu'un bon café aurait fait du bien au jeune officier ; Ana parce qu'elle savait que Zidane savait, maintenant qu'elle lui avait avoué le secret de la *Source bleue*. Elle fit diversion.

– Ok, les gars ! D'une, bien rattrapé, doc. On vous pardonne le petit oubli. Et de deux, tout le monde se concentre sur les faits. Samedi 30 mai, Hélyette part très tôt pour un footing en forêt. Au rond-point des Gournauds, elle tombe sur un individu qui lui assène un coup de gourdin et abandonne son corps. Idem pour Bertille Chazelle, mercredi 10 juin : footing matinal, embuscade, mais là, fuite et fracture. Point commun aux deux scènes de crime : pentacle et ossements. À ce propos, Zidane, des nouvelles de Pontoise ?

– J'allais vous en parler. J'ai reçu le rapport de l'IRCGN. La datation au carbone 14 a démontré que les ossements des deux scènes de crimes datent de la même époque, autour de 50 avant Jésus-Christ. Ils ont donc tous *grosso modo* le même âge et la même origine.

– Parfait, conclut Ana. Nous sommes maintenant certains qu'il n'y avait pas d'autres cadavres dans l'ossuaire. On oublie les Celtes.

Puis elle se retourna sur le légiste.

– L'assassin, qui selon vous connaît Hélyette, la déshabille et arrange la scène de crime. Rebelote mercredi dernier au Tombereau avec Bertille, sauf que notre homme se contente cette fois de deux fémurs en croix dans le dos de la victime. Voilà ce dont nous sommes à-peu-près sûrs. C'est pas lourd.

Bekhti dodelina ostensiblement de la tête pour marquer sa réprobation. Selon lui, la commandante avait un peu trop l'esprit de synthèse.

– Il déshabille ses victimes. Ok… mais il laisse ses baskets à la première. Il a peut-être été dérangé par un rôdeur, comme pour la seconde avec le chien : la branche à demi enfoncée peut trahir l'interruption du *modus operandi.*

– La veste ! trancha à son tour Zidane.

Cette fois, il paraissait tout à fait éveillé. Il enchaîna aussitôt.

– Le berger avait la veste de survêtement d'Hélyette Motti ! Ça colle avec la mise en scène. Et s'il l'a trouvée sous un pont, comme il le prétend, c'est que l'assassin nous parle, voire nous manipule tout comme il se sert de Patrolle. Je laisse les baskets sur le corps et je balance la veste à deux longueurs pour berner les enquêteurs. Même chose avec la petite culotte dans la *descenderie*. J'improvise ici un pentagramme, là une croix de Saint-André, et je ramasse une branche pour enfoncer la *Circatruc* au plus profond du… de… des victimes.

Ana sourit. Son jeune collègue s'était lui aussi bien rattrapé, mais peut-être pas suffisamment.

– Pour Patrolle, on le savait, il n'y est pour rien, précisa-t-elle en reboutonnant son blouson. Les scènes de crime sont trop fignolées pour un pauvre type débarqué quinze jours plus tôt dans un bled qu'il ne connaît pas. Et puis… il était déjà rentré à Rians quand le corps de Bertille a été profané. Notre assassin se fout de notre gueule, je vous le concède. Mais il commence à commettre des erreurs, se réjouit malgré tout Ana, c'est une bonne chose. Vous vous souvenez, la page déchirée dans le *Matribus Grahascabus*, le grimoire du cimetière ?

– Oui, commandant.

– Page arrachée à la lettre C. « C » comme *Circae lutetiana*, l'herbe aux sorcières. Bekhti a raison, le gus nous cause. Il nous dit qu'il sait qu'Hélyette et Bertille sont toutes deux des gardiennes de la source. Vous voyez à qui je pense ?

Le légiste prit un air ahuri. Il forçait le trait pour bien montrer qu'il était largué.

– Berconi ! s'exclama Zidane.

– Exact. Il est partout, le pépère. Et pour Jourdan ?

Le lieutenant blêmit. Il tira son portable d'une poche de son pantalon et balaya l'écran d'un coup de doigt.

– Oups ! J'ai demandé au major Rocco de s'en occuper. Je le rappelle.

* * *

Le patron de la BTA avait assuré. Bruno Jourdan moisissait sous l'œil attentif de l'adjudant Orquel quand Ana avait enfin rejoint la brigade. Elle était en retard, ce qui n'était pas dans ses habitudes, mais personne n'aurait eu l'idée saugrenue de le lui reprocher. Après avoir ramené Zidane à Aubagne, elle avait occupé l'entre-midi-et-deux à passer des coups de fil à Olivier, à Emma, aux cousines, à Myriam, à quelques relations bien placées à la *Région*, à un pote flic à l'*Évêché*. La disparition de son aînée encombrait ses pensées, même si une intuition venue du plus profond des âges s'évertuait à la rassurer.

Elle retrouva Zidane en grande conversation avec Rocco. Le lieutenant l'attendait pour ouvrir les hostilités.

Ce qui ne tarda plus.

– Nom, prénom, adresse, profession, situation familiale.

Le promoteur immobilier avait retiré sa veste de lin et ouvert le deuxième bouton de sa chemise. Il tiqua. L'idée qu'il avait de son rang social impliquait selon lui davantage d'égards.

– Que me reproche-t-on ?

Ana prit la main. C'était parti.

– Absolument rien, M. Jourdan. Nous avons établi un lien entre votre projet immobilier et la manifestation du 28 mai, à la ferme de l'Oraison. Un véhicule de chantier a été détruit. Le canal d'évacuation des boues rouges de Gardanne a été endommagé. Mais vous savez que c'est à vous que les écolos en voulaient…

– A moi ? A *PRE*, vous voulez dire.

– Oui, c'est pareil. Répondez aux questions du lieutenant Zidane, s'il vous plaît.

Jourdan traîna encore un instant, davantage pour montrer qu'il se voulait patron des horloges, et non pour réfléchir à une quelconque défense. L'illusion était cependant parfaite. Il vida le verre d'eau que lui avait apporté Orquel et se soumit de mauvais gré à l'injonction d'Ana.

– Bruno Jourdan, chef d'entreprise. Je réside à Aix, route Cézanne-Sainte-Victoire. Domaine des Oliviers. Il n'y a pas de numéro, c'est trop grand. Divorcé, sans enfant.

– Vous représentez *Provence Real Estate*, n'est-ce pas ? *PRE*.

Il haussa les épaules. Elle venait de le piéger.

– Contractuellement, oui.

– Comment êtes-vous entré en relation avec ce projet… Anglais, je crois ?

Ana faisait semblant de s'intéresser aux pages du dossier remis à Zidane, l'autre jour au fond des bois.

Jourdan trépignait sur la chaise inconfortable que lui avait indiquée l'officier, un vieux truc de briscard des gardes à vue.

– Britannique. Je ne comprends ni vos insinuations,

ni les motifs de cette convocation. Dois-je appeler mon avocat ?

Jourdan éclata de rire. Sa bonne blague ne faisait rire que lui.

– A vous de nous le dire, suggéra Ana d'un air moins jovial.

Il avait mordu à l'hameçon. Il se redressa sur les jambes et allait renfiler sa veste, comme s'il avait décidé de clore les débats. C'était de l'esbroufe.

– La mascarade a assez duré ! Je m'en vais !

Ana s'était elle aussi relevée. Elle s'était approchée du promoteur, suffisamment près pour sentir l'odeur de trouille qu'il exhalait. Elle l'avait ferré. Ça avait été plus vite qu'elle ne l'espérait.

– Ne soyez pas ridicule, M. Jourdan. Rasseyez-vous, ordonna Ana d'un ton calme, mais déterminé. Vous êtes endetté jusqu'au cou, votre affaire va mal et vous prenez des libertés avec la loi. Ça devait finir ainsi.

– Je…

– Assis, M. Jourdan ! répéta-t-elle, cette fois menaçante.

Ana feignait une colère sourde, mais sans trop se forcer, car elle aurait volontiers collé deux claques à ce petit prétentieux. Zidane, qui commençait à bien la connaître, cliqua deux fois sur un fichier *Word*. La page s'ouvrit sur l'écran de son ordinateur.

– Mon lieutenant ?

– Prêt, commandant.

Jourdan retomba lourdement sur sa chaise, manquant d'en tordre les fragiles pieds d'alu. L'homme avait pris le coup au foie, il était groggy. Mais Zidane devait se presser car le K.O. ne durerait pas.

– On vous écoute, mon lieutenant, insista Ana.

Zidane lut le bref résumé qu'il avait copié sur le TAJ. Jourdan y était plusieurs fois cité : construction d'appartements sans permis de construire dans une ancienne zone artisanale d'Allauch ; emploi illégal de main-d'œuvre venue d'Europe de l'Est le temps d'un été au Castellet ; infractions aux règles de l'urbanisme à Peynier, dégradation du canal de Provence à Trets, raccordements sauvages au réseau électrique dans un lotissement de Velaux. Sans parler de la rue d'Aubagne qui menaçait de lui tomber sur le coin de l'oreille. À Marseille, toutes les parties se rejetaient la balle et le marchand de sommeil partait favori pour le grand prix du gabian de la farce, ce qui après tout n'était que justice.

– D'après une note du tribunal de commerce, vous frisez *a minima* le redressement judiciaire, reprit Ana. L'arrivée du projet *PRE* est une aubaine. Non ?

Jourdan venait de changer de stratégie. Il haussa à nouveau les épaules, elle enfonça le clou.

– Ne me faites pas croire qu'« une belle somme », comme vous avez dit l'autre jour à l'*Oraison,* ne vous ferait pas du bien. À tout le moins, à vos créanciers…

Le mutisme de Jourdan sonnait comme un aveu. Il avait besoin de l'argent de *PRE,* mais cela ne suffisait pas à en faire un assassin. Ana modifia à son tour son angle d'attaque.

– Où étiez-vous dans la nuit du 30 au 31 mai ?

L'effet ne se fit pas attendre. Jourdan sortit les griffes.

– Sans déconner ! Maintenant vous m'accusez d'avoir tué ces bonnes femmes ?

– Personne n'a jamais dit ça. Répondez, puisque vous n'avez rien à vous reprocher.

– Le confinement venait de se terminer. J'avais invité des amis à la villa pour fêter ça. Ils pourront témoigner.

– Et dans la nuit du 9 au 10 juin ?

– Le 9 juin ?

Jourdan ouvrit l'agenda de son téléphone et fit la moue.

– C'était un mardi… Je faisais le tour des agences. J'avais programmé une réunion des responsables à Aix, le lendemain. Mes collaborateurs témoigneront, si vous voulez. On avait rendez-vous à 8 heures.

Ana remercia Jourdan pour son étroite collaboration et retrouva Zidane à la machine à café. Elle avait le désagréable sentiment d'avoir été prise pour une lapine de six semaines tombée du nid la veille. Le garçon jouait au plus malin, mais avec ses mobiles en béton, elle ne pouvait rien lui reprocher. En l'état.

Zidane invita sa cheffe à retourner au bureau pour « une info de première ». Ana le suivit de bonne grâce, d'autant que son intrigant adjoint se prêtait d'habitude peu au jeu des cachoteries. Le lieutenant prit place derrière son écran avec l'air hébété du premier de la classe qui connaît sa poésie par cœur.

– J'ai aussi passé Berconi au TAJ. Et devinez.

Ana posa les fesses sur le coin du bureau et s'inclina en avant. Le fossoyeur était appelé dans une affaire, mais en qualité de victime. Pour se venger de Jourdan, un artisan maçon payé à la gâche avait reculé son camion dans la vitrine de l'agence de Trets. Représailles… Le promoteur avait dû oublier de s'acquitter et avait dépêché Berconi pour solder ses comptes. Mais le maçon qui n'était pas homme à s'en laisser imposer exigeait des compensations.

– Et à votre avis, qui a pris la pelle dans la figure ?

– *Mister* Berconi ? suggéra Ana.

– Eh oui ! Huit jours d'ITT. Ange Berconi et Bruno Jourdan se connaissent donc.

Ana contrôla l'écran de son portable, pas de nouvelles de Manon. Elle avait porté son regard dans la pièce de Kafka, mais comment l'architecte s'était-il débrouillé ? puis elle était revenue rassembler ses affaires personnelles.

– Vous avez bien fait de ne pas en parler à Jourdan. Gardons cet atout dans notre manche. Vous allez toujours creuser chez les écolos ?

– Demain matin.

– Parfait. Je demande à Rocco d'envoyer quelqu'un chercher après la *Circae lutetiana* dans le grand Vallat. On se retrouve ici demain vers midi. Il faut que je voie ma chère famille pour Manon. Et vous ? Comment ça va, Léa ?

Zidane se gratta la tête. Il s'accusait de consacrer toutes ses pensées à l'enquête et d'en garder peu pour sa femme et son bébé.

– Le col s'ouvre, mais le petit ne veut pas descendre. La gynéco se contente de répéter que ça ne devrait plus tarder.

Ana retira une pochette en tissu de son sac. Elle la posa sur le bureau et en défit le nœud.

– Donnez-lui ça. C'est ramassé d'hier soir. Faites bouillir de l'eau, jetez tout dans un bol. Laissez refroidir et filtrez. 200 ml., pas plus.

Zidane se pencha sur le curieux bouquet, sceptique. Depuis le retour en grâce de Bekhti, il se méfiait des plantes, surtout fraîchement cueillies.

– Qu'est-ce que c'est ?

Ana perçut la réticence de son jeune collègue, alors elle prit cette voix douce qu'elle réservait aux grandes occasions.

– De la bourse à pasteur, une herbe médicinale vieille comme Hérode. Idéale pour soigner les hémorragies des jeunes filles, les règles profuses des femmes mûres et les soucis de leurs aînées à la ménopause. Bref, beaucoup des maux qui réjouissent les femmes tout au long de leur vie et que l'allopathie ne traite plus. Ou mal. Ne faites pas cette tête, c'est un astringent qui augmente le tonus du muscle utérin. Faites-moi confiance, c'est sans risque pour Léa. Ses douleurs disparaîtront et le petit viendra comme une lettre à la Poste.

17.

L'insolente

Fuveau
Mardi 16 juin

Ne jamais négliger les Rens. « Rens » pour « renseignements », en d'autres termes, art d'aller fouiner là où les autres ne vont pas, encore la meilleure façon de débusquer le gibier. Un instructeur au cuir tanné par quatre décennies de brigade territoriale avait lâché le tuyau, un soir de solitude. Son officier-stagiaire restait un week-end sur deux à Meulin, trop loin pour rentrer à Foix.

Le sous-off passait le dimanche après le tiercé, et les conversations tournaient bon train autour des croissants tièdes.

– Vous avez un nom ? Convoquez. Une date ? Contrôlez. Un lieu ? Allez-y.

Le conseil n'était pas tombé dans l'oreille d'un sourd. Zidane s'était pointé tôt à *Brogilum,* un ancien hameau de forestage, triste et sévère, où les autorités françaises avaient parqué les harkis à la fin de la guerre d'Algérie. Zidane n'arrivait donc pas tout à fait en *Terra Incognita*. Son père lui avait raconté son enfance loin de sa Kabylie natale, les baraquements de Ginabat et l'Ariège profonde. Parents et gosses entassés dans des préfabriqués sordides, à crever de froid l'hiver autour du poêle, sans eau ni électricité. Les supplétifs perdus de l'Armée française, son grand-père en tête, avaient accepté d'expatrier les leurs à la hâte. C'était toujours mieux que de crever égorgés comme des moutons, pendus par les pieds à un arbre, les couilles enfoncées dans la bouche.

Zidane n'était pas venu régler des comptes avec la mémoire tragique des peuples. Il s'avança vers les Algecos des conducteurs du chantier de la nouvelle résidence. Un contremaître pressé lui indiqua un camp de toiles derrière sous la pinède. Il se gara et termina à pied.

Du temps de son master en criminologie, le lieutenant avait pondu un mémoire sur les réseaux de la nouvelle écologie. Pas un des poncifs collés sur le dos de la mouvance ne lui échappait : « Escrolos », « Bobos naïfs », « Crados en pompes à Jésus », il en passait et sûrement des meilleurs. Les *Pieds Nickelés* qu'il venait consulter ce matin étaient plutôt du genre biscotos et roule-ta-caisse. Pas du même tonneau. « Patriotes, si vous aimez la nature, rejoignez *Résistance Verte* ». « Identité, nature et nationalisme, même combat ». Comme quoi tous les écolos n'étaient pas des potes à Karl Marx.

– Qu'est-ce qu'il veut, le poulaga ?

Un blaireau en slip kangourou venait de lui barrer le chemin, tignasse négligée et jambes écartées. Erreur à ne pas faire. Zidane envoya sa *rangers* droite là où ça fait mal et le grand yéti s'enroula autour de ses bijoux de famille. Deux autres hirsutes surgirent d'un bosquet, gourdin en main garanti sans pesticides. Se taper un petit Arabe au petit-déj les tentait sûrement. Le lieutenant fit un pas de côté et dégaina son semi-automatique. Loin de Léa et d'Ana, son âme sauvage reprenait le dessus.

– « Pandore », les comiques. Pas « poulet ». La couleur du flic, le goût du flic, mais pas un flic. Il est où, le chef ?

L'échauffourée avait ému toute la faune du sous-bois. Femmes et hommes étaient accourus au son du tocsin et encerclaient déjà le gendarme. Zidane allait devoir apprendre à courir vite, son teint basané et ses cheveux frisés ne plaidaient pas en sa faveur. Il sentit cependant une hésitation dans les vibrations de la foule. Il en profita pour tirer sa dernière cartouche.

– Je ne suis pas venu seul, les amis. Je répète. Il est où, le chef ?

L'attroupement se fendit pour céder le pas à un homme d'une trentaine d'années. Rudy Janssens portait des chaussures de chantier, un pantalon à pattes d'*eph* retenu par une ceinture à grosse boucle, et un *tee-shirt* noir posé sur l'épaule droite. Le stéréotype du facho néo-écolo. Un costaud à la fois fascinant et décidé qui promenait un regard autoritaire sur sa petite troupe. Cela suffit à la convaincre de réintégrer ses pénates.

– Range ton flingue, lieutenant. Il y a des gosses qui te regardent.

Zidane s'exécuta calmement. Il avait laissé les chargeurs du SIG dans la boîte à gants de la *Mégane*. On ne bluffe jamais avec une arme chargée. À la fin, on finit toujours par se soumettre à sa volonté. Et ça, personne ne le lui avait appris, pas même le vieux-de-la-vieille de l'EOGN. Janssens l'entraîna jusqu'à un feu de camp et l'invita à s'asseoir sur un tronc d'arbre moisi. Des enfants nus jouaient dans la terre. Janssens posa le plus jeune d'entre eux sur ses genoux et lui frotta les épaules.

– Si c'est pour la manif que tu es là, tes collègues m'ont déjà interrogé. S'ils m'ont relâché, c'est que je n'avais rien à me reprocher.

Zidane baissa les manches de son polo et releva son col. Des moustiques affamés l'assaillaient. Le camp semblait malgré tout retrouver une forme de quiétude bucolique. Des types en sandalettes partaient vider des pots de chambres dans des feuillées à l'écart, tandis que des ados hagards revenaient les bras chargés de bois mort. Un peu à l'écart, une jeune femme allaitait un nourrisson sous une bâche tendue. Il pensa aux seins gonflés de Léa et revint à ses moutons.

– Ça a quand même bien cartonné, l'autre jour à l'Oraison.

La chaleur commençait à investir la futaie. Janssens posa le petit et se lissa les cheveux en arrière. Il portait, tatoué à l'intérieur de l'avant-bras droit, le trident de *Résistance Verte*, emprunté pour l'occasion au dieu de la Mer. D'un coup de menton, Zidane lui indiqua qu'il l'avait remarqué.

– *Résistance Verte*, groupuscule écolo rattaché à « Nation », la mouvance souverainiste belge. Qu'est-ce qu'un cousin vient faire si loin de son plat pays ?

Rudy Janssens haussa les épaules. Le lieutenant basané venait de toucher un point sensible.

– Eh, camarade ! Réveille-toi, hein ! s'énerva-t-il.

Le gourou de *Brogilum* avait retrouvé son accent wallon. Il poursuivit sur sa lancée.

– L'ennemi, c'est le capitalisme, et le capitalisme ne s'arrête pas aux frontières. On tue, on massacre les animaux, on saccage les forêts au nom du consumérisme libre. On blesse la Terre pour le plus grand profit des lobbies industriels. Regarde-les, tous ces gens autour de toi, au lieu de les juger. Ils ont le courage de défendre leur culture, leurs valeurs, leur patrimoine. Comment ? En luttant contre la déforestation et la bétonisation devant leur porte. À l'Oraison, nous n'avions qu'un but, dénoncer un projet immobilier dément qui va défigurer la Provence. Bouffer le moindre recoin de forêt, voilà l'objectif de tes promoteurs sans scrupules. Tu as vu la surface que prend l'emprise d'*Enedis* ? Ils ont macadamisé les pistes, posé du grillage et mis des pancartes autour avec des têtes de mort. C'est rassurant !

Zidane changea de place. Des fourmis rouges lui grimpaient sur les jambes. Il se frotta le pantalon et claqua des pieds pour s'en débarrasser.

– Dénoncer, quitte à devenir violent ? comme les pitbulls qui m'ont si gentiment accueilli ? Vous avez quand même pété un engin de chantier et dégradé une canalisation. Ce n'est plus de la résistance, c'est de la délinquance.

Janssens se redressa à son tour. Un petit sourire narquois venait de redessiner ses lèvres, ce qui ne manqua pas d'interpeller le gendarme. Il se passait quelque chose qui lui échappait et ce petit jeu commençait à l'irriter.

– Tout a dégénéré quand les femmes sont arrivées, reprit Janssens.

Zidane avala sa cravate. Curieux. L'autre jour, quand il était allé avec Ana interroger la maire de Gréasque, Aurélie Pons avait affirmé le contraire. Ces deux-là jouaient à se renvoyer la balle. Pourquoi ?

– Les femmes ? Quelles femmes ?

Cette fois, Janssens pouffa sans se retenir. La naïveté de l'officier le désespérait.

– Celles qui ont été assassinées, pardi. Tu dois bien lire le journal ? Les disciples de la *Source bleue*…

Le choc secoua Zidane, mais ne l'abattit pas. Au contraire, il le régénéra. Il était temps.

– Qui t'a parlé de la source ? demanda-t-il.

Rudy Janssens était peut-être allé vite en besogne. La vanité, la testostérone et l'orgueil prodiguaient souvent de mauvais conseils, même aux meilleurs. Il allait s'enfoncer quand une voix vola à son secours.

– C'est moi.

Le lieutenant sursauta. Une fille s'était faufilée dans son dos. L'apparition se coula contre Janssens et lui caressa le torse pour bien montrer qu'elle le possédait.

– Qui êtes-vous ?

– Manon, la fille d'Ana, votre collègue. La nièce de Magali Boyer et d'Aurélie Pons. Rudy ne ment pas, on était toutes à la manif du 28 mai.

– Même la maire ?

– Même la maire.

Voilà. C'était ça, aussi, le principe enseigné par le vieux *chibani* de l'EOGN : à court d'espoir, balancer son filet sans trop savoir ce qu'on allait remonter. Parfois, ça ne marchait pas. Parfois, la prise était trop belle pour le chalutier. Restait maintenant à annoncer la bonne nouvelle à Ana, et là, en toute franchise, sur la route qui l'emmenait le plus lentement possible à la BTA, Zidane se demandait comment il allait bien pouvoir s'y prendre.

Il n'eut pas à se poser la question bien longtemps.

* * *

Ana avait pris son courage à deux mains pour ne pas fondre en larmes. La scène que Zidane lui demandait de décrire tournait en boucle dans sa tête depuis deux heures.

Elle avançait les bras pour soulager le corps et, comme le pan de la robe déchirée qui le recouvrait glissait, elle voulait le retenir pour couvrir sa nudité. Mais le ventre meurtri de la morte se dévoilait. Le corps crucifié se vidait lentement.

Ô Mère sacrée de la forêt, comment accepter une telle horreur ? La jeune fille était accrochée au poteau de torture. Elle paraissait dormir d'un sommeil apaisé, comme Christ en croix enfin libéré de l'atroce tourment. Mais elle avait les mains attachées dans le dos et le corps retenu par deux liens qui la maintenaient debout, l'un au cou, le second à la taille. Un reste de tissu en guise de linceul lui couvrait les épaules, pas le sexe. Elle était nue, dépouillée, d'une nudité saignante et douloureuse de martyre. Sa longue chevelure noire couvrait sa tête pantelante.

Ana glissait deux doigts tremblants vers la carotide, à la recherche d'un hypothétique pouls. La suppliciée n'avait plus de visage. Après l'avoir violée — de nombreux hématomes à l'intérieur de ses cuisses en témoignaient —, ses bourreaux lui avaient crevé les yeux. Un mince filet de sang mêlé d'écume suintait de ses lèvres entrouvertes. Elle portait sur les bras de longues traces de scarification. Comme elle avait dû souffrir. De minces zébrures violettes descendaient des côtes jusqu'à son ventre. Pour le plaisir, ils l'avaient flagellée à coups de rameaux. Une plaie livide au-dessus de sa vulve glabre trahissait l'œuvre d'un apprenti-boucher. Comme pour Hélyette Motti et Bertille Chazelle, ils lui avaient lacéré le ventre. Ô vieille Gaïa, mère de toutes les mères, ce massacre de femme, ces lourdes pattes d'homme fanant la rose.

C'était une pietà qu'Ana décrivait à Zidane. Le corps que Bekhti avait fait descendre était celui d'une sainte. Toutes les femmes étaient des saintes. Comment le feu sacré de la vie aurait-il pu naître ailleurs que dans un sanctuaire sacré ?

– « *On adore dans les églises des statues fouettées dont la nudité est moins pauvre.* »

– Vous avez cru que c'était Manon ?

– Zola, *L'assommoir*… Je crois qu'elle vivait encore quand je suis arrivée.

Ana éclata en sanglots dans les bras de Zidane. Leval et le substitut qui observaient la scène de loin voulurent approcher, mais, d'un geste ferme, le jeune officier fit signe que non. Pas maintenant ! Le capitaine retint le juge par le bras. Ça ne faisait pas partie du protocole, mais son lieutenant prenait de l'assurance et ça lui plaisait.

Comme convenu la veille avec Ana, Zidane était d'abord passé par la BTA. L'adjudant Orquel l'avait aussitôt expédié en forêt où tout le monde se trouvait, une troisième victime venant d'être signalée au Thubet. Ana avait découvert le corps à 10h07, tandis qu'elle filait à la *Source bleue,* en quête de Manon depuis l'aube. Elle avait aussitôt alerté Rocco qui s'était occupé de tout. Le capitaine Leval et la brigade de recherches avaient déboulé sur les coups des 11 heures. Bekhti et l'équipe de l'identification criminelle voici une bonne demi-heure, et le substitut quelques minutes après lui.

Ana récupérait sur le siège passager du *Duster* de Rocco, une bouteille d'eau à la main. Ses jambes pendaient au-dessus du sol. Elle avait délacé ses baskets car ses pieds avaient gonflé, son genou la titillait à nouveau.

– Je vous ai appelé plusieurs fois. Répondeur…

– Désolé, commandant. J'ai oublié de réactiver la sonnerie en quittant *Brogilum*. Orquel m'a tout expliqué, j'ai accouru… Vous n'avez rien remarqué en venant ? reprit Zidane par réflexe. Une voiture ? Des traces ?

– Non, rien. Après… quand je l'ai vue… Sainte Mère ! Vous avez raison… j'ai cru que… Mais non, c'est Marie Gras… une petite de Gréasque.

– Vous la connaissez

– Ses parents, oui... C'est une nièce d'Hélyette. Une petite-cousine à je ne sais quel degré de Bertille. Elle était en fac de médecine à Aix-Marseille. Elle voulait devenir sage-femme… Elle n'avait que 22 ans…

– Gardienne de la *Source bleue* ?

L'enquêteur qui sommeillait en Zidane avait repris le dessus. Il regarda discrètement sa montre et se souvint qu'il n'avait toujours pas appelé Léa pour prendre des nouvelles.

– Peut-être une novice, suggéra Ana. Elle est tombée dans une embuscade.

– La troisième, comme l'avait prédit Géraldine Durieux.

Ana approuva mollement d'un hochement de tête. Son lieutenant avait raison, la malédiction de la *Source bleue* se poursuivait et quelqu'un voulait qu'elle se réalisât sous ses yeux.

Suivi du substitut Durand, Bekhti approcha du *Duster* pour faire son compte-rendu. Cette fois, le capitaine Leval avait dû lâcher du lest.

– Y'a pas mal de choses… commença le légiste. Pour le mode opératoire, pas la peine de vous faire un dessin. La fille a été frappée et violée, j'ai peut-être du sperme. Elle s'est défendue et a arraché un pendentif à un de ses agresseurs. Une croix en or dont les branches s'évasent sur l'extérieur. Origine Europe de l'Est ou Russie d'après moi. Par chance, il y avait des poils dessus. On aura peut-être aussi de l'ADN sous les ongles. Le corps présente des plaies à la bouche, au bas-ventre, dans les globes oculaires et au cœur, comme pour les deux premières victimes.

Un silence de cathédrale enveloppait le *Duster* de Rocco, garé au milieu d'un petit découvert. À la troisième scène de crime, l'équipe avait appris à écouter le docteur Bekhti. Il n'était jamais si bon que sur le terrain.

– Ensuite, elle a été ligotée au tronc et torturée. Les scarifications sur les bras ont été faites avec une lame de rasoir à double tranchant, retrouvée sous la peau de son avant-bras gauche. Elle a été battue avec les branches que les chiens ont retrouvées. Là encore, nous aurons peut-être des indices. Elle s'est lentement exsanguinée. J'imagine qu'elle est morte quelques minutes avant l'arrivée des pompiers.

Le substitut Durand fit un pas en avant, mais Bekhti ne le laissa pas prendre la parole. Pour dire que ça allait maintenant être facile de coincer les tortionnaires avec de l'ADN, ce n'était pas la peine. Il y avait plus important encore.

– Si vous permettez, monsieur, il y a ça ! Et je crois que ça va intéresser la commandante.

Le légiste brandissait un énième sachet à scellés, celui-ci empli d'herbes imbibées de sang.

– Sûrement de la *Circae Lutetiana*, poursuivit-il en cherchant les yeux d'Ana, grossièrement introduite dans le ventre par la plaie pratiquée au-dessus du pubis. On dirait que c'est fraîchement cueilli, le labo vérifiera. En revanche, l'arrière du crâne de la victime ne porte pas de tatouages…

C'était donc au mieux une novice. Mais dans ce cas, pourquoi la *Circae* ?

– …Et vu l'absence d'ossements anciens, poursuivit Bekhti, je dirai que nous avons affaire à de mauvais copieurs. Trois ou quatre hommes, d'après les empreintes de pas relevées sur et autour de la scène de crime. Les deux premières femmes sont tombées entre les mains d'un metteur en scène, celle-ci dans les pattes d'une bande de sauvages.

Ana en était arrivée à la même conclusion, probablement comme tous les OPJ rassemblés autour de la scène de crime. Les salopards s'étaient acharnés sur la petite, ça allait de soi, mais ça allait encore mieux en le pensant, et le toubib n'avait pas eu tort de quitter sa zone de confort. Le substitut dodelina de la tête pour donner sa bénédiction.

– Etait-elle membre de la *Foulée gréasquenne* ? demanda-t-il en considérant le corps qui partait pour *La Timone*.

Rocco avança d'un pas.

– Non, monsieur. J'ai vérifié.

– Alors, il faut chercher un autre point commun entre les trois victimes. Les deux premières étaient selon les informations du lieutenant Zidane à la manifestation contre le projet immobilier. Essayez de savoir si Marie Gras n'y était pas aussi. Demandez à la correspondante de *La Provence*, qu'elle vous montre ses photos. Comment s'appelle-t-elle, déjà ?

– Hélène Munoza, répondit à nouveau le patron de la BTA.

– Convoquez-la. Et le PSIG, capitaine ? Ils dormaient ?

Leval coinça.

– Mes hommes gardent les deux premières scènes de crime et le cimetière nuit et jour depuis bientôt trois semaines. Ils sont sur les rotules. Des renforts de la *Région* arriveront aujourd'hui pour les relever.

Le substitut regardait maintenant Ana renouer ses lacets. Planté à ses côtés comme un chevalier servant, le lieutenant Zidane lui tendait une bouteille d'eau.

– Je leur donne jusqu'à la fin de la semaine pour obtenir des résultats, à ces deux-là. Après, capitaine, vous reprenez personnellement les choses en main. Est-ce clair ?

Leval savait qu'il ne fallait pas relever le gant. Le substitut avait la pression, des comptes à rendre en hauts lieux, certes, mais ses enquêteurs, eux, bossaient comme des fantassins en première ligne. Au contact de l'horreur, rien ne justifie que quiconque jette de l'huile sur le feu. C'était déjà suffisamment compliqué. Leval se résolut à raccompagner le juge jusqu'à sa voiture.

Ana se redressa, Zidane lui donna l'eau.

– A votre avis, commandant ?

– Pas mieux que vous. Le *modus operandi* est différent, mais la signature est la même. Les exécutants ont changé, mais pas le donneur d'ordres.

– Que voulez-vous dire ?

– Vous avez entendu Bekhti ? C'est toute une meute qui chassait la biche au fond des bois. Une horde sauvage qui ne prend même plus la peine de se cacher. Le voilà, le vrai indice de cette scène de crime. Je… Je crois que vous aviez raison, l'autre jour. Quelqu'un me cherche et il m'a trouvée. La fin approche. Il faut que je sache où est Manon.

Rocco avait pris le volant du *Duster*. Il s'était couché sur le siège passager pour ouvrir à Ana, et Zidane avait grimpé à l'arrière. Les autres voitures étaient garées devant une barrière à trois-cents bons mètres de là, le long de la départementale. C'était toujours ça de moins à marcher sous un soleil de plomb.

Le jeune officier se frotta la nuque. C'était son tic nerveux quand il n'avait pas son cahier. Il remarqua que la commandante l'observait dans le miroir de courtoisie.

– Je l'ai vue à *Brogilum*, avoua-t-il. Elle a promis de vous envoyer un SMS.

– Ah ! grogna Ana.

Elle jeta un bref coup d'œil à son portable. Elle tentait de contenir sa nervosité par respect pour Marie Gras.

– Et vous, vous devriez appeler Léa, continua-t-elle en se séchant les yeux. À cette heure, vous êtes peut-être papa.

18.

Au bois des Èves

Forêt de Gréasque
Nuit du 17 au 18 juin

– Alors ?

Magali écrasa son mégot dans le petit cendrier qu'elle tenait à la main. Elle appuya sur la pédale de la poubelle et le vida, le posa au fond de l'évier et fit couler de l'eau dessus pour le nettoyer plus tard. Sur le frigo, un vieux réveil à quartz buzza 23 heures. La température baissait enfin. L'air devenait à-peu-près respirable.

– Elle vient.

Manon était attablée en face d'Aurélie, arrivée quelques minutes plus tôt aux Michels. Sa tante de maire avait fait rouler ses talons sous la table, avait retiré ses boucles d'oreilles et lâché ses cheveux noirs dans son dos. La lumière pâle du néon blanchissait son visage. Elle paraissait fatiguée, terne, tourmentée. Manon le remarqua.

– Si vous avez un truc à me dire sur ma mère, c'est maintenant ou jamais. J'en ai marre de vos secrets de vieilles femmes.

Magali avait ouvert les fenêtres de sa cuisine. On n'entendait pas âme qui vive dans la campagne, à peine la plainte pathétique des grillons. La nouvelle de la mort de la petite Marie avait bouleversé tout le village. Un courant d'air tiède fit danser les rideaux, Magali se retourna sur sa nièce.

– Ce ne sont pas des secrets de vieilles femmes !

Il y avait des trémolos dans sa voix, comme des regrets d'être restée derrière une porte sans jamais pouvoir la franchir. Magali n'était pas entrée dans le cercle des gardiennes de la source. Elle n'avait jamais été tatouée. Avec le recul, ça lui pesait.

– Explique-lui, toi ! ordonna-t-elle à Aurélie en jetant son briquet sur la table. Tu es mieux placée que moi pour parler.

Aurélie trempa les lèvres dans son verre d'eau et se racla la gorge. Elle avait par le passé affronté des situations plus compliquées, des empoignades testostéronées au conseil départemental, des accords politiques au goût de couleuvre, des syndicalistes retors au pied du mur. Et pourtant, parler lui semblait moins évident. Sa jeune nièce n'était-elle pas sa successeure désignée par Myriam ?

– Nous sommes les gardiennes de la *Source bleue,* guidées par une grande prêtresse. C'était le rôle de Myriam, ton arrière-grand-mère, jusqu'à ce que ta grand-mère Solange lui succède.

– Maman m'a dit qu'elle était morte dans un accident de voiture.

Un ange passa dans la cuisine. Dehors, les grillons s'en donnaient à cœur joie.

– Ta mère aurait dû lui succéder. Mais ça ne s'est pas passé comme ça.

– Pourquoi ? demanda Manon.

Magali préféra intervenir avant que le mal ne soit fait. Elle tapota du doigt sur la table pour marquer son agacement.

– Ça, c'est elle qui te le dira. Certainement pas nous.

Puis elle foudroya Aurélie des yeux pour qu'elle se taise. Manon n'insista pas, elle aussi préférait entendre les confidences de la bouche de sa mère. Tata Aurélie lui avait succédé et pour l'instant, cela lui suffisait.

– C'est pour ça que vous nous avez rejoints à la manif de l'Oraison ? Pour protéger votre source ?

Manon possédait cet art de frapper toujours juste et au bon moment. Elle l'avait hérité de sa mère, mais elle le maîtrisait mieux qu'Ana. La vie l'avait jusque-là davantage épargnée. Certes, les gardiennes avaient rejoint *Résistance Verte* pour protéger la forêt, l'arbre-roi, l'aire à fouler de la ferme de l'Oraison, le Tombereau, les *descenderies*, le puits *Hély d'Oissel*, la voie romaine, les ruines du Thubet, bref, leur histoire, leur avenir, leur culture. Rudy Janssens n'avait pas complètement tort avec ses poncifs identitaires. Les rochers éboulés, les grands arbres et les geais faisaient partie d'elles. Ils étaient leur corps, leur âme et leur esprit. Leur *matrie*. Elles ne pouvaient y renoncer.

La disparition des derniers sanctuaires de la nature effrayait Magali. Elle craignait trop que ses gosses ne découvrent les chevreuils et les rivières en regardant des *podcasts* sur *YouTube*. Le combat pour sauver l'église verte se gagnerait en convainquant l'opinion publique, d'une façon ou d'une autre, par la raison ou par la peur, elle en était persuadée. Le temps des *comics* d'anticipation avait vécu. La réalité dépassait la fiction. Ce que Magali n'avait en revanche pas prévu, c'est que l'ennemi n'hésiterait pas à tuer. Hélyette, Bertille et la petite Marie avaient payé le lourd tribut de leur vie. Il était temps de se réveiller.

Une voiture pila dans l'allée qui collait à la maison. Les pneus s'enfoncèrent dans les graviers et le moteur râla. Une portière claqua, Ana arrivait.

Magali sortit des bières du frigo, la nuit promettait de s'éterniser.

– Maman !

Manon étreignait si fort sa mère qu'Ana ne pouvait se dégager. Elle n'en avait pas l'intention. Ana puisait toute son énergie dans la chair de sa chair, laissait son arôme irradier tout son corps, son ardeur la pénétrer jusqu'au bout de ses ongles. Quand elle embrassait ses filles, elles n'étaient plus qu'une.

– Mon petit moi, je t'aime tellement. J'ai eu si peur, souffla-t-elle.

Magali avait tiré une quatrième chaise et s'apprêtait à décapsuler les canettes quand Ana lui fit un signe de la main. Pas pour elle. Aurélie ne partageait pas cet avis. La journée avait été chargée en émotions et un peu d'alcool l'aiderait à supporter la suite.

– Alors ? Marie ? demanda-t-elle entre deux gorgées.

– Ils ont emmené son corps à La Timone. Dès qu'on en saura plus, je te dirai.

Aurélie posa la main devant sa bouche pour retenir un rôt.

– J'ai fait annuler les feux de la Saint-Jean. Je vais demander à mes collègues des villages alentour d'en faire autant. Plus personne n'a le goût de la fête.

– Bonne idée. Ça va nous aider, car cette fois c'est toute la forêt qui est interdite d'accès. La préfecture va publier un arrêté de restriction de circulation.

Ana regarda sur le frigo, il était déjà minuit 12. Quelque chose tracassait Magali. La cousine s'était adossée à l'évier, en retrait, une clope pendue aux lèvres, une *Kro* dans la main droite, son briquet jaune dans la gauche. Elle en avait lourd sur la patate et l'orage devait éclater.

– Quoi ? demanda Ana qui sentait un regard lourd peser sur ses épaules.

Magali tira une longue taffe, souffla sa fumée

par la fenêtre et noya son mégot sous un filet d'eau. Elle ménageait son calme avant la tempête.

– Si tu n'avais pas renoncé, tout ça ne serait peut-être pas arrivé.

Prends ça dans les dents et va manger tes morts ! Ça faisait vingt ans que ça lui pesait sur l'estomac. Elle se sentait libérée d'un énorme poids. Ana s'en était aperçue. Puisqu'elles en étaient à solder les comptes, elle aussi allait alléger son fardeau. Mais s'il paraissait évident que Magali souffrait, elle se promit de n'en rien ajouter à sa peine.

Ana allongea les bras sur la table et saisit les mains de Manon. Elle plongea son regard d'ébène dans les yeux de sa fille.

– C'était le jour de ma révélation, quelques mois après la mort de ta grand-mère Solange. Pendant que Myriam me tatouait, une certitude a pris racine en moi. Ce choix qui n'était pas mon choix m'imposait trop de renoncements.

– Tu nous les as aussi imposés à nous, grommela Magali en haussant les épaules.

– Et je l'ai payé cher.

Ana se tut un instant. Aurélie s'avança dans son dos. Elle n'apercevait que le sommet de son crâne et, juste devant elle, le visage dubitatif de Manon. Elle se pencha en avant, embrassa la chevelure noire d'Ana et s'approcha de son oreille.

– Vas-y. Libère-toi.

Ana se lança.

– Je me suis enfuie. Des types m'attendaient au Thubet. Quelqu'un les avait prévenus que nous étions à la source. On n'a jamais su qui. Je me suis jetée dans leur toile et… et ils m'ont violée.

Des larmes coulaient sur les joues de Manon.

– Après ça… je ne pouvais plus rester à Gréasque. Je devais partir, la malédiction était sur moi… je nuisais à la consœurie.

Un long, un très long silence flotta dans la cuisine. Manon embrassait les mains de sa mère. Aurélie, restée de marbre, semblait étanche à la douleur. Magali, en pleurs, décapsula une seconde canette. Les filles entendirent la bière déglutir dans sa gorge. Elle décida alors de rompre la paix pour une plus grande cause.

– Ana, il faut l'emmener à la *Source bleue* avant la lune noire. Après, il sera trop tard pour la guérir.

Ana fixa Manon du regard.

– Tu leur as dit ?

– Oui, maman.

Elle hésitait.

– Nous devons y aller, insista Magali. L'esprit de la Terre t'invite à ne pas craindre d'abandonner ce qui est mort en toi. L'entrée du système solaire dans l'ère du Verseau annonce de profonds changements, ne le sens-tu pas ? Le temps ancien des peurs, de la culpabilité et de la souffrance a vécu. Voici le temps nouveau des réconciliations, de l'amour, du partage et de l'espoir. Le passage ne se fera peut-être pas sans douleur, mais il nous faut croire qu'il annonce un monde meilleur. Ana, rappelle-toi d'être heureuse. Va à la *Source bleue* avec Manon.

Ana se frotta le visage dans la paume de ses mains. Cette fois, elle ne pouvait plus reculer. Pas devant sa fille.

– Bon ! Halte à la philo ! coupa Aurélie en

rechaussant ses talons. Tout le monde saute dans sa voiture et rendez-vous chez Mamé. On la prend au passage et on y va.

– Tu veux emmener Mamé à la source ? s'étonna Manon. Il est 2 heures du matin, elle doit dormir.

Magali pouffa.

– Myriam ? Se coucher les nuits avant Litha ? Dis plutôt qu'elle est partie au millepertuis !

* * *

Ana avait exigé que sa fille monte dans la *Clio* et laisse un SMS à son père. Personne n'était d'humeur à la contrarier. Manon accompagna donc sa mère de bonne grâce, envoya le message — C ok je ss avec mam — et dut aussi promettre de s'installer au cabanon au retour. Ça, c'était non négociable. Après la cérémonie, Aurélie rentrerait chez elle et Magali aux Michels. Trois voitures s'étaient donc rangées côte à côte sur le cours Ferrer, et les quatre femmes s'étaient retrouvées à conspirer devant la porte de Myriam.

La matriarche n'était pas partie cueillir des herbes en forêt, mais elle ne dormait pas. Assise devant sa gazinière, elle filtrait des herbes bouillies et remplissait des bouteilles en verre avec un entonnoir en fer blanc. Elle était encore habillée à cette heure avancée de la nuit, et son trousseau de clefs reposait près d'un verre à dents sur la table de la cuisine. Ana eut le désagréable sentiment qu'elle les attendait.

Magali expliqua le plan pendant que Myriam enfilait ses baskets, soigneusement rangées dans l'entrée. La vieille femme indiqua à Manon un sac de toile, volumineux mais pas si lourd que ça, et jeta sur ses épaules le petit châle de laine accroché près du miroir. En fin de nuit, même l'été, il ne faisait pas si chaud que ça, surtout après un bain.

– On y va à pied ? demanda-t-elle en tournant la clef dans la serrure.

– Pas le choix ! chuchota Ana. Mes collègues ne patrouillent pas de nuit, mais ils tiennent les carrefours. Manquerait plus qu'ils nous choppent, mon général ferait une crise cardiaque.

Myriam posa la main sur la joue d'Ana avec un sourire d'empathie. Mamé n'avait plus de bons yeux, mais elle savait encore lire dans les cœurs. Elle percevait chez sa petite-fille une autre lumière, elle y ressentait le bien et le vivant sans les voir. Animaux, végétaux et minéraux de la forêt, tous vibraient en elle, même Ana, pénétrée de son destin. Ce n'était pas une espèce d'extravagance de vieille folle, c'était écrit dans la mémoire génétique de chaque être. Comme toutes les femmes, Myriam était acquise à la nature. Elle ressentait les énergies et, depuis quelques minutes, l'approche de la cérémonie.

Les cinq comploteuses descendirent la rue Danton à pas feutrés, coupèrent par les Charbonnières et dépassèrent bien vite le grand Vallat. En suivant la course de la Grande Ourse, elles s'orienteraient à travers les frondaisons.

– Y'en a pour deux bons kilomètres, remarqua Magali. On portera le sac de Mamé à tour de rôle.

Aurélie connaissait le sous-bois comme sa poche. Elle prit la tête de la colonne pour éviter les rares villas isolées. Elle espérait atteindre au plus vite les champs de la ferme des Euves. Resterait ensuite à suivre la lisière et à bifurquer avant les ruines du Thubet. Un silence de cathédrale, parfois entrecoupé par le chant d'un rossignol célibataire, enveloppait la marche muette. Pour le plus grand bonheur de Myriam, les bras fantomatiques des arbres caressaient les étoiles dans un ciel noir d'encre. Parfait. Le sortilège devait se réaliser sans être vu, ni de la lune, ni du soleil.

Après une petite demi-heure sans incident, Aurélie s'agenouilla et leva un bras façon scout. Elles étaient arrivées à l'endroit où Marie Gras avait été torturée. Ana s'approcha et distingua deux gendarmes en treillis, assoupis dans une voiture tous feux éteints. Le moteur ronronnait pour la clim. Elle revint sur ses pas et entraîna l'équipée au fond du thalweg qui courait en direction de Valdonne.

Arrivée à la *Source bleue*, Myriam tira des petits luminaires à led de son sac.

– Acheté au *Netto* de Saint-Sa. Douze pour 5 euros, murmura-t-elle. Allez, les filles, mettez-les autour de l'eau pour former le cercle des cycles primordiaux.

Au moyen d'une cordelette, elle symbolisa l'anneau des énergies, terre au nord, eau à l'ouest, feu au sud, air à l'est. Après avoir assaini le sol avec du sel, elle ouvrit le cercle et remercia les éléments dans les quatre directions. Le rituel pouvait commencer.

– Maintenant, installez-vous sur le cercle et formez un triangle, ordonna-t-elle de sa voix posée, et ne bougez plus. Aurélie, tu te mets au sud, Magali au nord-est et Ana au nord-ouest, près de moi.

Elle aida les filles à se placer car elles hésitaient.

– Et moi ? s'inquiéta Manon.
– Toi, petite, tu m'imites.
Myriam disposa la couronne de lierres qu'elle avait tressée sur la tête de la jeune femme. Elle enleva tous ses vêtements. Comme son arrière-petite-fille hésitait, elle s'approcha dans l'obscurité et tira sur son *tee-shirt*.
– Allons, allons. Aurais-tu peur de me montrer tes petits tétés au génie de la source ? Je le fais bien, moi, et pourtant ils sont tout secs !
Elle pouffa de rire et adressa un malicieux mais convaincant clin d'œil à Manon. La gamine retira tout ce qu'elle portait. Les deux femmes pénétrèrent dans l'eau jusqu'à la taille.
Myriam tenait en main une baguette, elle aussi extraite du sac à malices. Elle adopta la posture de la déesse pour s'ouvrir à ses énergies, pieds éloignés l'un de l'autre de la largeur des épaules, bras écartés au-dessus de la tête et paumes des mains tournées vers le ciel, et invita une fois de plus son arrière-petite-fille à en faire autant. L'ancienne grande prêtresse prononça alors la formule rituelle.
– Ô princesse Maât, mère, épouse et fille du soleil. Ô Dieu suprême, ferment des forces naturelles. Ô Terre bénie, amour fertile des trois règnes de la vie. Ô triade sacrée des trois principes, des trois mondes, des trois stations de l'être, je vous convoque humblement à la cérémonie du purification de notre fille Manon, héritière pure du sang sacré.
En entendant ces derniers mots, Ana se retourna vers l'intérieur du cercle. Aurélie le remarqua et lui fit signe de prendre son mal en

patience. La formule n'était destinée qu'à solliciter les déités, pas à anticiper sur l'avenir. Myriam poursuivit son incantation, l'accompagnant du rite magique de l'imposition des doigts.

– Par Marie-Madeleine, notre mère à toutes, par Bélénos, le guérisseur suprême, par toutes les puissances du cercle astral, je pose sur ton hymen le pouce de Vénus. Que parte l'enfant, que naisse la femme. Je pose sur ton cœur l'index de Jupiter. Que vienne sa lumière, et emporte la tempête. Je pose l'auriculaire de Mercure sur ta bouche. Qu'il t'épargne les mauvaises rencontres et te pare de ses ailes. Je pose le doigt de Dieu sur ton front. Que le majeur de Saturne t'emplisse du flux des énergies et libère ta matrice des sortilèges.

Sans prévenir, Myriam aspergea Manon d'eau lustrale. Son corps se couvrit d'une peau de poule.

– Tu es désormais femme pour donner l'amour et la vie. Les forces cosmiques de nos aïeules t'imprègnent au plus profond de ton être. Elles te rendent la fertilité comme elles la rendirent à Ève, la Première d'entre nous qui vint à la *Source bleue.*

La main gauche posée sur la tête de Manon, Myriam découpa alors symboliquement des pentagrammes aux quatre points cardinaux avec la pointe de sa baguette.

– La main de la grande déesse puise dans le chaudron sacré les énergies de la terre, de l'eau, de l'air et du feu. Par l'intercession du conseil de l'alliance magique, elle te libère de ton mal.

Cette fois, Ana ne tenait plus. Sans bouger les pieds, elle adressa un signe à Myriam, Manon chancelait sur ses jambes. Elle allait se pâmer, il était temps d'arrêter.

– Pas encore ! prévint la vieille femme. N'entre pas dans le cercle ! Pas tout de suite ! Elle doit boire la décoction avant que vous ne brisiez le triangle de l'eau !

Ana acquiesça, elle avait prouvé par ailleurs qu'elle ne reprochait rien à la bourse à pasteur. La recette de Myriam mêlait la plante des femmes à la sauge qui soigne les feux, à la reine des prés qui combat les œdèmes mais, surtout, à la verveine qui, selon elle, permettait de tirer les sorts et d'annoncer les prophéties. La vieille femme y ajoutait du miel en rayon arrosé d'hydromel, mais uniquement pour le goût et l'alcool. Mamé savait vivre.

Il fallait maintenant replier et rentrer, qui à Gréasque, qui à Fuveau, avant que l'aube ne pointe le bout de son nez et brise le sortilège, ou qu'une patrouille insomniaque du PSIG ne les surprenne. Ana aida Manon à se rhabiller et hâta le démontage.

– J'ai entendu quelque chose !

Aurélie écarta les bras pour imposer un silence absolu qu'elle rompit après une poignée de secondes.

– Tu hallucines, ma belle ! Sûrement un cochon…

19.

U238

La Bouilladisse
Vendredi 19 juin

– Vous avez l'air préoccupée, remarqua Zidane. Encore bouleversée de l'autre jour ?

L'hôpital se moquait de la charité. Ana souffla. « L'autre jour » s'était terminé tôt le matin, mais ce n'était pas ce qui la contrariait le plus. Elle jeta un papier plié en douze sur le tableau de bord de la *Mégane*.

– J'ai trouvé ça sur mon pare-brise.

Zidane enfila des gants et plissa les yeux. Il s'agissait d'une page arrachée d'un agenda — Samedi 7 septembre 1985, ça datait — sur laquelle la main nerveuse d'un corbeau idiot avait collé des lettres de calligraphie. Un peu comme un gosse mal élevé avec la pointe d'un stylo coulant.

ON TA RATe SALOPe
CeTTe FOIS TU VA PAYe

Le jeune officier retourna le document dans tous les sens, le huma, même, et l'exposa à la lumière jaune du plafonnier. Il y avait des fautes, pas de « E » cap, ni d'accent, et le support trahissait son auteur au moins autant que le message.

Ce n'était pas très malin. C'était cousu de fil blanc. Ça humait bon le relou des bois.

Zidane se garda cependant bien de lâcher un nom, même s'il avait une idée. Il tira un sachet à scellés de la boîte à gants et y glissa délicatement le poème.

– A Fuveau ? demanda-t-il en démarrant.

– Non, avant-hier à Gréasque. Je m'étais garée sur le Cours.

– Bon, eh bien… maintenant, on est sûr que vous êtes dans leur collimateur. Si vous voulez, je peux demander une protection spéciale au capitaine. Ça devient dangereux.

Ana détaillait le visage de son adjoint. Poches sous les yeux. Lui aussi passait des nuits brèves et ce n'était que le début... Elle n'osa cependant pas demander une xième fois des nouvelles de Léa. Un de ces jours à Aubagne, il faudrait qu'elle monte à l'appart.

– Gardons ça entre nous, reprit-elle. Nous touchons au but. Je pense que nous connaissons nos assassins. Nous savons maintenant qu'ils sont plusieurs. Et je ne voudrais pas renforcer leur vigilance en traînant les molosses du PSIG à mes baskets. Si vous le voulez bien, nous allons jouer plus fin. Autre chose, j'ai retrouvé Manon chez ma cousine Magali.

Zidane secoua plusieurs fois la tête en signe d'acquiescement, faussement concentré sur la ligne continue qui serpentait dans la forêt. Il était au courant, Rocco avait suspendu l'avis de recherche en milieu de matinée. Un rictus de contentement apparut sur ses lèvres.

Ana sentit qu'il ne fallait pas insister. À la moindre gaffe, ce jeune officier qui avait l'air de tout sauf d'un idiot découvrirait vite le programme de ses activités nocturnes. Elle évita donc de poser les questions auxquelles elle ne voulait pas de réponses.

– Des nouvelles de Bekhti ?

La diversion arrangeait Zidane. Il savait que la commandante lui cachait des choses mais pas par manque de confiance, contrairement à ce que pensait Léa. Non. Un squelette dormait dans le placard. Cette femme si forte et si fragile à la fois souffrait davantage qu'elle voulait bien le montrer sous ses airs de *Superwoman* invaincue, et elle avait besoin de temps. Ce que le jeune officier lui accorda bien volontiers.

– Il autopsie le corps cet après-midi. Il nous appellera s'il y a quelque chose de particulier. Confidence pour confidence, je suis passé hier chez Marie Gras avec l'adjudant Orquel. Ses parents nous ont laissé voir sa chambre.

– Alors ?

– Bah rien d'extraordinaire. De la déco *fantasy* partout, des posters de *métal* sur les murs. Une chambre d'ado attardée. Elle devait s'y croire, mais j'ai quand même embarqué son ordi et son téléphone au cas où. La BR a passé la journée de jeudi à les éplucher. J'attends leur compte-rendu.

– Elle baladait peut-être aux Euves pour se faire un kif ? Dans ce cas, elle n'a pas eu de chance…

– Peut-être, reconnut Zidane. Autre chose, Orquel a trouvé de la *Circae Lutetiana* en aval du Tombereau.

– Eh ben, voilà ! On s'approche du terminal des prétentieux. Garez-vous, je vous attends chez « Sigmund ». Et magnez-vous, on est en retard.

C'était gonflé de le dire. Après avoir téléphoné à Rocco, Ana avait traîné au cabanon toute la matinée jusqu'à ce que Zidane lui rappelle le rendez-vous. Elle avait encore oublié. Sur les douze coups de midi, elle avait quitté les Michels en catimini. Manon dormait encore.

Le lieutenant l'attendait sur le parking de la BTA, moteur ronflant. Il appelait Patrick Guarino pour s'excuser du retard, mais ça n'avait pas l'air de déranger le psychiatre plus que ça, certainement habitué aux lapins de ses patients.

Le brave, bâti comme un Ragnar Lodbrok échappé d'une saga, présentait d'autres qualités qu'un corps athlétique et sauvage, et notamment celle d'avoir pondu un curieux article intitulé « Regards d'hommes dans les sociétés occidentales. Castrations et fantasmes du monde moderne ». Le titre avait intrigué Zidane. Et puisque le cabinet ne se trouvait qu'à cinq minutes de Gréasque, il avait insisté pour s'y rendre. Il espérait comprendre comment des types pouvaient s'attaquer à des femmes, joggeuses ou pas, et s'acharner à les souiller comme jamais. Troubles de la personnalité ? Impulsions déviantes ? Délires sadiques ? Il n'y croyait pas davantage qu'Ana, mais il voulait, comme pour les Celtes, écarter les hypothèses faciles avant de sonner l'halali.

Ana et le psy papotaient encore dans la salle d'attente quand Zidane sonna. Guarino l'accueillit avec un large sourire et emmena aussitôt ses invités au bout d'un long couloir étroit. Dans son bureau, pas de canapé pour s'allonger, pas de diplômes aux murs pour rassurer, ni de portrait de Freud pour impressionner. Ils prirent place autour d'une large table blanche en bakélite, entourée de chaises de couleur flashy.

Guarino attaqua dans le bois dur.

– Pour tenter de répondre à vos interrogations, commença-t-il d'une voix caverneuse mais douce, je me réfèrerai aux arguments que j'ai développés au cours d'expertises judiciaires, dans des affaires similaires de viol ou d'attouchements. Cela nous permettra peut-être de comprendre comment vos victimes ont été choisies par le, la, ou les assassins. Comprenez bien qu'en matière psychiatrique, ce sont autant les expériences des délinquants sexuels qu'il faut considérer, que les idées qu'ils se font de leurs cibles.

Guarino s'arrêta pour examiner la mine défaite de ses interlocuteurs, réfugiés dans un curieux mutisme. La commandante paraissait éreintée, mais son corps trahissait une des principales forces des femmes : la résilience. Elle paraissait souffrir en silence, encaissait les coups sans frémir, et chaque matin que Dieu faisait, reprenait son bâton de pèlerin pour repartir de plus belle. Le lieutenant assis à ses côtés montrait lui aussi des signes de fatigue, mais c'était autre chose. Il cherchait encore sa place. Le regard qu'il portait sur sa collègue montrait qu'il savait pouvoir compter sur elle pour y parvenir.

Guarino acheva son tour d'horizon psychologique, ces deux-là jouaient encore sur la défensive. Il reprit son laïus.

– Nos féminicides ont été précédés d'actes de soumission conclus par un viol symbolique. La pénétration des victimes, la perforation des globes oculaires, des cordes vocales et du bas-ventre trahissent des rites de domination que l'on retrouve chez les adeptes contrariés de la torture sexuelle. Je m'explique. Le but consiste avant tout à soumettre des femmes qui leur échappent car elles n'ont pas, à leurs yeux, de limites à leurs pouvoirs. Ces femmes libres et indépendantes portent un nom dans la mythologie sociale.

– Les sorcières ?

Réflexe professionnel, le psychiatre ne releva pas. Son visage ne reflétait aucun sentiment. Ses yeux ne sourcillaient pas. Ses lèvres restaient irrémédiablement collées. Comme s'il eut été en consultation, il ne voulait montrer aucune faille émotionnelle à ses patients. Il se souvint cependant qu'il ne s'agissait que de visiteurs, et d'un entretien privé.

– C'est le terme, concéda-t-il. Dans l'inconscient collectif, la sorcière incarne la femme affranchie de toutes les dominations. Impertinente, devineresse, exécrable. Chassée pendant des siècles d'obscurantisme par une hallucination collective désespérante ; victime d'une aliénation psychologique commune, mais essentiellement masculine, je l'avoue.

– C'est cliché !

Zidane venait d'extraire le nez de son cahier. Il regretta aussitôt d'avoir interrompu le médecin qui n'avait toujours pas bronché.

– Les auteurs du *Marteau des sorcières* prétendent que ces femmes avaient le don d'escamoter les sexes masculins, lieutenant. Appendices qu'elles conservaient dans des nids d'oiseaux pour les regarder frétiller avant de voler au sabbat. C'est peu convenu pour expliquer des castrations chimériques, vous me l'accorderez.

Guarino ne crachait pas à l'occasion sur une petite dose de cynisme, signe qu'il se détendait parfois.

Ce n'était pas l'idée d'Ana, cette rencontre furtive entre midi et deux, mais elle venait de trouver l'occasion de justifier sa présence dans un cabinet de psychiatre.

– Un de nos experts a parlé de trois types de sorcières, expliqua-t-elle, établis selon leur âge. Ce qui correspond globalement à nos trois victimes : 22, 38 et 65 ans. Ça vous parle ?

Guarino glissa les doigts dans sa barbe noire. Il recommença plusieurs fois, il paraissait y prendre plaisir. En fait, il avait compris qu'Ana tentait de le canaliser.

– La classification ne repose pas sur l'âge des femmes, mais sur le regard qu'une société patriarcale a pu porter sur leur corps en évolution. La jeune femme, belle et insolente, expose sans vergogne son éclat virginal. Elle se gausse des signaux qu'elle envoie, des yeux brimés qui la désirent en écho. La femme mûre et magicienne, elle, les maîtrise, ces signaux. Elle assume sa maturité sexuelle, choisit ses partenaires et ne rechigne pas à affronter les regards obliques. On ne la lui fait pas, à elle. C'est une garce intouchable. Quant à la femme âgée, je ne vous en parle même pas. Revêche et obsolète, répugnante par son aspect et trop dangereuse par son expérience, c'est une hargneuse. Sa laideur de vieille harpie se dresse en affront au désir des hommes refoulés qui la vomissent. Le fait que vos criminels aient catégorisé leurs victimes selon ces critères éloigne leur méthodologie du hasard. Ils agissent selon une stratégie bien définie.

Ana et Zidane n'osèrent pas se regarder, mais leurs pensées s'entrechoquèrent. Le raisonnement du psychiatre aboutissait à leurs conclusions, limpides comme de l'eau de roche.

– Cela pourrait encore signifier, insista Guarino, que la série de meurtres est terminée. Ce n'est qu'une hypothèse. Je ne suis pas officier de police judiciaire, et encore moins criminologue. Il reste maintenant un point fondamental dont j'aimerais vous entretenir. La conclusion de mon article a été amputée par le comité scientifique du blog. J'y expliquais que le salut de l'humanité passerait par une série de réconciliations. Des sexes au sein du genre humain, d'abord. De l'Homme et des animaux au sein du règne animal, ensuite. Des trois règnes, animal, végétal et minéral, enfin. L'Homme ne peut communiquer avec l'animal, d'où sa prédisposition au spécisme ; encore moins avec le végétal, mais cela évolue, et certainement pas avec le minéral. Or, ce dernier vit. Un minerai d'uranium produit de l'énergie. N'est-ce pas la définition de la vie ? une somme de poussières d'étoiles assemblées dans un improbable chaos en perpétuel mouvement… La physique moderne ne parle plus des atomes comme d'une matière morte, mais de vagues de flux dont la structure se meut. Elle admet ce que nos sorcières ont toujours su. Les montagnes vivent. L'énergie et la matière ne sont pas des forces séparées, mais des formes différentes de la même chose. Il va désormais falloir admettre cette idée nouvelle. Peut-être est-ce ce que vos meurtriers reprochent aux femmes : leur prédisposition naturelle à appréhender un monde nouveau, sans pour autant le craindre.

Cette dernière phrase bouleversa Ana. Guarino parlait comme Myriam qui se plaisait à lire dans les lacis des feuilles des arbres-rois et à chanter avec la vibration de l'eau de la *Source bleue*. Aux mots du psychiatre, elle se sentait tout à coup redevenue une part de l'Univers, et non pas son nombril, comme le croyaient trop d'êtres humains sur la Terre.

La sonnette à la porte d'entrée rompit le charme.

Patrick Guarino regarda sa montre : presque 13 heures. Un patient arrivait au cabinet. Ana et

Zidane se résolurent à quitter leur hôte sur une presque note d'espoir. Car question enquête, ce qu'ils venaient d'entendre achevait de confirmer leurs convictions. Lentement, le filet se refermait sur leurs proies. Pourtant, un détail leur échappait encore. Un détail que les assassins de la petite Marie connaissaient.

Mais pas eux.

* * *

Quand Ana était rentrée à Fuveau, en début de soirée, elle n'avait pas trouvé Manon. Le portable de sa fille sonnait dans le vide, abandonné sur la table à repasser. Elle appela, jeta un coup d'œil dans la salle de bain, sur la petite terrasse encombrée et, faute de réponse, se décida à pousser chez Magali. Il était passé 19 heures, la cousine rentrait de Plan-de-Campagne.

– C'est une femme, maintenant. Tu devrais lui foutre la paix.

Ana haussa les épaules.

– Son téléphone est en charge au cabanon. Ce n'est pas dans ses habitudes de l'oublier.

– Ben, c'est ce que je dis. Lâche-la. Elle ne doit pas être loin.

Magali jeta son sac sur la table et tira deux bières du frigo. Elle les décapsula sans ajouter un mot et vida la sienne d'un trait. Elle rangea ses courses, rota et se mit à tourner en rond dans la cuisine, comme une chatte trop tôt séparée de ses petits.

Ana but une gorgée et fit une grimace. Elle pensait à la séance chez Guarino. Le diable se cachait-il dans les détails ? Sûrement. Et pas qu'au figuré. La vérité est une illusion qui nous échappe sans cesse, nous trahit, nous ment, nous blesse. L'expérience de l'âge n'y apporte qu'un secours fallacieux, un mensonge de l'âme qui nous la fait mieux supporter, un reflet cruel, fragile, mais sincère. Un jour vient qui nous renvoie nos lâchetés à la figure. Personne ne se cache dans les détails, ni diable, ni dieu, sinon nos propres turpitudes.

– Quoi ! Qu'est-ce que t'as à me regarder comme ça ? gronda Magali en arrachant la *Kro* des mains d'Ana. Tu ne bois pas ?

De toutes ces années, Magali n'avait pas varié. Elle n'avait jamais pu masquer ses émotions quand un souci la tracassait. Un peu comme Ana, mais puissance dix. Il fallait qu'elle déflagre comme le bouchon d'un volcan. Éclate, se torde, souffre. Elle s'épanchait sur son sort en longues traînées de laves incandescentes jusqu'à s'époumoner. Alors, elle s'apaisait et pleurait, en attendant l'irruption suivante.

Mais pas ce soir.

– Aurélie te mène en bateau depuis le début.

Magali s'était assise. Le magma brûlant qui bouillonnait dans ses veines se solidifiait lentement. Le souffle incandescent de l'enfer transpirait par tous ses pores. Ana connaissait les rancœurs de Magali, cette douleur profonde qui la torturait et la rendait jalouse. Elle ne serait jamais prêtresse de la *Source bleue*.

Ana reprit la canette de bière et but le fond. Son visage s'était fermé, ses sourcils s'étaient froncés. Elle rota à son tour et se frotta la bouche d'un revers de manche.

– Désolée, j'ai des coups de fil à passer.

Ana sortit sur le chemin de Boudian pour fumer. Elle appela Zidane entre deux taffes. Ni sa cadette, ni Olivier ne savaient rien pour Manon.

– N'affolez pas la Terre entière, elle est peut-être avec Janssens.

– Mais son portable…

– Je suis à la maternité, on dirait que Léa a des contractions. Si vous voulez, je réactive l'avis de recherche en rentrant à la compagnie.

– Ok. Moi, je file à Brogilum !

– Commandant… Ne faites pas ça. Manon interpréterait votre visite comme du harcèlement de mère poule, vous la connaissez… Allez-y plutôt demain matin. Vous avez écouté mon message ?

Ana écrasa son mégot sur le macadam et se passa la main dans les cheveux. La nuit jetait d'étranges frimas sur la canopée tourmentée des grands pins parasols. Déjà, loin vers l'ouest, l'éclat virginal de Vénus resplendissait dans le crépuscule naissant.

– Non. Pourquoi ?

– Le substitut organise une opération de ratissage en forêt. Le capitaine va déployer un dispositif d'envergure avec des renforts des compagnies d'Aix, de Salon et un escadron de mobiles. Réunion de coordination demain 9 heures à la BTA.

– Ok. J'y serai. Et vous ?

– Ça va dépendre de Léa.

Ana raccrocha et checka sa boîte vocale. Un seul message non lu, celui de Zidane. Il fallait qu'elle lâche prise. Si Manon avait voulu fuir une nouvelle fois, son portable ne serait pas resté sur la table à repasser. Elle prit une bonne douche, régla son alarme sur 8 heures et avala une petite pilule rose.

Une bonne fois pour toutes, il fallait qu'elle dorme.

20.

O.K. Corral

Cuges-les-Pins
Le même jour

– Dégage ta pouffe, connard !

Amarré au bras d'une double-nibards fortement poumonée, un pied-tendre boutonneux venait de se pointer au *lavatories* du *Tombstone Theather*. Faute émotionnelle grave quand on a encore du lait qui suinte du nez et du chocolat mou dans le slip. Six-coups bien en vue, Karim Bouhaï et Miran Kardashian gardaient les latrines du *Saloon* comme deux cerbères enragés défendent les portes des enfers. L'équipage en goguette opéra un demi-tour droite acrobatique et disparut cahin-caha par la rampe de l'escalier à double volée. Incident clos.

– J'entends que vous n'êtes pas venu sans vos pitbulls.

Serge Chabot ne lâchait pas Aurélie Pons du regard. Wyatt Earp jaugeait Calamity Jane d'un œil glauque.

– Mieux valent deux précautions qu'une, maugréa-t-il en retenant sa respiration.

Une odeur âcre d'urine flottait dans la pièce. Un rouleau de papier avait roulé sous un lavabo et pris la teinte jaunâtre du carrelage. Jourdan, prostré sur une espèce de tabouret à cirer, ne quittait pas ses *boots* des yeux. Le Kid de Gardanne broyait du noir.

– J'ai moi aussi du monde en bas, prévint Aurélie Pons. Ce serait dommage de gâcher la fête.

Sans desserrer la mâchoire, Chabot esquissa un sourire sardonique. Au rez-de-chaussée, l'orchestre lança *Home to Louisiana*, un morceau de *country* pour débutants. Les notes métalliques du piano montèrent jusqu'à l'étage, rehaussées par les roulements de talons des *restarts.* À chacun de leurs bonds sur le parquet, les danseurs ébranlaient tout l'édifice.

D'un coup de menton, Calamity Jane indiqua la porte à Jourdan. Elle voulait qu'il décarre sur le champ.

– Et pourquoi ?

– Ne discute pas, Bruno. Monsieur le député et moi devons discuter entre grandes personnes.

Chabot jeta un regard acerbe au promoteur. Ce dernier comprit qu'il devait dégager vite-fait, au risque d'aller directement au cimetière sans prévenir le croque-mort. Il hésitait cependant, tentant la chance du débutant.

– Bruno, tu sors ! gueula Wyatt.

– Mais…

– Fous le camp !

Jourdan s'exécuta, les oreilles basses. Appuyés contre la rambarde du palier, les deux molosses ne lui prêtèrent pas attention, obnubilés par les décolletés de ces dames.

– Fais bien gaffe à ce que tu vas dire, Aurélie.

C'était gagné avant même le premier assaut. Les mots pressés traduisent la pensée profonde, les menaces hâtives trahissent le repli sur les pattes arrière. Chabot venait de reconnaître les faits avant l'énoncé du réquisitoire de sa procureure. Aurélie Pons vérifia quand même la présence de son *mini-taser* dans la poche de son tailleur.

– Inutile de m'effrayer, poursuivit-elle crânement. Je sais que vous êtes un des trois hommes qui ont violé ma cousine, en 2000. Les gendarmes n'ont jamais retrouvé personne, suicide de vos acolytes, abandon de l'enquête. Quelle chance ! Ana avait signalé aux détectives qu'un de ses agresseurs portait un tatouage à l'avant-bras droit. Une tête de Mickey. La classe. Vous l'avez fait retirer en panique. Remontez votre manche, qu'on voie la cicatrice.

Wyatt Earp transpirait dans sa belle chemise verte. Il aurait bien vidé son barillet sur cette prétentieuse, mais les hommes de Donovan auraient cafté. Et puis, du sang partout en plein saloon, au milieu des papas et des mamans qui baladent les minots dans le crottin de cheval, ça aurait fait brouillon.

– Je me suis brûlé avec le pot d'échappement d'une moto.

– Ha ha ha. Je rigole. Vous vous souvenez d'Hélyette Motti ? Évidemment… Son mari était médecin. C'est lui qui vous a retiré le tatouage, dans sa salle à manger, à La Diote. Elle était infirmière, elle l'a assisté. Elle m'a tout raconté. Elle a tiré des polaroïds pendant l'anesthésie et elle me les a montrés cent fois.

– Tu bluffes.

– Après votre exploit en forêt, vous ne pouviez pas courir chez un chirurgien. Vous êtes allés chez le médecin du village et vous l'avez menacé s'il parlait. Il a donc pris ses dispositions. Pendant l'intervention, son scalpel a glissé. Vous avez une cicatrice de quinze centimètres sur l'avant-bras. Tout est sur les clichés que les gendarmes ont récupérés lors de la perquisition chez Hélyette. Bien entendu, ils ignorent leur signification. Ils n'ont trouvé que des gros plans, puisque je détiens les *polas* sur lesquels votre visage apparaît. Ce serait dommage que quelqu'un les leur transmette, par exemple ma cousine Magali.

– Elle sait ?

– Bien sûr que non ! Mais s'il m'arrive quelque chose, elle portera une certaine lettre au procureur.

Chabot avait besoin de réfléchir. En sa qualité de vice-présidente du Bassin minier, Aurélie Pons avait participé aux réunions de *PRE*. Elle devait savoir, pour les pots-de-vin. Elle le tenait et il ne pouvait pas compter sur Jourdan pour se dégager. Une seule solution : rester en selle le plus longtemps possible.

– Qu'est-ce que tu veux ?

La maire de Gréasque sourit. On ne rencontre la victoire qu'en la forçant ; c'est une affaire de détermination et de clarté d'esprit. Elle ouvrit son sac.

– Vous allez d'abord reconnaître les faits. Voici de quoi écrire. Dès lundi, vous annoncerez à la presse que vous démissionnez pour raisons personnelles. Invoquez ce qui vous passe par la tête. Fatigue, maladie, famille. Vous en profiterez pour désigner votre successeure, madame Aurélie Pons. Nous court-circuiterons ainsi les partis et nous surprendrons l'opposition. Et puisque vous attendez une belle rentrée d'argent, vous financerez ma campagne.

Chabot tira le gros carnet des mains d'Aurélie Pons. Il s'appuya sur un lavabo et commença à écrire d'une main nerveuse.

– Et pour Bruno ? demanda-t-il. C'est de sa faute, les conneries de Berconi. Je lui avais bien dit de se contenter d'effrayer les femmes. Pas de les supprimer !

– Laissez-moi faire. Je vais tout arranger.

Calamity Jane ouvrit la porte, la musique se rua dans les toilettes. Les deux nervis tortillaient des fesses sur le palier, moquant grossièrement le pas cadencé des danseurs. Le Kid boudait dans un coin de l'étage. D'un geste de la main, elle le rappela et, sans attendre, rentra aviser le *deputy marshall* de Dodge City.

– Attention, cependant, poursuivit-elle. Aux Euves, vos bras cassés se sont trompés de cible. Ils ont même semé des traces. Le substitut ne tardera pas à remonter jusqu'à eux. Et donc jusqu'à vous.

– Et donc jusqu'à toi… ironisa Serge Chabot en posant sa signature au bas de ses aveux. Je tombe, tu tombes.

Jourdan avait reclaqué la porte derrière lui. En fait, il avait interprété son rappel comme un indice de son rang dans la bande, et il voulait que ça se sache. Il demeurerait second couteau à vie, mais son illusoire position avant les deux tueurs restés dehors semblait le contenter.

– Tu as *empègué* tout le monde, embraya-t-il en dévisageant Aurélie Pons. Ange, les femmes, Serge, les gendarmes. Depuis que tu es maire, tu as des fées dans la tête. Tu n'as pas supporté de ne pas être la suppléante de Serge aux législatives ! Ça t'a mis la rage et tu as déclaré la guerre à la Terre entière.

S'il pensait impressionner Calamity Pons, Kid Jourdan s'enfonçait le colt dans l'œil jusqu'aux roulettes de ses éperons. Chabot s'en rendit compte et vola à son secours.

– Le brave Bruno n'a pas complètement tort, chère Aurélie. L'auge risque de se retourner sur le cochon, ajouta-t-il en lui rendant son carnet. Ana ne va sûrement pas lâcher le morceau.

Une grosse mouche bourdonnait dans les toilettes. Le stupide insecte s'entêtait à rebondir contre le vasistas.

– C'est mon affaire, et ce cher Bruno va me donner un coup de main.

Aurélie Pons laissa planer un silence court, mais

lourd de significations. Puis elle glissa le carnet dans son sac et sortit sans demander son reste. Médusés, les deux molosses voulurent l'attraper au vol, mais le député leur fit signe de laisser courir. Elle ne perdait rien pour attendre.

Au rez-de-chaussée, l'orchestre avait cessé de jouer. Les musiciens se jetaient sur des bouteilles d'eau et les danseurs en nage rejoignaient le bar sous les applaudissements du public. Le parc d'attractions déroulait ses tableaux un à un. Dans le corral derrière le *Tombstone Theater*, un rodéo succédait au règlement de comptes.

– Je crois que je lui en ai mis plein la gueule.

Chabot posa la main sur l'épaule de Jourdan. L'abruti pathétique venait de signer son acte d'exécution.

– Tu vois, Bruno… Je vais te dire. Il y a très longtemps, un cow-boy nommé Wyatt Earp a dit : « La rapidité c'est bien, mais la précision c'est tout ». Suis-la et tâche de t'en souvenir.

21.

Le trou de la sorcière

Gréasque
Samedi 20 juin – 9 heures

Le substitut Durand avait sorti le grand jeu, le capitaine Leval les grands moyens. À part l'hélico dans le ciel et le préfet sur le dos, Ana se serait crue au Rove trois semaines plus tôt. Depuis l'aube, fourgons de gendarmes et cars de mobiles déversaient des *bleus* sur l'esplanade du collège. Personne n'ayant pensé à prévenir le boulanger, le village allait manquer de croissants pour dix ans. Heureusement, Ana avait des relations. Orquel lui avait gardé une place sur le parking de la BTA et offert le café.

Le *briefing* avait commencé un peu après 9 heures, dans un gymnase réquisitionné par Rocco. Le capitaine voulait que chaque homme entende la bonne parole de sa propre voix. Zidane, arrivé en retard les yeux encore collés de sommeil, avait rejoint sa chaise pliante sous les yeux furibards du substitut.

– Manon ? bredouilla-t-il en s'asseyant. Des nouvelles ?

Ana haussa les épaules pour marquer son ignorance. Elle plaça la main devant sa bouche, pensant que Thomas Durand ne la verrait pas, et se pencha sur son collègue.

– Pas à Brogilum. Sa sœur fouille les réseaux. J'ai appelé Aurélie, boîte vocale, et Magali ne répond pas. Rocco et Orquel checkent le terrain avec le PSIG.

– Ils connaissent le coin comme leur poche, ils vont la retrouver.

– M'ouais… S'ils ne dorment pas. Et vous ? Léa ?

– Rentrée à la maison. Fausse alerte.

– Ah zut !

Zidane sortit nerveusement son cahier de sa musette.

– En revanche, j'ai des nouvelles de Marie Gras, enchaîna-t-il. Vous vous souvenez du professeur Lavray ? « Trouvez la source, vous y découvrirez des ex-voto ». Eh bien, son portable en est rempli. Des photos de morceaux de statues, de bras, de jambes, de têtes, des tablettes de *défixion*, des monnaies romaines, des francs et même des euros ! Ce qui confirme l'existence du culte des eaux et le mobile de notre homme. On y est presque, commandant.

Ana inspira profondément. Elle ne pourrait plus cacher son dernier atout très longtemps. Elle allait devoir abattre ses cartes, alors autant ne pas laisser traîner.

– Je vous y amène quand vous voulez. Les femmes stériles y courent à chaque pleine lune pour retrouver leur fécondité, et, hormis le réchauffement climatique, je ne vois pas ce qui pourrait les en empêcher.

– Les vieilles croyances ont la vie dure. Ce truc de femmes ne repose sur rien de concret, crut bon d'ajouter Zidane.

Ce qui fit bondir Ana. Heureusement, le *sub* ne la quittait pas des yeux. Elle dut sortir le grand jeu pour se contenir.

– Ouais ben… grommela-t-elle à voix basse, en matière de spiritualité, les croyances ne sont pas toujours fondées sur des faits avérés. Des histoires inventées ? Peut-être. Au moins autant que celles qui racontent qu'une femme peut tomber enceinte par l'opération du Saint Esprit.

– Vous allez vous faire crucifier avec des propos de ce genre !

– Comme tous ceux qui se frottent à la vérité, mon cher Noreydine. J'ai déjà payé, pour ça. Croyez-moi.

11 heures approchaient allègrement. Ça

commençait à méchamment sentir le renfermé dans le gymnase. Les sempiternels laïus sur la sécurité et les règles de la légitime défense avaient achevé d'endormir les quasi deux-cents gus collés épaule contre épaule, quand Orquel apparut à une porte, le visage décomposé. Debout sur la pointe des pieds, le menton au plafond, il cherchait dans la foule.

Ana se redressa et il l'aperçut enfin. Il lui fit signe de le rejoindre. Il devait avoir des nouvelles de Manon… Zidane, trop content de la distraction suivit le mouvement. Il allait enfin pouvoir respirer.

– Que se passe-t-il ? demanda Ana, inquiète.

Orquel comprit.

– C'est pas votre fille, commandant, c'est Berconi.

– Le salaud ! Il s'est barré ?

– Ça m'étonnerait. Il est raide mort dans son *canap*.

– Ah zut !

La petite scène avait réveillé l'assistance, mais pas comme le substitut l'aurait espéré. D'un geste d'agacement, le capitaine Duval convainquit Orquel de dégager le plancher.

– J'arrive de la cité minière. Les pompiers ont appelé y'a un petit quart d'heure, reprit l'adjudant une fois dehors. C'est une voisine qui l'a trouvé dans son dégueulis. Montez, je vous amène.

Le *Duster* se gara au fond de la rue des Sansonnets et Ana reconnut Suzanne Long, la voisine. Mamie-chaussettes répéta son témoignage. En rentrant par la buanderie — « avec une clef pour le repassage » — elle avait appelé Ange, en vain. « Il devait être retourné aux herbes ». Mais l'affreuse odeur de vomi signalée par Orquel avait serpenté sous la porte de la cuisine et chatouillé ses narines entre deux coups de fer. N'écoutant que son courage, elle s'était aventurée dans le salon. C'est là qu'elle avait trouvé « le pauvre Ange » baignant dans son bain aigre sur le canapé.

– Ok. Tout le monde dehors, ordonna Ana. Mon adjudant, voyez s'il n'y a pas d'autres témoins. Appelez le légiste, rendez compte au substitut et à Leval.

Zidane n'avait pas attendu les ordres pour attaquer les premières investigations. Ana terminait à peine de démonter la cuisine qu'il passa le museau par la trappe de la cave.

– Commandant ! Descendez, j'ai quelque chose.

Le lieutenant avait éparpillé le contenu d'un sac de linge chiffonné sur la terre battue. Le gros lot apparaissait dans le faisceau pâle de l'ampoule qui pendouillait du plafond bas : petite culotte, short, *tee-shirt* et débardeur, marque *Le Coq-Sportif*, les vêtements d'Hélyette Motti, avec, pour couronner le tout, parmi d'autres linges jetés pêle-mêle sur le tas, la petite culotte de Bertille Chazelle, coordonnée avec le soutien-gorge qu'elle portait au Tombereau.

– Bravo, mon vieux ! Mais ne faites pas trop vite le fier-à-bras et suivez-moi au rez-de-chaussée. Vous n'êtes pas le seul à avoir sorti les cinq numéros et le complémentaire.

D'une armoire équipée d'un faux plancher, Ana avait extrait un sac-poubelle rempli d'ossements qui, au vu de leur délabrement avancé, promettaient d'arriver en ligne directe du filon des Gournauds. Zidane reconnut plusieurs tibias, des humérus, une omoplate, et encore un mandibule garni de jolis chicots douteux. Du travail en plus pour l'IRCGN.

– A votre avis, quelqu'un l'a empoisonné ? demanda le lieutenant.

Ana balança la tête de gauche à droite.

– Pas sûr. Vous avez entendu comme moi. Mamie-chaussettes jure qu'il baladait tôt ce matin au fond des bois. Elle l'a vu rentrer vers 8 heures. C'est pour ça qu'elle ne s'est pas inquiétée quand il n'a pas répondu à ses appels. Il était peut-être « retourné aux herbes ». Elle avait les clefs, mais seulement de la buanderie. L'odeur de vomi, la porte de la cuisine ouverte… et la suite, vous la connaissez. Non, je penche plutôt pour un suicide.

– Vous croyez ?

– Regardez sur la table. C'était dans le sac d'os.

D'une enveloppe bistre, Zidane tira une feuille de papier quadrillé. L'écriture zigzaguait gauchement entre les lignes. Berconi s'accusait des deux premiers meurtres, justifiait ses propos à coups de détails sordides et livrait les preuves de sa culpabilité : les habits à la cave, les ossements dans l'armoire sous l'évier, et, au freezer, des herbes rares, *Circée de Lutèce* et autre cigüe maculée, soigneusement classées et identifiées dans des sacs congélation.

Par la fenêtre de la cuisine, Ana aperçut Orquel pénétrer dans la buanderie. L'adjudant escortait l'équipe du SAMU, requise pour la levée de corps. Bekhti devait être retenu par l'autopsie des victimes du crash de l'*Airbus* dans les Alpes. Elle s'écarta pour laisser passer un jeune médecin et suggéra à Orquel de jeter un coup d'œil à l'étage. Une synthèse s'imposait.

Les deux officiers de gendarmerie s'installèrent dans les fauteuils en rotin de la buanderie. Pour la première fois depuis le début de l'enquête, leurs doutes s'étayaient enfin de preuves tangibles. Ange Berconi avait tué Hélyette Motti et Bertille Chazelle, ça ne faisait plus un pli. Hasard ! Il avait découvert la première scène de crime en se rendant au cimetière par les Gournauds. Pourquoi n'avait-il pas coupé par le cours Ferrer ? puisqu'il était soi-disant pressé. En venant des cités minières, c'était bien plus court. Il avait été sauvé par ses trois morts à enterrer. Pas de régie funéraire à Gréasque ; ça arrangeait bien du monde. Re-hasard ! Il s'était pointé la tête enfarinée au Tombereau, dans le sillage de Madame la maire, empruntant la petite piste qui dévalait du cimetière, bien commode pour se dérober à la sagacité du brave Snoopy. « Encore une qui se croyait plus belle que les autres ». Le salopard ! Et puis il y avait cette confusion de petites culottes… Les ébats d'un couple étourdi dans l'obscurité humide d'une *descenderie* avaient bien failli le piéger.

Mais Ange le rebouteux maîtrisait sa liturgie satanique sur le bout des ongles. Le *Matribus Grahascabus,* les herbes merveilleuses dans le congélateur le prouvaient. Pour brouiller les pistes, il avait improvisé à la hâte ici un pentagramme, là une croix de Saint-André et, cerise sur le gâteau, avait symboliquement enfoncé de l'herbe aux sorcières dans le sexe de ses victimes. Tu périras par où tu as péché.

L'ossuaire celte découvert par les orages du mois dernier ne s'était pas contenté d'enliser l'enquête. Il avait servi l'obscur dessein de l'apprenti-enchanteur : châtier les gardiennes de la *Source bleue* et leurrer les gendarmes.

– Et vous pensez qu'il a commis ces meurtres seul ?

– Les deux premiers ? M'ouais… marmonna Ana. Mais il a merdé, ce qui a dû fâcher ses commanditaires. Ils ont pris les choses en main.

Berconi s'était éprouvé à l'exégèse du fameux *Marteau des Sorcières*. Intercepter les magiciennes en route pour le sabbat sur leur balai phallique. Leur crever les yeux qu'elles n'y retournent plus ; leur trancher la langue qu'elles ne babillent plus ; leur ouvrir le ventre qu'elles ne forniquent plus ; leur enfoncer un glaive bimillénaire dans le cœur qu'elles n'y reviennent pas. Quant à la *Circae* dans les vagins, c'était cadeau. Initiative personnelle. La touche du chef.

La plafond trembla, interrompant le beau raisonnement d'Ana.

– L'adjudant est en train de tout retourner à l'étage. Ne pensez-vous pas qu'on devrait le rejoindre ? suggéra Zidane.

– Allons-y.

Orquel dévalait du grenier au moment où Zidane et Ana pénétraient dans la chambre de Berconi. L'habile sous-off dégoulinait de transpiration, une mini lampe-torche dans la bouche, les bras chargés de curieux fardeaux. L'odeur rance du lit défait leur piquait au nez. Zidane eut un haut-le-cœur.

– Qu'est-ce que c'est ? demanda Ana en ouvrant la fenêtre.

Un courant d'air salutaire secoua les tentures sales et rendit quelques couleurs au lieutenant.

– On dirait un vieux bouquin. Je l'ai trouvé en farfouillant dans le joyeux fourbi qu'il y a là-haut. Vous devriez aller voir.

– Descendons plutôt, suggéra Zidane en se jetant dans les escaliers.

Cette baraque aurait rendu jaloux Alibaba et ses quarante voleurs. D'une cantine rouillée, Orquel avait exhumé une vieille carnasse en cuir élimé, comme celles que les écoliers portaient dans les années 1980, et un nouveau grimoire écrit à plusieurs mains, essentiellement en provençal, saupoudré d'aphorismes latins. Le curieux manuscrit énonçait mille et une façons d'empoisonner au moyen de plantes communes, *paternoster*, aconit napel, belladone, cerises du diable, cornouiller, mouron rouge… Tout un sympathique herbier de la mort à cueillir en forêt. Ana traduisait de temps à autre un passage pour Zidane, plus intéressé par les figures diaboliques et autres signes énigmatiques dressés à la plume dans les marges. Le grimoire n'apprenait rien de nouveau aux enquêteurs, sinon que les Berconi cuisinaient de méchantes mixtures de père en fils.

– Et ça, qu'est-ce que ça dit ? interrogea Ana en désignant le sac d'écolier qu'Orquel serrait jalousement sur les genoux.

Le médecin du SAMU les interrompit avec un scoop. Berconi était bien mort… Le doc avait fait recouvrir le corps d'un drap blanc et promis d'adresser son rapport à l'IML. Ana n'insista pas, elle appellerait Bekhti dès que possible. Sautant sur l'intermède, Orquel avait retourné la carnassière sur la table de la salle à manger. Zidane avait réparti les feuilles A4 avec soin, dont une page transparente à lettres de calligraphie. Il la montra à Ana qui pouffa.

ON TA RATe SALOPe sur le pare-brise, c'était bien lui.

Le précieux butin dépassait tous les espoirs. Il y avait là plus intéressant que les fantasmes d'un vieil homme : des copies de mails datés entre Bruno Jourdan et Serge Chabot, notamment. Le député avait servi d'intermédiaire pour convaincre la Société des mines de Provence de vendre le Thubet à *PRE*. Mouillé jusqu'au cou, l'élu de la République.

– Délit d'initié, pots-de-vin. Le TAJ nous l'avait dit que Jourdan et Berconi fricotaient ensemble. Mais le député…

Ana acquiesça d'un clignement des paupières, trop occupée à dévorer le carnet qu'Orquel venait de lui tendre. Question cahier d'écolier, Berconi jouait un cran au-dessus de Zidane. Le vieux porc couchait scrupuleusement tous les échanges que Jourdan entretenait avec un certain Donovan, bien connu des collègues de l'*Évêché*. Dates, lieux, sources, reconnaissances de dettes et, bingo ! une promesse de verser le pactole « dès qu'il se serait débarrassé des putains du Diable ».

* * *

Zidane sortit prendre l'air sous un olivier.

Le puits *Hély d'Oissel* crépitait dans la poussière délitée par les rares *mobil-homes* à la recherche d'un havre de fraîcheur. La cité déserte siestait à l'abri des climatiseurs, abandonnant la torpeur des pins tordus au chant entêté des cigalons. Le jeune officier ne parvenait pas à se départir de l'odeur pestilentielle de la chambre, imprimée dans sa mémoire olfactive. Une infection mêlée d'acide, de pisse de chat et de papier peint humide. Il regarda sa montre, la petite aiguille recouvrait le 3.

Ana le rejoignit pour griller une roulée. L'odeur du tabac fit du bien à Zidane. Elle appela Thomas Durand et demanda un mandat d'arrêt contre le promoteur. Le juge promit de s'en occuper. L'opération de ratissage était reportée au lendemain.

– J'imagine qu'on part chercher le reste de la correspondance chez Jourdan ?

Du bout des lèvres, Ana crachouilla des petits bouts de tabac. Elle tira une taffe langoureuse et écrasa son mégot avec regret.

– Correct. Et si on ne trouve rien, on repassera par Gardanne. Il y a peut-être un coffre, on ne sait jamais.

– Et ici ?

– Orquel va gérer.

C'était samedi, par Meyreuil et Pont-de-Bayeux, Zidane éviterait les bouchons. Il suivit les précieux conseils du GPS, évita Aix et se retrouva après trente bonnes minutes sur la route de Beaurecueil. Toujours trop long, selon Ana, insensible à la vue cézanienne sur Sainte-Victoire. Elle en avait profité pour appeler la directrice de l'agence immobilière de Gardanne. Comme de bien entendu, personne n'avait plus croisé Jourdan depuis des jours. Le correspondant anglais de *PRE* avait cherché à le joindre. En vain.

Zidane peinait à trouver le fameux *Domaine des Oliviers*. Jourdan l'avait prévenu, l'autre jour à l'Oraison, il n'y avait pas de numéro, c'était trop grand. Et ça coûtait sûrement un bras, une villa au pied de la montagne Sainte-Victoire, même, voire surtout, pour un type divorcé sans enfant, promoteur véreux ou pas. Les deux gendarmes errèrent encore un bon quart d'heure dans la plaine. Par chance, un viticulteur affairé à ses palisses leur indiqua le petit chemin qu'un discret fil de fer barrait. Après trois cents mètres de nids de poule, l'ostentatoire palace se découvrit derrière un bouquet de pins d'Alep.

Personne à l'horizon.

– Commandant ! Qu'est-ce que vous faites ? On n'a pas le droit !

Ana avait ramassé un pied de biche près d'une bétonnière. Il n'était plus temps de rire. D'autres gardiennes de la *Source bleue*, Manon peut-être, couraient le plus grand danger. Elle avait attaqué la serrure de l'immense baie vitrée qui donnait plein sud. Puis elle tira la chevillette et la bobine chut ; l'huis coulissa et l'alarme hurla.

– Vous direz à Durand qu'on a cru entendre mère-grand crier au loup, ironisa Ana. Je répondrai que c'était un chat.

Les deux officiers de gendarmerie tournèrent en rond pendant deux minutes, le temps de désactiver le haut-parleur de l'alarme. Un dossier posé sur un plan de la cuisine exhibait les fruits de leur désir. Sur la page de garde, un main habile avait écrit LA SOURCE BLEUE en lettres capitales.

– Ah mon Dieu !

Une plainte douloureuse s'échappa des lèvres d'Ana. Son visage s'était fané, marqué par l'épouvante de sa lecture. Ses mains se mirent à trembler et elle lâcha le document. Zidane ramassa le feuillet tombé sur le marbre de Carrare et lut à voix haute.

« La fille de la sorcière devra *crevé* un pieux planté dans le cœur à la nuit du grand solstice d'été. Alors la magie des grandes prêtresses de la *Source bleue* s'achèvera à jamais. Car c'est la fille de la sorcière la descendante de la première Ève. Pas la mairesse ».

Zidane remplit un verre d'eau au robinet.

– Buvez un coup, commandant, ça vous fera du bien.

Ana s'exécuta de bonne grâce. Elle haletait.

– On doit vite trouver Manon !

Mais où chercher ? Une hypothèse tomba sous le sens.

– Il y un croquis au verso de la feuille.

Ana n'y avait pas prêté attention. Elle arracha le document des mains du lieutenant et le retourna. C'était un plan des *descenderies,* dressé à la main. L'une d'entre elles était cerclée d'un trait rouge et légendée « Trou de la sorcière ».

– Je connais ! s'exclama Ana. Près du puits Bonaventure ! Une *descenderie* rebouchée depuis des siècles. Gamines, on y allait avec les cousines.

22.

Bonaventure

Samedi 20 juin 2020

19h15. Fuveau.

Depuis quelques minutes, un imperceptible changement bouleversait la plaine de l'Arc. Les sons s'immobilisaient, le vent s'émoussait, l'énergie tellurique de la montagne s'apaisait. À l'est de Sainte-Victoire, les nuages s'effilochaient en longues traînées dans le bleu des Alpes lointaines. Plus près, sous les peupliers blancs, des éphémères nerveuses scintillaient en folles sarabandes.

Un gros 4 x 4 quitta la route. Son conducteur longea les vignes jusqu'à la ripisylve et planqua son monstre derrière un cabanon. Il coupa le moteur. Les dernières paroles de Serge Chabot résonnaient encore dans sa tête. « La rapidité c'est bien, la précision c'est tout »… Devait-il prendre cette histoire au pied de la lettre et supprimer Aurélie Pons ? Il ne savait plus très bien, incertain d'ailleurs d'en avoir le cran.

Il sauta dans les ronces et courut jusqu'à la ruine, courbé en deux pour ne pas être vu de la route. Il fit sauter le cadenas qui bloquait la porte. La lumière s'engouffra et découvrit une jeune femme épuisée, sale, assoiffée, gigotant comme une biche blessée sur un matelas éventré. Un bâillon dans la bouche, Manon, ligotée depuis la veille, se morfondait au bout d'une chaîne en guise de laisse.

– Alors, ma belle ? Bien dormi ?

– Hmmm…

Bruno Jourdan sentait le bout de son sexe pousser contre la braguette de son pantalon. Un instant, une petite idée lui trotta dans la tête. Là, comme ça, vite fait dans la crasse. Après tout, qui saurait ? Les menaces de Wyatt Earp et la douleur dans le slip réfrénèrent ses ardeurs. Il passa machinalement la main sous sa ceinture et sortit un sac de la poche de son blouson.

– Debout ! On va faire un p'tit tour.

Jourdan se pencha pour retirer le bâillon et

enfiler l'espèce de cagoule sur la tête de Manon. La jeune femme ânonna quelque chose qu'il ne comprit pas. Il s'approcha. Elle se débattit et percuta le visage de l'imprudent. Son nez éclata et se mit à pisser le sang comme une fontaine.

– Salope ! Tu perds rien pour attendre !

Manon n'attendit pas. Débordée par une vibration qui secouait le plus profond de sa chair, elle se dressa péniblement sur les jambes. Ses yeux rayonnaient d'une lumière ardente. Un voile nimbé avait enveloppé son corps et la noyait de transpiration. Ce n'était pas le plus étrange. Elle ne se sentait plus *une*, abandonnée à la domination de son agresseur, mais mille, tendues vers un seul but. Elle n'avait plus peur.

Elle percevait les battements du cœur de son tortionnaire. Elle suivait le flux de son sang dans ses veines. Elle devinait les peurs intimes qui hantaient ses cauchemars et la douleur sourdre au fond de ses intestins noués. Cet homme souffrait d'une peine contagieuse, il fallait agir vite. La bouche de la jeune femme s'ouvrit. Un flux intangible traversa ses poumons et remonta par sa gorge. Sa langue se mit à remuer.

– « Ô déesse-mère, mère de lumière et de paix, j'invoque ta présence afin de me prodiguer tes influences bénéfiques… »

Manon s'abandonna à la force mystérieuse qui la parcourait. C'était plus fort que sa volonté.

« Je crois en toi. J'espère en toi. Je m'en remets à toi », poursuivit sa voix d'un ton monocorde. « Accepte ma reconnaissance et ma gratitude. Ô lumière qui éclaire les ténèbres, par les énergies solaires, terrestres, astrales, et de toute leur puissance, protège-moi des pièges de l'invisible. Ô déesse Maât, mère des mères, mère de lumière et de paix, merci pour ton aide. Que tes énergies retournent à la terre et aux cieux d'où elles proviennent. Qu'ainsi il soit fait ».

Ses bras tremblaient. Elle avait récité l'incantation sans même l'avoir jamais apprise. Épuisée, elle s'effondra dans le méli-mélo de lueurs ocres et vertes qui tournoyaient autour de son corps. Jourdan avait reculé de deux pas. Diaphragme bloqué, du mal à respirer. Ces simagrées de bonnes femmes n'entraient pas dans le champ de ses possibles, mais l'avaient pétrifié un instant. Il parvint cependant à se mouvoir au moment où Manon perdit connaissance. Le soleil était passé sous la cime des grands arbres, l'obscurité gagnait la ruine. Le rituel de magie blanche avait harassé la gamine, il ne risquait plus rien. Il détacha sa proie pantelante et la jeta dans le coffre du 4 x 4.

– Salope de sorcière ! T'as bien cru m'avoir !

Elle ne bougeait plus, mais il se méfiait. Il sortit son portable et tira une rafale de photos avant de reclaquer le hayon. « Petite pute qui va *crevé* ce soir #solstice ».

Un peu après 20 heures. Rue Danton.

Myriam s'était affalée sur son canapé, écrasée par le poids de la séance d'appel aux esprits. La vieille chamane n'avait plus l'âge de la télépathie de puissance, mais un grand danger menaçait son arrière-petite-fille. Les périls de la magie de protection valaient bien un arrêt cardiaque. À plus de quatre-vingts révolutions autour du Soleil, que craignait-elle vraiment ? Mourir ? *Pfff* ! Elle s'était depuis longtemps préparée à rejoindre les âmes sœurs dans le frais humus de la forêt.

Ana referma le *Matribus Grahascabus*. Les formules ésotériques du grimoire l'aideraient à défendre sa fille. Elle avait bien fait de le garder, mais le temps était désormais compté. Car si le charme de transposition opérait sur un non-initié ignare, sur une prêtresse du premier cercle, c'était une autre affaire.

– Je crois que ça va marcher.

D'un balancement de la tête, Myriam acquiesça. Bien entendu que ça allait marcher, puisqu'Ana acceptait enfin de croire aux vertus de la magie clandestine.

– Mamé, il faut que je te laisse. Je dois retrouver Manon avant l'heure de Litha.

L'aïeule cligna des yeux en signe d'acquiescement.

– Va sans crainte, ma belle. La Dame du Val t'accompagne.

Un sourire de satisfaction barra ses lèvres. Son long temps sur la terre des vivants touchait à sa fin. Accompagnée par le chant des oiseaux éternels, elle rejoindrait bientôt le monde blanc aux confins inconnus, où les fleurs fleurissent toute l'année. Elle ne reverrait plus jamais ses petites-filles dans le monde du milieu, mais ce n'était pas ce qui la contrariait le plus.

Myriam devina les larmes sur les joues d'Ana. Elle aussi avait compris.

20h50. Célony.

Emma avait épuisé, doux euphémisme, toutes

les ressources que comptaient les réseaux. *Instagram, Facebook, Pinterest*, elle en passait, et des meilleurs. Personne n'avait vu sa sœur depuis 24 heures, même pas Rudy Janssens qui likait n'importe quoi toutes les dix secondes. Elle s'allongea sur son lit, le regard plongé dans la déco *Hello Kitty* punaisée au plafond. Elle entendait, venu du salon, le ronron de la télé et son père se disputer avec sa belle-mère. Elle se leva, claqua la porte d'un coup sec, histoire qu'on l'entende bien en bas, et relança pour la énième fois son compte *Insta*. Elle faisait défiler les *posts* d'un pouce machinal quand tout à coup :

– J'y crois pas !

Elle dévala l'étage quatre à quatre.

– Emma ! Ne cours pas dans les escaliers, cria Olivier. Tu…

Pas assez vite. La gamine avait sauté dans le divan, entre Sophie et son père.

– Regarde ! J'y crois pas ! Je te jure ! J'y crois pas !

Sophie profita de l'ouragan pour s'exfiltrer dans la salle de bain. Les frasques de la gamine la fatiguaient.

– Emma, tu es grossière. Nous étions en train de discuter…

– Non mais, Olive ! Tu crains ou quoi ? Regarde les fringues ! C'est elle !

Emma colla l'écran de son téléphone sur le nez de son père. Olivier recula son visage et reconnut le *tee-shirt* acheté l'été dernier à La Baule et, surtout, le piercing sur le nombril, un arbre de vie en argent offert par Ana…

Pas de confusion possible, ça ne pouvait être

personne d'autre que Manon. La silhouette, le *jean* déchiré aux genoux, les *Converse* comme sa mère, chaque détail le confirmait.

– Sophie ! Viens voir ! Qui a posté ça ?

La gamine bidouilla le portable.

– Connais pas, répondit-elle après quelques secondes. J'ai plein d'amis… C'est sur le fil… Je n'en sais rien. Je l'ai vu à cause de l'hashtag « solstice ».

– Eh bien, cherche encore ! J'appelle ta mère. Envoie-lui sur son portable. C'est possible ?

– Evidemment… Eh ! Y'en a d'autres qui arrivent ! Olive, j'y crois pas ! Y'en a d'autres !

« Olive » composa le numéro de son ex.

– C'est moi. On a trouvé des photos de Manon sur les réseaux. Emma te les fait suivre.

Le cœur d'Ana fit une embardée.

– Passe-la-moi !

– Emma, ta mère veut te parler.

La gamine grogna.

– Maman ?

– Mimie, tu as raison, c'est Manon. D'où viennent ces photos ?

– *Insta.*

– Fais-moi suivre le profil et repasse-moi ton père.

Emma jeta le portable à Olivier. Elle ne voulait plus que sa mère l'appelle Mimie.

– Qui ?

– Ecoute-moi bien. Reste près d'Emma, qu'elle continue à surveiller les réseaux. Je t'envoie le numéro d'un service spécialisé dans la traque sur Internet. Tu les appelles, tu leur dis qui je suis et tu leur expliques la situation. Ok ? Ils vont localiser le téléphone.

– Et toi ? Tu fais quoi, alors ? Où es-tu ?

– Gréasque. Je file en forêt. On va la retrouver.

– Je viens.

– Inutile. Le secteur est quadrillé. Tu vas nous gêner plus qu'autre chose.

– Ana. C'est autant ma fille que la tienne. Si elle en est là, c'est à cause de tes conneries. Alors j'arrive.

En raccrochant, Olivier regarda l'heure sur son téléphone.

21h10. Sur une piste au nord des Euves.

Cinq minutes plus tôt, Jourdan s'était garé en marche arrière à l'orée du bois, derrière le stade municipal. Obligé. Personne ne devait voir la marionnette qu'il allait traîner sur deux bons kilomètres. Par chance, la petite avait repris connaissance. Il la posa sur les pieds et l'entraîna par le bras. Manon n'y voyait rien, à cause de la cagoule. Elle titubait sur les pierres, toujours nimbée de cette espèce d'aura protectrice. Jourdan la tractait du bout des doigts, intrigué et effrayé.

Ils attendaient depuis un petit quart d'heure en contre-bas d'un champ de maïs quand Aurélie Pons survint. Jourdan rangea son portable et la héla.

– Je suis là !

– La ferme ! menaça Aurélie Pons.

C'eût été trop bête de se jeter dans les bras d'une patrouille du PSIG. Elle s'approcha tout près de son complice, le doigt sur la bouche.

– Ah ! C'est toi... Super, ça n'a pas été…

– T'es sourd ? gronda Aurélie Pons. Ferme-la ! Ça grouille de gendarmes sur la départementale !

Elle força Manon à s'asseoir et entraîna Jourdan à l'écart.

– Je confirme. Tu es aussi con que ces débiles d'Arméniens ! Il faut tout faire soi-même !

– Quoi ?

– Quoi ? « Quoi ? » C'est quoi ces photos sur *Insta* ? Dégage-moi ça vite fait !

Jourdan feignit de chercher son portable en tapotant ses poches. Ça lui donnait de la consistance. Du moins l'imaginait-il. Il encaissait mal la double peine. Cette femme qui lui donnait des ordres et lui remontait les bretelles en tête-à-tête, ça faisait beaucoup pour son taux de testostérone.

– Avec la cagoule, personne ne saura jamais que c'est elle !

Il singeait une pseudo colère en étouffant sa voix, ce qui ajoutait à son ridicule.

– Ah oui ? Pauvre débile ! Ma cousine Magali vient de me les faire suivre ! Elle l'a reconnue !

21h30. BTA de Gréasque.

Rocco et Ana reconnurent l'endroit en additionnant les trois nouvelles photos récupérées sur le compte *Insta*. La luminosité du long jour les aidait bien. Un des clichés montrait en gros plan l'épaule de Manon et une partie de sa cagoule. La photo mal cadrée avait dû être prise en marchant. L'arrière-plan dévoilait un champ cultivé, des maïs jeunes retournés par les sangliers.

– Je crois voir où c'est, dit calmement Rocco. Tout au nord des Euves, près du puits Bonaventure.

– C'est ça ! Voyez avec le lieutenant combien de

gars vous pouvez rassembler et rejoignez-moi au plus vite. Je laisserai ma voiture sur la départementale au parking de l'Oraison. Le PSIG vous dira.

– Vous ne nous attendez pas ? murmura Rocco. Ne perdons pas de temps, certes. Mais si j'en crois votre théorie du solstice, ils vont attendre demain.

Ana se redressa. Sur le fond, le patron de la BTA n'avait pas complètement tort. « Rien d'irréversible ». Mais sur la forme, elle savait qu'il ne fallait pas se morfondre une minute de plus. Les tortures subies par la petite Marie Gras le prouvaient suffisamment.

Zidane se leva et posa une main sur sa tête déconfite. Un truc le chiffonnait.

– Détrompez-vous, poursuivit Ana sans quitter son intrigant adjoint des yeux. Cette année, le solstice n'a pas lieu le 21 juin. C'est rarissime, mais c'est pour ce soir à minuit moins le quart. En même temps que la lune noire. Y'a plus une seconde à perdre.

Ana regarda son portable. 21h38. Il lui restait deux bonnes heures.

– Zidane ! Qu'est-ce qu'il se passe ? insista-t-elle.

Le jeune officier se gratta à nouveau le sommet du crâne.

– Je viens de recevoir un SMS. Une ambulance emmène Léa à l'hôpital d'Aubagne. Elle a perdu les eaux…

– Eh ben, courez !

– Mais… Vous…

– Noreydine. Dans la vie, chacun a ses priorités. La mienne, c'est Manon. La vôtre, c'est Léa. Partez !

Orquel fit diversion en entrant comme un diable dans le bureau de Rocco.

– La voiture de Jourdan vient d'être signalée aux tennis ! J'ai envoyé la patrouille vérifier.

22h17. Descenderie abandonnée.

Ana marchait sur le bas-côté pour ne pas rouler sur les pierres. Elle tentait de poser des pas feutrés sur les rares mottes d'herbe qui jalonnaient la piste, à peine éclairée par de rares étoiles. Boule au ventre, elle essayait de garder la tête froide. Le puits Bonaventure se trouvait à un kilomètre de la départementale. Elle s'était donné une dizaine de minutes pour atteindre la grande cheminée de l'ancien puits d'extraction. Elle reconnaîtrait facilement la dalle de recouvrement, les quelques pans de mur livrés aux outrages du temps et le bassin où elle s'était cachée, ce fatidique jour de l'an 2000.

L'entrée de la galerie se dissimulait derrière le vieux terril. Les anciens l'avaient recouverte des déchets du triage pour qu'on ne la retrouve jamais. C'était sans compter sur la sagacité des gamines du coin qui venaient jouer à s'y faire peur le mercredi après-midi.

Ana atteignit rapidement les Euves qu'elle abandonna à main droite et reconnut le champ de maïs. Elle s'arrêta une seconde. Son cœur battait plus fort, la photo de Manon avait été prise à cet endroit précis. Elle s'accroupit pour trouver une trace, une empreinte de pas, une odeur, un signe de vie. Rien. Les images du corps crucifié de la petite Marie la hantaient. Elle se décida à franchir le carrefour de pistes et pénétra dans le taillis.

Elle n'y voyait désormais plus qu'à cinq mètres. Les griffes des chênes à kermès lui lacéraient les cuisses, les branches basses des arbousiers la giflaient. Elle posa un genou sur une souche pour reprendre son souffle. Elle n'entendait que ses veines battre contre ses tempes et une chouette, au loin, lancer un cri froid et régulier.

Elle ouvrit son blouson et s'en recouvrit pour masquer la lumière de son portable. 22h33. Elle reconnut un gros rocher surnommé « La tête de l'homme ». Quelques pas plus loin, après une large dalle où la roche native affleurait, elle distingua des agglos pourris et la vieille porte qui bouchait l'entrée du trou de la sorcière.

Quelqu'un avait déplacé les pierres. Elle était sur la bonne piste. Elle tira un *kleenex* de sa poche et le jeta dans un genévrier. Les chiens du groupe cynophile le trouveraient en deux-deux.

Prudemment, Ana enfila ses gants et poussa les planches rongées par la vermine. En tâtonnant du bout des pieds, elle devina les premières marches qui s'enfonçaient. Une odeur fétide de bois moisi monta du fond et lui effleura les joues. L'heure tournait, il ne fallait plus hésiter. Elle tira son SIG de son holster et se coula dans le boyau, pliée en deux. Elle descendit à l'aveugle quelques mètres en retenant sa respiration et se cogna plusieurs fois la tête. De l'eau grasse suintait des fines veines de charbon et s'infiltrait dans son cou.

La pente s'aplanit.

Elle pataugeait maintenant dans une boue flasque. Elle manqua de glisser quand, soudain, elle perçut une plainte, puis comme un bruit de verre qui se brise. Il y avait quelqu'un. Elle avança encore d'une dizaine de mètres. Un halo de lumière pâle jaillissait d'un coin de murette où le boyau tournait à 90 degrés. Elle y voyait maintenant comme en plein jour. Elle fit sauter la sécurité de son SIG et jeta un œil, canon pointé vers l'avant.

Des symboles de Satan grossièrement peints à la chaux éteinte recouvraient le pan de mur en face. Son regard embrassait désormais tout l'hypogée. Une fumée âcre léchait la voûte, trahissant un feu de buis vert et de gui sec.

Ana reconnut le dos de sa cousine Aurélie — pourquoi n'était-elle pas surprise ? — qui masquait un corps pendu à une chaîne.

À genoux, pieds et torse nus, Jourdan lui tendait une coupe en argent.

Magie noire.

23.

Solstice

Samedi 20 juin 2020
22h49

Ana inspira un grand coup et vérifia une dernière fois son semi-automatique. Quinze balles de 9 mm Parabellum dans le chargeur, plus une dans la chambre. Armé, cran de sûreté dégagé. Elle fit un rapide tour d'horizon. La salle, grossièrement taillée dans le calcaire, ressemblait à un dôme d'une bonne vingtaine de mètres de diamètre. Des morceaux de ferraille enfoncés dans les murs pourrissaient çà et là dans l'humidité ambiante. Les mineurs avaient dû s'en servir pour stocker du matériel.

Au pied de la paroi courait une ribambelle de bougies noires, cierges et autres neuvaines, dont les flammes tremblotantes inventaient des visages inquiétants. Une épaisse couche de sable fin couvrait l'aire, ce n'était pas la première fois qu'elle servait aux diableries.

Ana devina l'étoile à cinq branches tracée au sol et le double cercle d'invincibilité qui l'entourait. Des esprits malfaisants avaient été dessinés à l'intérieur des deux anneaux, des lettres diaboliques, le chiffre 4, les signes entrelacés de l'homme et de la femme, des formes géométriques et les noms des seigneurs du Mal, Bélial, Asmodée, Mérimin, Astaroth.

C'était un pentacle inversé pour convoquer le démon.

Manon, inanimée, à demi nue, pendouillait au centre du talisman géant, les poignets attachés à un crochet de boucher qui descendait d'un berceau en plein cintre. Elle avait été droguée. Les fioles étalées sur une table à l'écart trahissaient la machination des suppôts de Satan.

Ana connaissait la suite, la marque du *stigma diaboli* scarifié sur l'épaule gauche de sa fille, son corps badigeonné d'un onguent fétide et, pour lui retirer toute chance de devenir un jour grande prêtresse de la *Source bleue*, le viol rituel, bestial, sadique. Voilà pourquoi Aurélie ne s'était pas débarrassée de Jourdan. Elle avait besoin de son sexe.

L'immolatrice leva les bras. Elle tenait dans la main gauche ses médaillons sacrés et, dans la droite, un couteau à manche noir avec lequel elle frappait l'air comme si elle voulait se battre. Les cinq pointes du pentacle s'enflammèrent. Salpêtre à retard. L'heure du solstice approchait. Le sortilège de magie noire commençait.

– Lucifer ! Maître des ténèbres ! Baphomet conquérant ! Voici les symboles des secrets, des enseignes et des bannières, et l'arme du Mal pour assujettir les puissances qui s'opposeraient à toi. Par leurs pouvoirs et leurs vertus, tes humbles serviteurs t'implorent de te joindre à nous. Belzébuth ! Depuis n'importe quelle partie des flammes de l'Enfer où tu te trouves, viens promptement sans retarder ton apparition ! Tes fidèles ici rassemblés t'assurent de leur soumission à tous les ordres que tu leur donneras, par la vertu de ton pouvoir irréversible.

La maîtresse de cérémonie pivota discrètement pour vérifier que son assistant ne perdait pas une miette de son envoûtement. Peine inutile. Bruno Jourdan, hagard et enivré, avalait goulûment le maléfice comme un premier communiant boit des paroles d'évangile.

– Permets-nous de rejoindre ceux qui œuvrent en secret, poursuivit-elle. Que la force de la magie noire nous appartienne ! Que toutes les créatures invoquées nous assistent dans le rituel de sacrifice de la vierge ! Qu'elles servent nos buts et nos désirs ! Que les flammes des bougies noires nous imprègnent de ton ardeur ! Que la puissance des quatre éléments renforce notre esprit !

Elle se retourna alors sur son assistant, cette fois

franchement, et lui ordonna de se lever.

– Nous t'implorons, seigneur de la nuit ! Rejoins le corps de cet homme ! Il t'offre son âme noire pour assouvir tes plus grands désirs. Force des ténèbres ! Par son intermédiaire, délecte-toi de cette vierge !

Aurélie tendit son couteau à Jourdan et acheva son incantation.

– Mais avant, il versera le sang de la fille dans la coupe d'airain et le boira pour ta plus grande gloire.

Ana s'apprêtait à bondir quand son téléphone portable sonna. Les parois circulaires de la voûte amplifièrent le refrain d'*Hôtel California*, plongeant diables et démons dans le ridicule décalé qu'ils méritaient. Elle réprima une injure, dépitée d'avoir perdu l'avantage de la surprise. Manon ouvrit les yeux. Jourdan lâcha la coupe. Aurélie retint un cri, mais se reprit aussitôt. Elle avait remarqué le poignard resté dans la main de son pantin.

– Malédiction ! Malédiction ! hurla-t-elle en postillonnant.

Son visage s'était déformé à l'instant où elle avait reconnu Ana. Ses yeux s'étaient enfoncés dans leur orbite, son ricil avait coulé. Ses lèvres s'étaient gonflées d'un sang pourpre. Ses mâchoires entrouvertes frémissaient de haine. Elle ressemblait à une gorgone contrariée, ses cheveux défaits tombant en serpents impuissants sur ses épaules dénudées.

– Tue-la ! Tue-la ! aboya-t-elle en tendant le bras dans la direction de sa cousine.

La diversion des *Eagles* avait neutralisé le

sortilège qui opérait sur le promoteur. Il se jeta sur son revolver resté avec ses habits à l'extérieur du pentacle. Il ouvrit aussitôt le feu en direction de la galerie d'accès où Ana s'était repliée. La pauvre était confrontée à cet affreux dilemme : Manon seule avec Aurélie ou le risque d'une balle perdue. Le couteau abandonné en dehors du cercle d'invincibilité la conforta dans son choix.

Jourdan poursuivit Ana jusqu'à l'entrée du couloir de descente. Trois coups crépitèrent et l'obligèrent à se coucher.

– Jourdan ! Je suis la commandante de gendarmerie Boyer ! Vous êtes encerclés et tu ne pourras pas t'en sortir ! Rends-toi tant qu'il est encore temps ! Jette ton flingue et on en reste là !

Pour toute réponse, le promoteur appuya une nouvelle fois sur la queue de détente de son MR 73. Ana sentit la balle ricocher contre la paroi, près de son visage. Des éclats de calcaire lui picotèrent la joue.

– Fais pas le con, Jourdan ! Aurélie se fout de ta gueule ! Tout le monde se fout de ta gueule !

– Ta gueule toi-même !

Il ouvrit à nouveau le feu.

– Tu peux encore m'aider à libérer la petite, insista Ana. Je témoignerai en ta faveur. Je dirai au juge que tu m'as aidée et ça atténuera ta peine. Réfléchis ! Tu feras cinq ans ! Huit maxi ! Après tout, tu n'as encore tué personne.

Il y eut un long blanc.

– Je voulais juste faire peur aux femmes. Mais Ange a pété les plombs. Donovan, ses pitbulls, Serge… ils me tiennent tous par les couilles… Je suis foutu.

Jourdan bondit et appuya à nouveau sur la queue de détente. Malheureusement pour lui, le barillet de son Manurhin ne comptait que six coups.

Ana tira deux fois et le vit s'effondrer à l'entrée de la salle sacrificielle. Elle l'enjamba et entra sous la lumière ocre du dôme. Aurélie s'était emparée du poignard. Manon avait rouvert les yeux, ravivée par l'écho des coups de feu. L'effet du poison s'étiolait avec le temps.

Ana eut un haut-le-cœur en approchant de sa fille. Elle revit Marie Gras suspendue à son poteau de torture, décharnée et percluse de douleur. Manon reconnut sa mère.

– Arrête-toi, Aurélie, ou je fais feu !

Ana tenait dans sa ligne de mire la tempe gauche de sa cousine. Cette dernière eut la bonne idée d'obtempérer.

– C'est fini, Aurélie. Ne joue pas avec mes nerfs. Cette fois-ci, je n'aurai aucune pitié.

Toute cette mise en scène n'était qu'une mascarade pour accuser Jourdan. Après tout, la magie n'engage-t-elle pas que ceux qui y croient ? Une fois Manon exécutée, Aurélie n'aurait qu'à supprimer son homme de main et à arranger la scène de crime. C'était facile, tout accusait le pauvre type. Ses dettes, ses accointances avec la pègre marseillaise, sa complicité avec Berconi, les documents retrouvés chez lui.

Ana avait tout compris en découvrant le plan des *descenderies* chez Jourdan. La maire de Gréasque connaissait le trou de la sorcière, elle aurait eu l'idée géniale d'aller y jeter un œil. Elle serait cette fois remontée à la surface en héroïne.

Vaincue, certes, mais sous les feux des projecteurs. Elle aurait tout fait pour sauver sa nièce, en vain… Les journaux, les réseaux, les télés d'infos continues avides de directs pathétiques se jetteraient sur la tragédie. Son avenir politique était assuré.

Ça, c'était la fiction.

La dure réalité et le SIG d'Ana lui avaient concocté un autre scénario. Plantée au centre de son pentacle, Aurélie ne quittait pas sa cousine des yeux. L'animosité et la jalousie l'avaient vieillie de cent ans, peignant dans son regard la frayeur des visages ondulants d'Edvard Munch. Ses épaules voûtées, sa peau couverte de transpiration et son teint morbide l'entraînaient vers une fin tragique. Elle en prit tout à coup conscience. Toute sa vie venait de s'effondrer, à cause d'Ana, comme elle l'avait toujours su. Elle fit un pas en avant et brandit le poignard sur les seins de Manon.

Le coup éclata, mais Ana était une pro. La cuisse d'Aurélie se déchira. Des lambeaux de chair et de tunique tapissèrent un côté de la salle. Aurélie s'affala dans un bruit sourd. Elle haletait comme un taureau vaincu, les épaules enfoncées dans le sable de l'arène.

Ana décrocha bien vite l'anneau qui retenait Manon. Doucement, elle prit la gamine dans les bras pour l'allonger. Elle tira son portable de la poche de son blouson en recouvrant le corps glacé. 23h55. Mais pas de réseau, évidemment.

– Ma pauvre Ana…

Aurélie venait de reprendre conscience, peut-être pas pour longtemps car elle perdait beaucoup de sang. Ana fit un ballot des vêtements de

Jourdan et le posa sur la cuisse de sa cousine.

–Essaie d'appuyer dessus, ça ralentira l'hémorragie.

– Tu es trop bonne… J'ai compris que Manon devait disparaître quand tu as débarqué dans mon bureau avec ton Zidane… Myriam espérait qu'elle deviendrait grande prêtresse à ma place… Avec ton retour, ça devenait possible. Mamé, Magali, les filles, toutes elles étaient troublées… Et c'est arrivé…

– Tu te trompes.

Aurélie leva douloureusement la main.

– Laisse-moi terminer… poursuivit-elle. Après que tu sois partie, en 2000, elles ont convoqué un sabbat à la lune des moissons. Elles m'ont choisie parce que j'étais ta cousine la plus proche, mais Myriam pensait que je n'étais qu'une grande prêtresse de rechange… Que ta mère t'avait irrévocablement transmis son pouvoir... Myriam ne m'a jamais aimée comme elle t'a aimée. J'ai bien vu comment elle te regardait, l'autre jour à la cérémonie de purification de Manon. Il fallait que je fasse vite. J'ai bien vu que tu t'étais rendu compte qu'elle la préparait à devenir grande prêtresse. Mamé attendait simplement qu'elle guérisse de son endométriose…

Ana continuait à frotter les épaules de Manon qui, peu à peu, reprenait vie. Elle avait décidé de rester au fond de la *descenderie* car les bougies y maintenaient une température relativement confortable. Rocco et Orquel savaient où elle se trouvait. Elle était partie depuis deux heures, ils n'allaient plus tarder.

– Ne sois pas cynique, Aurélie. Tu emmènes les filles à la manif de l'Oraison pour mettre la pression sur Chabot, bien aidée par la pagaille des écolos. Tout le monde raconte au pays que notre bon député n'a pas n'a pas voulu de toi aux dernières législatives. Alors tu as trouvé un moyen de te venger. Il en croque avec *PRE*, tu ne l'ignores pas. En neutralisant le projet, tu espérais lui envoyer un dernier avertissement.

Aurélie respirait plus calmement, le point de compression marchait. Elle écoutait Ana.

– En revanche, il y a un problème. Chabot manipule un pion en panique. Jourdan ! À qui la pègre marseillaise envoie ses tueurs pour l'obliger à rembourser les avances consenties. Seulement, l'imbécile est déjà endetté jusqu'au cou. Il compte sur *PRE*. La première tranche des travaux doit absolument être terminée pour qu'il rembourse ses petits emprunts. Il veut se contenter d'effrayer les filles pour qu'elles cessent de ralentir le projet, mais il commet la grave erreur de confier la mission au vieux Berconi qui commet l'irréparable.

– Eh oui…

– Eh oui ! Et toi, tu laisses faire… Ça t'arrange. Les gendarmes vont se lancer sur une double fausse piste : les Celtes, d'abord, arrivés dans l'affaire par hasard, et les gardiennes de la *Source bleue*, ensuite, qui n'y sont pour rien. Là, tu trahis la consœurie, ma chère Aurélie. Tu gagnes du temps, mais tu te mets hors-jeu toute seule.

– Si tu le dis…

– Plus qu'à suicider Berconi et le tour sera joué. Seulement, voilà : les emmerdes volent en escadrille. Je suis de retour, alors tu exiges plus. Tu veux me faire souffrir. Tu mets la main à la pâte pour leur servir Manon sur un plateau. Jourdan et Chabot espèrent encore que le projet immobilier pourra reprendre, en retard, certes, mais reprendre, et que tout le monde au final encaissera sa part du butin. Eh bien, non ! Tu les tiens dans ta toile, ils sont condamnés. La suite, tu la connais mieux que moi. Tu vas te servir de Jourdan pour lui faire porter le chapeau. Aurélie, je t'arrête pour complicité d'homicide volontaire, complicité de tentative d'homicide, tortures et actes de barbarie, corruption active et trafic d'influence. Je crois que ça suffira pour te mettre hors d'état de nuire.

Une pierre roula et s'étouffa dans la flaque d'eau qui barrait l'entrée de la caverne. Ana eut un sourire, ça remuait là-haut. La cavalerie venait d'arriver au puits Bonaventure. Elle entendit les grosses galoches de l'avant-garde débouler dans la galerie de descente. Deux boucliers en polycarbonate apparurent en premier : des gars du PSIG harnachés comme des gladiateurs, suivis du capitaine Leval, casque vissé entre les oreilles.

– Commandant ! Ça va ? s'inquiéta le patron de la compagnie d'Aubagne.

Ana leva un pouce. Ça allait, oui. Façon de parler.

– On est quatre. Lui, une balle dans le thorax, mort. Elle, une balle dans la jambe droite, elle s'en sortira avec un hélico. Ma fille est en hypo. Il lui faut des soins tout de suite.

Les gars de la *Scientifique* organisaient déjà leur affaire, tapis mousse, bâches et compagnie. Le topo habituel. Un astronaute s'arrêta à hauteur d'Ana et dézippa sa capuche, tout sourire.

– Ça gaze, commandant ?

C'était Bekhti et son humour légendaire. Le légiste avait l'air d'avoir retrouvé le moral, son *Airbus* devait maintenant être vide.

Jourdan remonta le premier, emballé dans un sac mortuaire, suivi de près par Aurélie Pons, garrotée sur une civière. À la surface, on se serait cru au *Luna Park*, mais *by night*, des tentes, des groupes électrogènes, toute une forêt de projos autour des Euves. Rocco avait organisé la sécurité du périmètre avec les renforts initialement prévus pour le ratissage. De loin, il adressa un signe amical à Ana, entraînée jusqu'à une ambulance par le capitaine Leval et le substitut Durand.

– Vous partez avec votre fille. Vous rédigerez votre rapport après les contrôles médicaux d'usage, et nous nous verrons demain à Marseille ?

– Bien sûr, monsieur le substitut.

Le VSAV filait tranquillement sur l'autoroute. Ana avait obtenu de rester seule avec Manon dans la cellule sanitaire. Le chef d'agrès n'avait pas trop insisté, son ambulance n'était pas médicalisée.

Petit à petit, Manon reprenait des forces. Elle caressait la main de sa mère posée sur sa poitrine.

– Maman ?

– Ne parle pas, ma chérie. Repose-toi.

– Je ne comprends pas tata Aurélie… Laisser raser la forêt… Tout ça pour du pouvoir, de l'argent. Elle n'a donc rien compris ?

– Tu sais… nous sommes nombreux à ne pas avoir compris. La forêt est une entité complexe composée de milliers d'arbres, de milliards d'atomes qui circulent en continu dans la terre, dans l'air et dans l'eau ; un équilibre fragile qui nous échappe parce que nous ne vivons que dans le temps présent, incapables de nous situer dans l'Univers où chaque feuille, chaque poussière, chaque oiseau a sa place. Nous sommes de la même famille et il serait temps que nous retrouvions l'équilibre.

– Tu parles comme Mamé Myriam.

– C'est elle qui disait ça, mais je souffrais trop pour l'écouter. En rasant la forêt, c'est nous-mêmes que nous détruisons. L'argent, le profit, la cupidité… Tata Aurélie a fait son choix…

Manon porta la main de sa mère contre sa joue.

– Tu penses que je serai capable de devenir grande prêtresse de la *Source bleue* ?

Ana sourit tendrement. S'il fallait bien que Manon pose cette question un jour, autant que ce soit tout de suite.

Elle inspira profondément.

– L'essentiel est d'agir comme tu le veux vraiment, ma chérie, avec conviction et détermination, tout en respectant chaque parcelle de vie qui t'entoure. La domination ne te sera d'aucune utilité. Regarde Aurélie… Elle n'a pas vu que nous étions toutes des sœurs. Sans grade, sans hiérarchie, toutes égales. La grande prêtresse est un phare qui montre la voie, rien de plus. C'est notre force à nous, les femmes, d'entrevoir un monde empli de lumière ; donner la paix, l'amour, l'harmonie. C'est si facile à dire… Moi-même je n'y suis pas parvenue seule et il a fallu qu'au fond de cette *descenderie* tu m'aides à chasser mes démons. Lorsque je suis revenue, au début du mois, mes épaules s'étaient couvertes d'un manteau sombre. La mélancolie noyait mon être ; des corbeaux noirs survolaient mes épaules. Les yeux baissés, je fixais mon passé. Les arbres de la forêt ne portaient pas de feuilles, et pourtant c'était le printemps. J'étais perdue, tu l'imagines bien… Je craignais de ne pas réussir, de ne plus réussir ; j'avais peur de vous perdre, toi et ta sœur. J'ai cru mourir, Manon ; je pensais ne jamais y arriver. Mais ta lumière m'a aidée. Je crois que tu seras une très belle grande prêtresse.

Depuis quelques secondes, le VSAV secouait ses passagères. Le conducteur traversa Aubagne et, après une bonne dizaine de minutes, il s'arrêta devant une barrière. Le ronron du moteur emplissait la cabine. Puis, il se rangea devant l'entrée des urgences d'*Edmond-Garcin*.

Un type heureux comme le ravi de la crèche ouvrit nerveusement la double porte arrière.

– Commandant ! Le capitaine m'a dit que vous arriviez !

Ana retrouva le sourire.

– Zidane ! C'est pas vrai ! Alors ? Léa ?

– Ah, nickel ! Liam, trois kilos trois ! On vous attendait pour le champagne !

Post-scriptum

Quelques jours après être sortie de l'hôpital, Manon était allée retirer ses résultats au laboratoire d'analyses de Fuveau. Son traitement marchait, la petite cérémonie de magie blanche en forêt de Gréasque n'y était sûrement pas pour rien.

Une ordonnance du juge administratif avait annulé les permis de construire de *PRE*, le site de la *Source bleue* était sauvé. La juge d'instruction avait prononcé un mandat d'amener à l'encontre du député Chabot et autorisé les funérailles des trois malheureuses victimes. L'hémorragie d'Aurélie Pons avait été maîtrisée, elle dormait à l'infirmerie des Baumettes.

Le préfet des Bouches-du-Rhône, devant l'insistance du général Davaine, avait fini par lâcher le morceau. La petite du Rove avait retrouvé l'usage de la parole. Elle avait témoigné en faveur d'Ana ; les deux violeurs se rongeaient les ongles en préventive.

Dans le 4x4 de Jourdan, Orquel avait trouvé un sac rempli de cigüe maculée, la plante-poison des Athéniens dont la recette figure à l'encre prodigieuse dans le *Matribus Grahascabus*. Bekhti en avait aussi découvert dans l'estomac d'Ange Berconi…

Finalement, Léa avait bu la bourse à pasteur d'Ana ; les deux femmes s'étaient discrètement téléphoné (ne le dites pas à Zidane) et, il faut bien en convenir, la recette légendaire de Mamé Myriam avait produit l'effet escompté.

L'affaire dite de *LA SOURCE BLEUE des*

Sorcières de Gréasque était définitivement close. Enfin… jusqu'aux prochains orages.

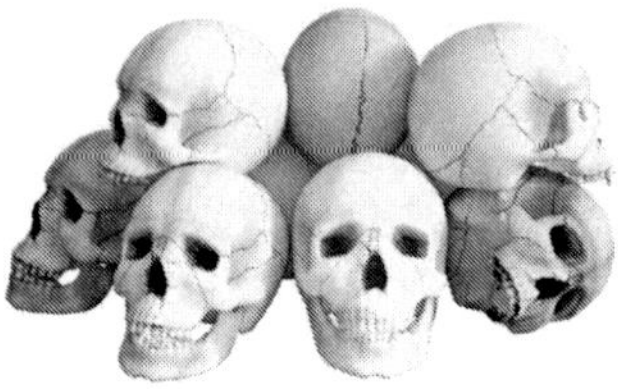

Glossaire

I. DES ACRONYMES.

ADN. Acide désoxyribonucléique.
ARS. Agence régionale de la santé.
BR. Brigade de recherches.
BTA. Brigade territoriale autonome.
CCFF. Comité communal feux de forêt.
EOGN. Ecole des officiers de la gendarmerie nationale.
IGGN. Inspection générale de la gendarmerie nationale.
IML. Institut médico-légal
INRAP. Institut national de recherches archéologiques préventives.
IRCGN. Institut de recherche criminelle de la gendarmerie nationale.
ITT. Incapacité temporaire de travail.
JAF. Juge des affaires familiales, magistrat en charge des affaires de divorce.
OPJ. Officier de police judiciaire.
PSIG. Peloton de surveillance et d'intervention de la gendarmerie.
SAMU. Service d'aide médicale d'urgence.
SR. Section de recherches.
SRPJ. Service régional de police judiciaire.
TAJ. Fichier de traitement des antécédents judiciaires.
TD. Travaux dirigés.
TGI. Tribunal de grande instance.
VSAV. Véhicule de secours et d'assistance aux victimes.

II. DES TERMES PARTICULIERS.

Bassin minier de Provence. S'étend de Saint-Maximin-la Sainte-Baume à l'étang de Berre, et de la montagne de Sainte-Victoire au massif de l'Étoile. Il a été exploité (lignite) du XVIe siècle au 31 janvier 2003.

Baume. Grotte, du bas-latin « balma ».

Bélénos. Dieu panceltique assimilé à l'Apollon gréco-romain. Bélénos est le dieu du soleil et de la santé. Il représente le principe de la lumière.

Beltaine. Du celte « belt », « feu brillant » ou « feu de Bélénos ». Beltaine est la troisième des quatre grandes fêtes religieuses celtes, basées sur le calendrier lunaire (comme Pâques). Passage de la saison sombre à la saison claire, elle a lieu vers le 1er mai selon le calendrier de Coligny, et marque le début de la saison estivale. Les trois autres fêtes sont Samain, vers le 1er novembre ; Imbolc, vers le 1er février ; et Lugnasad, vers le 1er août. Des ethnologues auraient retrouvé les traces d'une cinquième fête non attestée par le calendrier partiel de Coligny, la fête d'Eginane (« Au gui l'an neuf »), douze jours avant le solstice d'hiver, qui pourrait indiquer le début de l'année celte.

Bleus (argot). Les gendarmes, les forces de l'ordre en tenue.

Brogilum. Nom du hameau de forestage de la commune de Fuveau. D'après le terme gaulois « brogilos », signifiant « bosquet », « petit territoire », voire « bois clôturé ».

Cafoutche. Petite pièce où l'on range balais et autres produits pour le ménage.

Carreau (de mine). Vaste espace devant le chevalet où était déposé le charbon.

Carraire. Chemin emprunté par les troupeaux transhumants.

Celtes. 1. Nom propre. Peuple protohistorique d'origine indo-européenne vivant en Europe de l'Ouest et du Nord. Au Ve siècle avant J.-C., Hérodote écrit que [les Celtes] vivent aux environs de la source du Danube et à l'extrême-Ouest de l'Europe. La littérature antique les nomme « Celtes », « Gaulois », « Galates ». 2. Adjectif. Relatif aux Celtes, synonyme de « celtique ».

Cernnunos. Dieu celte représentant la puissance masculine et la fécondité, Cernunnos incarne le cycle biologique de la nature à l'image de l'animal qui le représente, le cerf, dont les bois tombent à l'hiver et reviennent au printemps (symbole de la résurrection).

Descenderie. Galerie souterraine, inclinée depuis la surface du sol, permettant d'accéder en pente douce aux gisements de « charbon de pierre » avant l'exploitation industrielle. L'entrée des descenderies a été condamnée par des dalles bétonnées, voire par des casemates protégées par de solides grilles comme au Tombereau à Gréasque.

Dun. Nom que les Celtes donnaient à leurs fortifications.

Empéguer (de pégar, « coller »). Attraper, piéger, se faire embêter.

Esquiché. Serré, entassé.

Estancot. (Argot, familier). Cabanon.

Font. Source (fontaine, fontanelle).

Gambetta. Sirop obtenu par macération de plantes et fruits.

Gobi. Petit poisson aux gros yeux.

Maât (mythologie égyptienne). Déesse de l'harmonie cosmique et de la rectitude morale.

Marsouin (militaire). Soldat des troupes de Marine.

Masque, masco. Masco (sorcière, magicienne, du bas-latin masca), se prononce « masque » en phonétique provençale mistralienne, où le « o » se lit et se dit « e ». Ana, qui est Provençale, prononce donc « masque » et non « masco », comme Géraldine Durieux.

Nervi. Voyou, homme de main.

Neuvaine. Cierge, bougie, censé(e) brûler neuf jours.

Noailles. Quartier de Marseille.

Padawan. Du sanscrit pAThana, celle/celui qui étudie.

Pax (militaire). Unité de poids correspondant au personnel (P), son armement (A) et son équipement (X). Le poids moyen du pax est de 120 kg.

Pied de bas. Partie du bas où se loge le pied.

Pilier des Nautes. Le pilier des armateurs mariniers gaulois de Lutèce représente des dieux celtes. Colonne monumentale gallo-romaine érigée en l'honneur de Jupiter au Ier siècle, découverte au XVIIIe siècle dans le sous-sol de la cathédrale Notre-Dame de Paris.

Pistouille (argot militaire). Petite piste.

Rave (rave-party). Mot anglais d'importation française. « To rave » (délirer) vient de l'ancien français « raver », qui donna « resver », « rêver ».

Restart (danse country). Reprise de la chorégraphie à son début.

Salyens. Peuple celto-ligure implanté en Provence. En 124 av. J.-C., à la demande des Massaliotes, une armée romaine commandée par Caïus Sextius Calvinus écrase les guerriers indigènes du pays aixois, les Salyens, et s'empare de leur sanctuaire fortifié, l'oppidum d'Entremont. « Aquae Sextiae » est fondée quelques années plus tard.

Spigaou (spigaù). Fruits de certaines plantes comme le blé, le riz ou la folle-avoine, portés en bouquets au bout d'une tige. Le spigaou ne recule jamais et peut causer de graves plaies cutanées.

Tombereau. Du provençal *toumbarèu*, cascade.

Triquetra. Symbole constitué de trois pointes entrelacées, représentant la trinité.

Une interprétation des symboles

Les entrelacs (chapitre 1) remontent à la civilisation celte qui, déjà au IVe siècle avant notre ère, sculptait des motifs d'entrelacs sur ses pierres dressées (menhirs). Cette représentation de quatre corps entrelacés a été relevée sur une des hautes croix celtiques d'Ahenny, en Irlande, dans le comté de Tipperary.

Le logo **Rave party** (chapitre 2), créé par Mark Angelo Harrison pour le *Spiral Tribe Sound System,* organisateur de rave parties, symbolise l'esprit d'indépendance et de liberté qui anime les teuffeurs. La couronne évoque le roi de la fête, et le sourire, la bonne humeur.

Le cippe de Gréasque (chapitre 3), dédicacé au dieu Bélénos, est conservé au musée de la *Vieille Charité* à Marseille. Découvert dans le champ des Pradeaux (fin du XIXe siècle), lors de la construction des cités minières, il porte l'inscription BELENO(S) [...] PRO SE ET SUOS (« À Bélénos, [nom du dédicant] pour lui et les siens » ?).

Le triskèle (chapitre 4), symbole de sagesse, représente le lien qu'entretenaient les peuples de l'âge du fer avec la nature. Le triple cercle évoque l'eau, l'air et la terre, et représente peut-être l'image d'un ciel tourmenté par le cataclysme qui marqua la disparition du royaume de Mû et de l'Atlantide, quelque 3000 ans avant notre ère.

Les béliers (chapitre 5), ardents, instinctifs et puissants, symbolisent la force génésique qui éveille l'homme et le monde, et assure la reconduction du cycle vital, au printemps de la vie et à celui des saisons. Ils allient fougue et générosité à une obstination qui peut conduire à l'aveuglement.

Le logo de la **médecine légale** (chapitre 6) associe à la fois les symboles de la médecine et de la justice. Sur réquisition judiciaire, l'institut médico-légal de Marseille (La Timone) prend en charge les décès suspects du ressort des tribunaux de grande instance de Marseille, Aix-en-Provence, Tarascon, Toulon et Avignon

Le logo **#cecinestpasuncintre** (chapitre 7) symbolise le combat du *Planning familial*, mouvement féministe et d'éducation populaire, en faveur du droit des femmes à l'avortement et à la contraception. En France, avant la légalisation de l'IVG (loi Veil, définitive en 1979), certaines femmes devaient utiliser des cintres pour avorter.

Le pentacle (chapitre 8) repose sur le nombre 5 qui exprime l'association des complémentaires. À ce titre, le cercle évoque un microcosme. Les cinq branches accordent en union féconde le 3, principe mâle, et le 2, principe féminin, qui forment l'androgynat. Il est considéré comme le symbole de l'idée de parfait.

Le logo du collectif ***Résistance Verte*** (chapitre 9) représente le sceptre de Neptune entouré de deux cercles (vert sur fond noir). Ce groupe, qui associe la défense de l'identité à la nature, entend proposer une nouvelle approche de l'écologie. Sa présence dans ce roman est purement fictive et informative.

Le bouclier celte (chapitre 10) figure dans ce roman la présence celte en Provence. Dans les pratiques chamaniques, il symbolise tout à la fois la force vitale qui permet d'affronter ses peurs, la force du cœur qui permet d'entrevoir les mondes invisibles et la force de la conscience qui permet l'éveil au monde, aux autres, à l'harmonie.

Le nœud celtique (chapitre 11), ou *triquetra,* représenté par trois courbes entrelacées, forme le symbole de l'éternité. Il représente tout à la fois le temps : passé, présent et futur ; la trinité religieuse : père, fils et Saint-Esprit ; les trois éléments : eau, terre et feu ; et les trois états de l'être humain : l'âme, l'esprit et le corps.

La main du mort (chapitre 12) est au poker une combinaison de cartes réunissant une double paire d'as et de 8 de couleur noire (pique ou trèfle). Elle a la réputation de porter malheur depuis que Wild Bill Hickok l'aurait eu en main lorsqu'il fut abattu en 1876 par Jack McCall dans un *saloon* de Deadwood aux États-Unis (Dakota du Sud).

La croix celtique (chapitre 13), surmontée d'un anneau, est symbole de spiritualité, d'équilibre de vie et d'harmonie des éléments. Associée à la chrétienté celte, ses origines seraient cependant plus anciennes en Grande-Bretagne. La croix symbole de l'Atlantide porte trois anneaux.

L'homme vert (chapitre 14), représenté sous forme d'un visage décoré de feuilles d'acanthe ou de lierre, évoque la renaissance de la vie à travers le cycle de croissance du printemps. L'homme vert est l'arbre-roi de la forêt à qui fées et esprits naturels rendent parfois forme humaine, le temps du printemps, à la source du bois des Euves.

Monogramme de Marie-Madeleine (chapitre 15), disciple de Jésus, citée douze fois dans les évangiles canoniques. L'Évangile selon Jean en fait la première personne à avoir vu Jésus après sa résurrection. Dans les apocryphes actes de Philippe, Jésus la nomme « ma femme ».

Circae lutetiana (chapitre 16) (L'herbe aux sorcières, Circée de Paris) aime les bois ombragés et humides, riches en azote et en matières organiques. Son nom latin vient de la magicienne Circé de la mythologie grecque, et de Lutèce (Paris). Elle n'est pas toxique mais contient un tanin astringent. Elle est protégée en PACA depuis 1994.

La pastille (chapitre 17) aux doubles traits qui s'entremêlent les uns aux autres constitue le symbole féminin par excellence. La pastille, représentant l'utérus de la mère, est dotée de puissantes vertus protectrices contre les incendies et le tonnerre. Pour cette raison, elle ornait nombre de maisons celtes. Les femmes la portaient au cou.

Le symbole de l'arbre de vie-femme (chapitre 18) évoque le rôle prépondérant que joue la femme dans la cohérence entre le ciel (spirituelle) et la terre (matérielle). Sa sensibilité à son environnement lui permet d'appréhender les changements (partie sommitale), tout en les rattachant à son environnement (racines).

L'atome (chapitre 19), noyau autour duquel gravitent des électrons, symbolise l'infiniment petit, insécable et homogène, en mouvement perpétuel dans le vide, ce rien qui est en toute chose de l'univers connu, et qui est tout.

Le crâne de buffalo (chapitre 20) était placé par les cow-boys à l'entrée du corral que rejoignait le bétail avant d'être trié et marqué. C'est un des symboles de l'âpreté de la conquête de l'Ouest américain.

L'arbre de vie (chapitre 21), univers vivant en perpétuelle régénérescence, évoque le symbolisme de la verticalité. Son tronc relie la terre et le ciel. Ses racines pénètrent dans les profondeurs du monde inférieur, ses branches s'élèvent dans le firmament. Le tronc fertile de l'arbre de vie se fait ainsi média entre forces cosmiques et humains.

La Lune (chapitre 22), symbole de féminité, renvoie aux cycles de la vie. Éclat de la lumière du soleil, elle figure la maternité, la fertilité et l'intuition. Associé à l'élément de l'eau, l'astre des nuits porte l'espoir et la chance à venir, l'ambition et la foi qui provoquent la bonne fortune.

Le soleil (chapitre 23) représente le solstice d'été. Au jour le plus long de l'année, les Celtes célébraient la déesse Litha. C'est le temps du renouveau, de la guérison et de l'existence à son apogée. Le rite du feu apporte son énergie purificatrice à celles de la terre féconde qui promet de voluptueuses récoltes.

Remerciements de l'auteur

La prise de conscience du grand public semble précéder celle des responsables politiques : « Notre maison brûle et nous regardons ailleurs ». Cette phrase lapidaire de Jacques Chirac[1] ressemble à l'arbre-roi de la *Source bleue*. Elle masque la forêt de nos contradictions, de nos peurs et de nos lâchetés : ceux qui parlent le mieux du drame écologique que nous vivons, les virtuoses, comptent parmi ceux qui en font le moins ou traînent les pieds ; ceux qui s'en plaignent le plus, la multitude, constituent les légions de consuméristes accros à la malbouffe, aux prêts à tous taux, aux vacances à corps empilés sur des plages étouffantes ou dans des stations de ski bondées. Il fallait mettre les pieds dans le plat, c'est fait. Mais c'est l'idée de m'engager encore davantage qui m'a déterminé à me lancer dans l'aventure, dans la foulée de la parution de *La Crypte de Saint-Maximin*, en septembre 2020. Dès lors, mes investigations ont commencé dans le Bassin minier de Provence, et c'est un ensemble de pelleteuses et autres poids-lourds affairés à creuser la forêt entre Gréasque et Saint-Savournin qui me donna la petite graine. Qui germa.

Deux ans ont été nécessaires à l'écriture de ce manuscrit, après des années de recherches publiées sur le blog *Histoire et patrimoine des vallées de l'Huveaune et du Merlançon* (https://histoire-

[1] Prononcée en ouverture de son discours au *Sommet de la Terre*, le 2 septembre 2002 en Afrique du Sud.

patrimoine-hm.skyrock.com) ou dans mon ouvrage d'histoire de la Provence intitulé *Auriol-en-Provence* (deux tomes, 2006, 2007, Marseille, *Caractère Editeur*). Comme toujours, le doute s'est invité dans la partie. Qui étais-je, moi, pour donner des leçons ? Moi qui ne m'étais jamais engagé dans le militantisme écologique au-delà de mon verger d'oliviers. La naissance de mes premiers petits-enfants m'a convaincu de franchir le Rubicon. Quoi de mieux que trois bouts de chou pour vous pousser vers l'avant, vous rappeler que le temps passe (trop) vite, et qu'il serait temps de se réveiller avant que l'ami saint Pierre sonne la fin de la récréation ?

Je me suis donc mis au travail dès la fête de Litha, à l'été 2020, et Yule, me vit revenir sur la Terre du Milieu en décembre 2022 avec quatre cents bonnes pages enregistrées sur le disque dur. J'avais travaillé dur sur plusieurs sujets dimensionnants de la Provence, les Celtes, la sorcellerie, la Mine, les légendes et les mythes, l'arbre-roi, le culte de la source, et la place des femmes dans notre société au cours des siècles, si discrètes, si présentes, si fortes, si résilientes. Mais ça, elles le savaient bien avant moi.

*

Au-delà de ma sorcière bien-aimée, je voudrais remercier toutes celles et tous ceux qui m'ont gentiment et patiemment accueilli à l'occasion de mes indispensables recherches et phases de vérification :

- Les membres de mon comité de lecture, tout d'abord, dont certains cités plus loin : mes amis gendarmes Christophe Poplawski et Sophie Hérique, pour leurs remarques judicieuses et judiciaires, toujours amicales, mais aiguisées ; Philippe Bianchi, commandant de police, chargé de communication à la Direction départementale de la Sécurité publique des Bouches-du-Rhône, pour sa disponibilité et ses réponses toujours affutées ; Marcel Guigou, traqueur de coquilles, passeur d'histoire(s) des vallées de l'Huveaune et du Merlançon, pour la vérification scrupuleuse des sources historiques, toponymiques et archéologiques ; Alexis Attalli, docteur en médecine, pour la relecture des comptes-rendus de son confrère et néanmoins fictif docteur Bekhti ; Sylvain, Pascale et Françoise, mes amis écrivains, pour leur œil averti ;

- à Gréasque : l'équipe du musée de la Mine, et en particulier Lucile Decombe, Audrey Campillo et Dragan Čorić, pour leur disponibilité et leurs connaissances partagées ; le major Manuel Hallart et ses gendarmes de la BTA, pour leurs conseils techniques et judiciaires ;

- à Marseille : des membres de l'institut médico-légal, pour leurs conseils avisés sur les aspects médico-légaux et l'art d'envisager un procès-verbal d'autopsie ; le personnel de *RTE* et d'*Enedis*, et notamment les femmes et les hommes du chantier de Gréasque (2018/2021), et en particulier Constance Ledru-Tinseau, chargée de communication à *RTE*, pour sa disponibilité ;

- Les membres de l'association *Écomusée de la Sainte-Baume*, dont Jean-Marc Thenoux, son président, et la merveilleuse Myriam Philibert, docteure en archéologie, pour ses connaissances documentées relatives à la présence des Celtes en Provence, mises au service de mes modestes recherches ;

- les membres de l'*Association archéologique d'Entremont* (Aix-en-Provence) et en particulier Jean-Louis Charrière, son président ;

- le personnel des sites archéologiques de Roquepertuse et de Glanum, pour leur patience à l'occasion de mes visites répétées, et le partage de sources ;

- Les membres de la médiathèque *Lucien Jacques* de Gréoux-les-Bains et en particulier Véronique Hodasava-Rojat, pour la documentation relative à la toponymie ;

- Patrick Coulomb, enfin, directeur-rock des éditions *Melmac Cat,* et son complice Bruno Richard, pour avoir cru en mon projet et lui avoir donné sa chance.

Et vous, bien sûr, chères lectrices, chers lecteurs, qui, en lisant *La Source bleue des sorcières de Gréasque,* faites vivre ses personnages et entretenez cette lueur d'espoir pour un monde meilleur.

Table

The Melmac Cat

Liste des parutions

001 – *L'illusion du belvédère*, Patrick Coulomb (2016)
002 – *La porte des dragons*, Patrick Coulomb (2016)
003 – *#TCDJ, Le titre con du jour,* collectif (2016)
004 – *Plan de Campagne*, Stéphane Sarpaux – co–édition avec Gaussen (2017)
005 – *La liste d'attente*, Robert P. Vigouroux – co-édition avec Gaussen (2017)
006 – *Fun TV Club, l'intégrale* (2017)
007 – *On l'appelle Marseille*, Patrick Coulomb – co-édition avec Gaussen (2017)
008 – *Marseille, an 3013,* collectif – co-édition avec Gaussen (2018)
009 – *Docteur Miam*, Patrick Coulomb (2018)
010 – *Une collection de monstres*, Patrick Coulomb (2019)
011 – *Star*, Sébastien Doubinsky (2019)
012 – *Le feu au royaume*, Sébastien Doubinsky (2019)
013 – *Orenœn*, Patrick Coulomb (2019)
014 – *Que vienne le temps des dragons*, Patrick Coulomb (*La porte des dragons* + *Orenœn*) (2019)
015 – *Il était une fois dans la bibliothèque,* collectif – co-édition avec Gaussen (2019)
016 – *La théorie des dominos*, Sébastien Doubinsky (2020)
017 – *Le chemin le plus court n'est pas la ligne droite*, Patrick Coulomb (2020)
018 – *Pestilence*, Bruno Leydet (2020)
019 – *Voyages immobiles en temps de confinement*, collectif – co-édition avec Ramsay (2020)

020 – *14 histoires de musique(s) à Marseille*, collectif - co-édition avec Gaussen (2020)
021 – *La femme qui mangeait des fleurs*, Guillaume Chérel (2021)
022 – *Sketchbook #01*, dessins de Boloniaise (2021)
023 – *Julia, une île*, Olivier Boura (2021)
024 – *La porte des dragons, livre 1 & livre 2*, Patrick Coulomb (réédition, 2021)
025 – *Surf*, François Thomazeau (2022)
026 – *26 mai 1993*, Giovanni Privitera (2022)
027 – *Le vortex des Réformés*, Patrick Coulomb (2022)
028 – *Fuir*, David Humbert (2022)
029 – *L'éveil du Philalèthe*, Jérémie Morançon (2023)
030 – *Le cercle des Polardeux marseillais*, collectif (2023)
031 – *1m976*, Gérald Wittock (2023)
032 – *La Source bleue*, Bruno Carpentier (2023)

Liste des collections

Melmac / Ailleurs(s)
L'illusion du belvédère - Patrick Coulomb
La porte des dragons, livre 1 & livre 2 – Patrick Coulomb
Pestilence – Bruno Leydet
Julia, une île – Olivier Boura
L'éveil du Philalèthe – Jérémie Morançon
1m976 – Gérald Wittock

Melmac / Esprit Noir
Le feu au royaume – Sébastien Doubinsky
Star – Sébastien Doubinsky
La théorie des dominos – Sébastien Doubinsky
Le chemin le plus court n'est pas la ligne droite – Patrick Coulomb
La femme qui mangeait des fleurs – Guillaume Chérel
Fuir – David Humbert

Le Cercle des Polardeux marseillais – collectif
La Source bleue – Bruno Carpentier

Melmac / Pop
#TCDJ, Le Titre Con Du Jour – collectif TCDJ
Fun TV Club, l'intégrale
Docteur Miam – Patrick Coulomb
Une collection de monstres – Patrick Coulomb
Sketchbook #01 – Boloniaise

Melmac / Poésie
Surf – François Thomazeau

Melmac / Marseille
26 mai 1993 – Giovanni Privitera
Le vortex des Réformés – Patrick Coulomb

A paraître

Coureurs de nuages – Pierre Luciani
Marseille, 1423, on a volé les chaînes du port –
Jean-Pierre Cassely
Changer de vide – Stéphane Menu
Nous étions de jeunes punks innocents – Paul Milhaud

Collection dirigée par Patrick Coulomb
Illustration de couverture
photo by © Enrique Meseguer / Pixabay
création graphique et maquette © The Coolpop Agency
Corrections The Coolpop Agency & Bruno Richard

Achevé d'imprimer en France par
Centre
Littéraire
d'Impression
Provençal
imprimerie-clip.com

the melmac cat

The Melmac Cat vient d'une autre planète.
Ses collections sont ouvertes aux récits de fiction
et de genre, aux chroniques et à la poésie urbaine.
Et au reste, bien sûr.
-
Sous la voûte céleste, ou autre.

MERCI
GRAMACI
THANKS
GRAZIE
GRACIAS
OBRIGADO
EUCHARISTO
SPASIBA
HVALA
DANKE
TAK
TODA
CHENORHAGALOUTIOUN
MADLOBA
CHOUKRAN
JERE JEF
ASANTE
NAMASTE
XIEXIE
GAMSAHAEYO
CAM' ON
ARIGATO